BEULMEDIA FANTASY

손창순 판타지 장편 소설

# Spear of Karun
BBULMEDIA FANTASY STORY

카룬의 창

⑤

선택
〈완결〉

뿔미디어

 5권 선택 (완결)

1판 1쇄 찍음 2007년 7월 4일
1판 1쇄 펴냄 2007년 7월 6일

지은이 | 손창순
펴낸이 | 정 필
펴낸곳 | 도서출판 뿔미디어

출판등록 | 2002년 9월 11일 (제1081-1-132호)
주소 | 부천시 원미구 심곡2동 163-2 3층 (우)420-822
전화 | 032)651-6513,6092,6093 / 팩시밀리 032)651-6094
E-mail | BBULMEDIA@paran.com

### 값 8,000원

ISBN 978-89-5849-522-2 04810
ISBN 978-89-5849-327-3 04810 (세트)

※파본은 본사나 구입하신 서점에서 교환하여 드립니다.
※저자와 협의하여 인지를 붙이지 않습니다.

※이 책은 (도)뿔미디어를 통해 독점 계약되었습니다.
저작권법에 의해 보호를 받는 저작물이므로 무단 전재와 무단 복제를 엄금합니다.

5권

선택

# Contents

21장 카룬의 창(下) 9

22장 물의 전쟁 79

23장 상봉 151

24장 푸른 밤 223

에필로그 309

작가 후기 318

# Spear of Karun

21장

카룬의 창(下)

놈은 여신을 죽였다.
―위대한 샤 티르의 고백 中―

죽음 같은 정적이 마치 유령처럼 성안을 맴돌고 있었다.

한동안 아무도 입을 열지 않았다. 그저 숨통을 조여 오는 듯한 괴괴한 적막 속에서 의도적으로 준비된 이 만남을 지켜보고 있을 뿐이다.

'이 상황을 어떻게 넘길 것이냐, 루나레스, 아니 티르메네스?'

키쿠라스는 한참이나 꿈쩍도 않고 있는 티르메네스의 등을 물끄러미 바라보았다. 처음부터 녀석은 문제의 탄탄 놈을 똑바로 바라보고 있었다. 장로들의 얼굴이라거나 혹은 창백한 왕비의 얼굴 따위가 아니라 별로 반가울 것도 없는 놈의 얼굴에서 줄곧 시선을 떼지 않고 있는 것이다.

"크크크, 오랜만이로구나."

그 맹렬한 시선 끝에 서 있던 사내가 먼저 입을 열었다.

"설마 나를 잊은 것은 아니겠지, 티르메네스?"

"……."

"이런 곳에서 다른 사람의 흉내를 내고 있다고 해서 못 찾을 줄 알았다면 나를 너무 무시한 것이지. 크큭, 안 그러냐, 이 사기꾼 녀석아?"

마치 제가 무엇이라도 된 듯 탄탄은 손가락으로 그를 가리키며 기세등등하게 소리쳤다. 희미한 쾌감과 호기심, 그리고 의문을 담은 사람들의 시선이 손끝을 따라 다시 티르메네스에게로 집중되고 있었다.

키쿠라스는 저도 모르게 꿀꺽 마른침을 삼켰다.

상황이 상황이다 보니 시선이 저도 모르게 왕이 계신 엘루지아로 향하고 있었다. 티르메네스를 인정한 그라면 이 상황을 모른 척하지 않으리라는 약간의 기대마저 담고서. 그러나 그는 곧 뭔가를 깨닫고 어깨를 축 늘어뜨리고 말았다.

'로투스 홀!'

그렇다. 오늘은 축제의 날이었다. 왕의 권위를 상징하는 로투스 홀이 아직 화룬의 손에 있을 시간이다. 그것이 돌아오지 않는 이상 왕은 어떠한 권리도 행사할 수 없다.

상황을 깨달은 키쿠라스의 시선이 바쁘게 주변을 맴돌았다. 혹시 화룬도 이 자리에 있는 것은 아닌지 확인하기 위해서다. 그러나 불행인지 다행인지 그의 모습은 아직 보이지 않고 있었다.

키쿠라스는 꽁꽁 묶여 나뒹구는 사키를 확인하고 다시 티르메네스의 등짝을 노려보았다. 그것 말고는 달리 할 수 있는 일이 없었다. 인상 더러운 탄탄 놈을 노려보는 것보다는 그래도 기분이 덜 나쁘기도 한 일이고.

"왜 말이 없는 것이냐, 티르메네스? 너무 놀라 충격이라도 받은 거냐? 큭큭큭."

탄탄은 이제 본격적으로 송곳니를 드러내려 하고 있었다. 장로들 또한 여차하면 나서서 그를 도와줄 듯한 분위기다. 그때였다.

"휴우, 아까부터 궁금했는데……."

가녀린 한숨과 함께 마침내 티르메네스가 입을 열었다.

"대체 네놈은 누구냐?"

"뭐, 뭐라?"

"티르메네스라니? 그건 또 누구지?"

너무나도 태연한 반응에 키쿠라스의 입이 쩍 벌어졌.

한 대 맞은 듯 당황한 탄탄과 슬그머니 불안해진 장로들의 시선이 급하게 교차하고 '바로 그것이 궁금했었습니다!'라는 표정의 사키가 고개를 번쩍 치켜든 것은 거의 동시에 벌어진 일이었다.

"아무리 보아도 너는 외인이 분명한 것 같은데 어떻게 그 자리에 있는 것이냐? 설마, 장로들이 새로운 왕으로 추대한 자가 바로 너인가?"

"미, 미친!"

"어디서 그런 개 같은 소리를 하는 것이냐? 어디 사람이 없어 이런 자를 왕으로 추대한다는 것이야?"

"진정하세요, 일룬드. 지금 중요한 것은 그게 아니니까요."

예상외의 상황이었는지 사람들이 웅성거리기 시작했다. 기대했던 반응이 아니라는 건지, 아니면 다른 뭔가가 더 있다는 것인지 아직은 알 수 없었다. 그런 상황에서도 티르는 여전히 태연했다.

"그럼 누가 좀 설명해 보지 그래. 내가 바람의 술사들을 만나지 못해 혼자 사막을 건널 때 저자는 사막의 전사들과 함께 나를 쫓아와 죽이려 했었다."

"으음."

"그, 그게 사실입니까, 루나레스?"

세 번째 장로인 삼비르가 화등잔 만해진 눈으로 물었다.

"물론이다. 다행히 같이 있던 다른 술사들이 목격했다. 원한다면 불러다 줄 수도 있지. 그런데 어째서 저자가 너희들과 함께 당당히 서 있고 바람의 술사인 사키는 묶여 있는 것이냐? 이 자리에서 반란이라도 일으킬 생각인가?"

이제 티르는 장로들을 반역자로 몰아가고 있었다. 아닌 게 아니라 상황 자체가 편을 가른 듯 적나라해 언뜻 그렇게 보이기도 했다.

"쿡쿡쿡. 이거 보게. 이런 식으로 빠져나가시겠다?"

비아냥거리며 탄탄이 다시 앞으로 나섰다.

"하지만 어쩌나. 네놈은 이 자리를 벗어나지 못한다, 티르메네스. 나는 분명히 보았다. 네놈이 마왕의 힘을 빌려 사람들을 산 채로 찢어 죽이는 장면을 말이다!"

"마왕의 힘이라니? 난 마왕의 힘 따위 필요치 않다. 원한다면 그때 쓴 힘을 직접 보여 줄 수도 있다. 물론, 목숨을 걸어야 할 것이다."

"크하하하, 얼마든지. 하지만 네놈은 절대로 하지 못할 것이다. 이곳은 엘룬이니까. 마족들은 이곳에서 힘을 쓰지 못하지."

"어리석은 놈. 난 마족이 아니라는데도 믿지 못하는구나."

티르는 희미하게 웃었다.

분노라도 치솟을 줄 알았는데 의외로 담담했다. 오늘 그 앞에 나타난 탄탄은 어쩐지 비현실적으로 보이고 있었다. 너무 어이가 없다거나 또는 지나치게 피곤한 탓이리라.

"의심 많고 미욱하며 멍청하기까지 한 장로들에게 말한다. 나는 루나레스다. 이 사실은 왕께서 확인해 주실 것이다."

"나 또한 인정한다. 저 아이는 내 아들 루나레스다!"

창백한 얼굴로 지켜보고 있던 왕비가 티르의 곁으로 옮겨 서며 소리쳤다.

"장로들의 무례가 이렇게까지 클 줄은 몰랐소. 그러나 그대들이 아무리 무례하다 해도 내게서 아들까지 빼앗을 수는 없을 거요."

"소신 또한 루나레스님을 인정하는 바입니다."

"키쿠라스!"

키쿠라스까지 무릎을 꿇고 인정하자 장내엔 다시 침묵의 바람이 불었다. 그런 때에 티르는 마침내 결정적인 한마디를 날렸다.

"나는 화룬 숙부에게 사실의 확인을 요청할 것이다!"

"헉!"

"으음, 자신이 있다는 것인가요, 루나레스?"

"물론이오, 이리안. 바람의 귀부인이여. 하지만 그 전에 나는 왕과 숙부께 장로들의 축출을 건의할 겁니다."

"뭐, 뭐라? 네놈이 무슨 권리로……."

"닥쳐라, 일룬드! 나는 샤 가의 루나레스다. 엘룬의 후계자이며 위대한 성화의 소유자다. 나는 반란을 결코 용서하지 않는다!"

분노 어린 외침이 떨어지자 미간의 성화가 미친 듯이 뛰쳐나와 왕성 주변을 길게 한 바퀴 돌았다. 성화의 존재를 그제야 확인하게 된 장로들은 거의 넋을 잃은 듯 하늘을 수놓은 성화의 빛에서 시선을 떼지 못했다. 미간에 박힌 문양을 보던 때와는 확실히 다른 감동이었던 것이다.

"그러나 내가 시퍼렇게 살아 있는 이상 네놈은 빠져나갈

수 없다, 티르메네스. 샤나메를 내놓아라!'

상황이 불리하게 돌아가자 탄탄은 결국 진심을 폭로하며 티르를 향해 덤벼들었다. 단검 몇 자루가 공간을 가르고 날아왔다. 그것을 발견한 키쿠라스가 먼저 몸을 날렸다. 그가 단검을 막아 내는 사이 탄탄은 이미 날카로운 비조 한 쌍을 휘두르며 티르를 향해 쇄도하고 있었다.

"죽어라, 티르메네스!"

"흥! 어림없다, 인간 놈아! 꼬맹이에겐 내가 있다."

미처 말릴 새도 없이 다키라가 뛰쳐나갔다.

그는 막 들이닥치는 탄탄의 얼굴을 한쪽 발로 걷어차더니 보란 듯이 티르를 돌아보며 씨익 웃었다. 흡사 '나 잘했지?'라고 말하는 듯한 태도였다.

"흥!"

"어우아아, 그 태도가 뭐야? 이럴 때엔 칭찬을 해 줘야 하는 거 몰라?"

"또 온다. 뒤통수나 조심하시지."

나가떨어졌었던 탄탄이 오뚝이처럼 벌떡 일어나 다키라의 머리를 후려차고 있었다. 비조 한 쌍이 다시 날아온다.

"샤나메를 내놓아라! 내 것이다."

"가져갈 수 있다면 얼마든지……."

광기와 집착으로 얼룩진 탄탄의 눈을 똑바로 마주하며 티르는 미소 지었다. 놈을 이곳까지 오게 만든 건 샤나메다. 어쩌면 탄탄은 샤나메 속에서 그가 보지 못한 다른 무언가를 보았을지도 모른다.

그리하여 인간의 욕망을 비추는 그 빛에 홀려 사막을 건너고 물을 넘어 이곳까지, 목숨마저 도외시한 채 끈질기게 따라온 것이리라. 그는 샤나메의 노예였다. 이제야 그것을 알아보았다.

티르는 미소를 지웠다.

지척까지 다가온 탄탄의 등 뒤에서 성화가 눈부시게 일렁이고 있었다. 그리고 곧…… 삼켜졌다.

"크아아악!"

"다시는 돌아오지 못하게……."

"티르메네스으으으!"

"영원히……."

"티르메네…… 끄으으으……."

"사라져!"

저주인 듯 혹은 주문인 듯, 불길에 휩싸인 탄탄을 향해 티르는 또박또박 소리쳤다.

평안을 빼앗아 간 그에게, 사랑하는 이들을 흩어지게 한 그에게, 이 모든 고행의 시작을 부른 그에게 재생의 힘을 허락지 않노라. 스스로 불러들인 탐욕의 덫에서 벗어날 때까지.

성화의 빛이 왕성을 대낮처럼 환하게 비추고 있었다. 그리고 다음 순간, 강렬한 빛을 남기고 그것은 사라졌다. 달라진 것은 아무것도 없었다. 성화는 다시 티르의 미간으로 돌아와 희미하게 일렁이고 있었고 탄탄은 그 앞에 고통 어린 표정으로 뻣뻣하게 서 있었다. 옷자락 하나 타지 않은 말짱한 모습으로.

"무, 무슨 일이 있었던 거지?"

한 대 맞고 나가떨어졌던 다키라가 뒤통수를 만지작거리며 어리둥절한 표정으로 걸어왔다.

"이놈은 왜 이러고 있는 거야? 네가 감히 이 어르신을 쳤겠다! 덤벼라, 이놈!"

"……."

"덤비라니까!"

멍청히 서 있는 놈을 향해 다키라가 방방 날뛰며 소리쳤지만 무슨 생각인지 놈은 꿈쩍을 않고 있었다. 눈꺼풀조차 깜빡이는 일 없이 그대로 서 있기만 했다. 그러다 참다못한 그가 드디어 툭! 치자 문득 먼지가 일었다.

"어어, 이거 왜 이래?"

그 말을 시작으로 모두의 눈이 다시 동그래지기 시작했다.

우뚝 서 있던 탄탄의 몸이 먼지가 되어 서서히 사라지고 있었기 때문이다.

"여, 여신이여!"

"저것이 바로 성화의 힘인가?"

"마, 말도 안 되는……."

경악 어린 웅성거림이 빠르게 번져 가고 있었다. 그때, 티르는 보았다. 왕성 쪽에서 휘청휘청 걸어오고 있는 기다란 그림자 하나를. 화룬이었다.

어찌 된 건지 그는 로투스 홀을 가지고 있지 않았다. 그저 두 손을 늘어뜨린 채 천천히 걸어오고 있을 뿐이었다. 티르는 그런 그를 향해 마주 걸었다. 장로들이나 왕비의 시선이 자연스럽게 그의 뒤를 따라오고 있었다. 그러다 마침내 화룬을 발견하고는 일순간 숨을 멈췄다.

무슨 결투라도 하는 건 아닌가 싶어 내심 긴장들을 한 모습이 티르는 조금 우습다고 생각했다. 전에 없던 두려움과 경계의 시선조차 우습다. 몇 걸음 걷다 티르는 곧 제자리에 멈추어 섰다. 화룬은 계속 걸어오고 있었다.

그는 아무래도 조금 변한 것처럼 보였다.

전과는 다른, 무표정한 얼굴이 마치 낯선 사람을 보는 듯하다. 게다가 눈물 자국이라니. 늘 생글생글 웃는 얼굴의 어디에 눈물이 숨어 있었던 건지 그의 얼굴은 온통 젖어 있었다. 옷자락까지 흠뻑 젖은 몰골로 휘청휘청 걸어오는 모습이 무척이나 피곤해 보이기도 한다.

"몰골이 왜 그래?"

초점이 흐려진 뿌연 눈을 들여다보며 묻자 막 지나치려던 그가 흠칫 멈춰 섰다. 그리곤 다시 돌아와 티르를 한참이나 바라보더니 긴 한숨을 내쉬었다.

"아아, 너였구나."

"그래, 나야. 사정이 있어서 조금 늦었어. 그런데 로투스 홀은?"

"……왕께."

"벌써 돌려드렸단 말이야?"

"그래."

"어째서?"

"……."

닦달하듯 묻는 말에 그는 대답하지 않았다. 그저 주르륵 눈물 한 줄기를 흘려 낼 뿐이다. 그 모습이 또 너무 불길해 티르는 잠시 망설였다. 하지만 역시나 묻지 않을 수 없다. 그것을 위해 돌아왔으니까.

다른 사람들의 시선을 피하기 위해 티르는 그의 귓가에 바짝 입술을 대고 물었다.

"성지엔 다녀왔어?"

"……그래."

"혼자?"

"응."

"거기엔 뭐가 있었지?"

"……."

"응? 뭘 보고 왔느냐고."

화룬은 또 대답하지 않았다. 대답할 수 없다는 듯 입을 꾹 다문 채 눈물만 하염없이 줄줄 흘린다. 그러더니 한참 만에야 손을 뻗어 미간을 찌푸리는 티르의 머리를 가만히 쓰다듬어 주었다.

"이건 무슨 뜻이지?"

"아무것도."

"뭐?"

"아무것도 없었다. 아무 뜻도 없다. 아무것도."

그 말을 끝으로 화룬은 그를 지나쳐 성문 쪽으로 다가갔다. 그리곤 누가 잡을 새도 없이 열린 문밖으로 사라져 버렸다. 그 갑작스러운 이탈에 대해 아무도 입을 열지 않았다. 사라진 그보다 남아 있는 자에 대한 호기심이 더 컸기 때문이다.

"그게…… 다야?"

티르는 멍하니 중얼거렸다.

"어째서 그렇게 말한 거지?"

아무것도 없는데 왜 저렇게 절망 어린 얼굴로 사라져 버리는 건가. 아무 뜻도 없는데 왜 저렇게 연민인지 동정인지 모를 낯선 시선을 남겨 두고 간 건가.

"그럴 리가 없어!"

티르는 소리쳤다. 그리고 왕이 있는 엘루지아를 향해 달리기 시작했다. 화룬은 무언가를 본 게 틀림없다. 그가 본 것을 왕은 이미 오래전에 보았을 것이다. 그렇다면 자신도 보아야 했다. 그것이 무엇이든!

쾅!

정문을 걷어차고 놀란 시종들의 비명을 뒤로 한 채 티르는 궁전 안으로 달려 들어갔다. 그리고 마침내 문을 활짝 열어젖히자 어두운 방 안의 풍경이 한눈에 들어왔다.

왕은 달빛이 스며들기 시작한 창가에 의자를 놓고 혼자 앉아 있었다. 불을 켜지 않아 어두운 방. 달빛 속에 앉아 있는 그는 화룬만큼이나 지쳐 보이고 있었다. 본래보다 한 십 년쯤 더 늙어 보이는 그를 향해 티르는 천천히 다가갔다.

무슨 생각을 하는지 그는 멍하니 창밖만 바라보고 있었다.

기척을 느꼈을 텐데도 돌아보는 일 없이 그저 홀린 듯 밤하늘만 바라보고 있는 그도 어딘지 조금 낯설었다. 그런 그를 향해 티르는 다시 몇 발작쯤 더 다가서다 흠칫 멈추어 섰다. 그가 앉아 있는 의자 곁, 기다란 물체 하나가 비스듬히 걸쳐진 채 놓여 있는 것을 발견한 것이다.

달빛을 받아 더 눈부신 황금빛을 내뿜고 있는 그것은 화려한 연꽃 무늬가 아름다운 홀이었다. 세워 든다면 티르의 가슴께쯤 올 정도의 길이에 무늬의 중안엔 어린 아이의 주먹만 한 크기의 시푸른 라피스라즐리가 박혀 있었다.

그것을 조금쯤 탐욕스럽게 바라보다 티르는 축 늘어진 몰골로 앉아 있는 왕을 향해 물었다.

"화룬이 다녀갔지?"

"……."

"그가 성지에 다녀왔다는 사실을 알고 있어?"

"……."

"그곳에 뭐가 있는지 알고 싶어. 그러니까 난 찾아야 할 것이 있어서 이곳에 왔는데 암만 생각해 봐도 그게 성지라는 곳에 있는 것 같단 말이야."

조금은 절박하기까지 한 목소리로 소리치자 그제야 왕이 고개를 돌려 그를 바라봤다. 그리고 말했다.

"늦었구나. 돌아가거라."

"아무 말도 해 주지 않겠다는 뜻인가?"

"해 줄 말이 없구나."

"아무것도?"

"아무것도."

"왜?"

"……."

집요한 물음에 그는 또 입을 꾹 다물어 버렸다. 화룬이 그랬듯이 그도 성지에 대해선 입을 열고 싶어 하지 않고 있는 것이다. 하긴, 처음부터 그랬다. 그는 로투스 홀을 빌려달라는 부탁을 단칼에 거절하고 단호히 등을 돌린 사람이었다.

"이유를 말하지 않겠다면 직접 가서 확인하는 수밖에 없겠지."

티르는 결심했다. 샤 가의 절망 따위 그와는 아무런 상관이 없다. 그에게 필요한 것은 창뿐이었다. 돌아오기가 무섭게 자꾸만 징징거리는 창을 찾아 손에 쥐거나 부숴 버리지 않으면

미칠지도 모를 일이다.

"직접 가서 확인해 보겠어. 이번에도 막을 건가?"

"허락하지 않겠다."

"웃기지 마. 당신은 나를 막지 못해."

"너만은 달라져야 한다!"

"성지를 보지 않으면 달라질 수 있다는 거야?"

"그렇다. 성지 따위 신경 쓰지 않는다면 달라질 수 있다. 지금 이대로 당당하게 엘룬의 신화를 이끌 수 있다. 저 가련한 엘룬의 백성들을 위해서……"

"그딴 일은 화룬에게나 하라고 해. 난 진짜 루나레스가 아니야. 저들 앞에서 티르메네스임을 부정한 것만 해도 난 충분히 끔찍해."

아무리 상황을 모면하기 위해서였다지만 그래서는 안 되었던 것인지도 모른다. 티르는 생각보다 더 큰 죄책감을 느끼고 있었다. 바라가 지어 준 이름. 평생 그 이름으로 살아온 스스로를 부인했다는 사실은 존재 자체를 부인하는 것처럼 여겨졌다.

"다시는 그런 일을 만들고 싶지 않아. 그러니 내게 그 홀을 줘. 원하는 것을 찾아서 이곳을 떠나겠어."

"……떠나려거든 이대로 그냥 떠나는 것이 좋다."

"무슨 뜻이지?"

"그곳을 방문한 자는 누구도 엘룬을 떠날 수 없단다."

"……?"

"물고기가 물을 떠나 살 수 있을까?"

"난 물고기가 아니니까."

티르는 단호하게 대답했다. 그리곤 그가 미처 말릴 사이도 없이 달려들어 홀을 잡아챘다. 홀이 주는 서늘한 감각이 손을 타고 머리 꼭대기까지 치닫고 있었다.

"꼭 가야만 하겠느냐?"

금방이라도 넘칠 듯 물기가 그득한 눈으로 왕이 물었다.

"그 호기심이 너를 죽인다고 해도?"

"……."

"후회하게 될 것이다."

"안 해. 그런 것 따위."

그 말을 남긴 채 티르는 홀을 움켜쥐고 돌아섰다. 그리고 잰걸음으로 그곳을 벗어나 창의 울음소리를 향해 달리기 시작했다. 마침내 때가 왔다는 사실을 알고 있는 건지 창은 어느 때보다도 극성맞게 울어 대고 있었다.

황금빛 몸체가, 풍성한 황금 장식이, 그 몸을 휘감고 있는 화려한 당초무늬들이 한꺼번에 몸을 떨고 있는 듯한 환영이 빠르게 눈앞을 스쳤다.

"가고 있어!"

회랑을 내달리며 티르는 소리쳤다.

급박하게 울어 대는 창의 울음소리에서 뜻 모를 공포가 느꺼지고 있었다.

회랑을 지나고 다시 몇 개의 방을 지났을 때였다. 출렁! 문득 머리 위에서 묵직한 물소리가 들려왔다. 티르는 헉헉거리며 달리던 걸음까지 멈추고 위를 올려다보았다.

"저건!"

거대한 수정구가 바로 머리 위에 있었다. 언젠가 화룬이 가르쳐 주었던 바로 그것이다. 그저 푸른 지붕이 아니라 거대한 수정구에 성수를 담아 두어 푸르게 보인다고 했었던.

디잉…… 딩딩딩…….

손에 들고 있는 로투스 홀이 희미하게 울고 있었다.

위에서 출렁이는 물과 더 새파랗게 빛을 뿌리는 라피스라즐리 덕분에 있는 그는 흡사 물속을 유영하는 한 마리 물고기처럼 보였다.

*'그곳을 방문한 자는 누구도 엘룬을 떠날 수 없다.'*
*'물고기가 물을 떠나 살 수 있을까?'*

티르는 조금 두려워졌다. 왕의 말이 갑자기 현실이 되어 불쑥 다가온 듯한 느낌이었다.

"난 물고기가 아니니까."

마른침을 삼키며 티르는 다시 중얼거렸다. 무엇을 보게 되든 간에 틀림없이 이곳을 떠나 바라에게로 돌아가게 되리라.

"반드시!"

"꼬맹아!"

"헉!"

"어우아아, 그렇게 사라지면 어떻게 해. 한참이나 찾았잖아? 어, 놀란 거냐?"

언제 쫓아온 건지 다키라가 회랑 한쪽에서 불쑥 모습을 드러냈다. 그러더니 소스라치게 놀란 그를 향해 또 주절주절 떠들며 냉큼 다가왔다.

"멍하니 서 있기나 하니까 놀라는 거잖아. 대체 뭘 보고 있었기에…… 우와, 저게 바로 성수를 담고 있는 수정이라는 거구나. 멋진데!"

"흥! 멋지긴 개뿔. 성수니 뭐니 해도 사실은 다 똑같은 물이야. 저 물이나 레강의 물이나 그게 그거라고."

"그런가? 아, 그래도 신기하잖아. 저 많은 물을 어떻게 저 위까지 끌어 올릴 수 있는 거냔 말이지. 어우, 현기증 나."

"쳇, 유난은……."

놀란 가슴을 추스르며 티르는 다키라를 따라 수정을 올려다보았다. 확실히 지붕보다 더 높은 수정 위까지 물을 끌어 올리기란 불가능해 보였다.

"틀림없이 누군가가 사다리를 놓고 올라가 물을 들이붓는다거나 빗물을 받을 수 있도록 구멍이 나 있을 거야."

수정을 떠받치고 있는 거대한 대리석 기둥을 보며 티르는 장담했다. 기둥 속에 계단 따위를 설치하는 건 그리 새로울 것이 없는 이야기였다.

"술사들이 저 안을 통해 위로 올라가는 거겠지."

"에, 계단 같은 건 없는데?"

"네가 그걸 어떻게 알아?"

"보이니까. 저 기둥 속에는 물이 가득해. 게다가 수정에도 구멍은 없어. 구멍 같은 게 없는 그냥 거대한 구슬이라고."

"확실해?"

"그렇다니까. 그나저나 정말 신기하네. 물이 스스로 위로 올라가는 거잖아. 이 아래에 커다란 샘 같은 것이 있는 걸까?"

샘? 샘이 있다고 해도 그리 이상할 건 없었다. 원래 호수 위에 세워진 왕성인 데다 엘룬의 어디를 가도 온통 물뿐이라 샘이 아닌 강이 흐르고 있다고 해도 그러려니 할 정도니까.

"샘이 있는 걸까?"

티르는 멍하니 중얼거리다 이내 미간을 찌푸렸다. 이 아래라는 건 곧 성지가 있는 곳을 의미했기 때문이다. 극성맞은 창의 울음소리가 바로 그곳에서 흘러나오고 있었다.

"샘도 있고 놈도 있는 거야."

질끈 입술을 깨물며 티르는 고개를 끄덕였다.

"놈이라니?"

"창!"

"창?"

"그래, 창! 잘도 나를 이곳까지 오게 만든 놈. 찾기만 해 봐. 아주 부숴 버리겠어."

그것이 가까이 있다는 사실을 깨닫자마자 은근히 두려운 마음이 일기 시작했다. 그러나 겉으로 내색하고 싶지 않았던 티르는 득득 이를 갈아 대며 난리를 치는 것으로 두려움을 감추어 버렸다.

"어? 넌 표정이 왜 그래?"

무심코 고개를 돌리다 티르는 못 볼 것을 본 듯 눈을 동그랗게 치떴다. 다키라가 하얗게 질린 얼굴로 서 있었다. 그런 그의 두 눈에 떠오른 것은 명백한 공포. 부르르 떨리는 입술을 어쩌지도 못하고 망연히 서 있는 그를 발견하고 말았다.

"다키라?"

"으, 응?"

"왜 그러는 거야?"

"모, 모르겠어. 그냥…… 하하, 여기가 싫어."

"뭣 때문에?"

"그러니까 그게 말이지, 사실은 나도 그게 궁금해."

철딱서니 없을 뿐만 아니라 겁 대가리도 없던 용생이 노골적으로 덜덜 떨고 있으면서도 당최 이유를 모르겠단다. '창'이라는 소리를 하기가 무섭게 반응을 보인 것으로 보아 무언가를 떠올린 게 틀림없어 보이는데도 기어이 아닌 척하고 있는 것이다.

놈의 황금빛 눈동자가 데구르르 구르고 있었다. 당장이라도 도망칠 핑곗거리를 찾고 있는 듯한 표정이었다. 그걸 본 티르는 슬그머니 의심이 들었다. 혹시 놈도 성지와 무슨 관련이 있는 것은 아닐까?

　"너 말이다, 전에 여길 와 본 적이 있는 거야?"

　의심의 눈초리를 번뜩이며 티르가 물었다.

　"자하크랑 둘이 손잡고 왔었던 거지? 그렇지?"

　"그럴 리가! 마왕이 여길 어떻게 오겠어? 이렇게 성스러운 기운으로 가득한 곳인데."

　"그럼 너 혼자 왔었나?"

　"아, 아닐걸? 그러니까 아무것도 기억나지 않는 걸 보면 아닌 게 틀림없는 것 같아."

　"아닌 게 틀림없어? 무슨 말이 그래? 그러니까 잘 모르겠다는 뜻이야?"

　"아, 아마도."

　다키라가 마지못해 고개를 끄덕였.

　순간, 티르는 자하크를 떠올렸다. 자하크는, 마왕은 기억을 잃었다. 무슨 일인지는 모르겠지만 마왕이 기억을 잃을 만큼 타격을 받았는데 그의 말로 지난 천 년 세월을 보낸 다키라고 무사할 리 없었다. 결국, 다키라도 지난 얼마간의 시간을 기억하지 못하고 있는 것이다.

　"그랬어. 그래서 우리의 존재를 기억하지 못한 거야. 하하,

바보 같으니라고. 그걸 이제야 깨닫다니."

"무슨 뜻이야?"

"네가 바보라는 사실을 깨달았다는 뜻이야."

"뭐어? 어째서 내가 바보라는 거냐?"

"제가 잃은 게 뭔지도 모르고 있으니까 바보지. 자하크는 적어도 기억을 잃었다는 사실 정도는 자각하고 있었어."

"어엉? 그게 무슨 뜻이지? 그럼 내가 자하크처럼 기억이라도 잃었다는 거야?"

"왜 아니겠어? 멍청한 용생 같으니라고."

가차 없는 말에 다키라는 놀란 듯 크게 휘청거렸다.

"그럴 리가! 말도 안 돼. 드래곤이 어떻게 기억을 잃는다는 거지? 수천 년을 살지만 어느 하루도 잊지 않는 게 우리 종족인데!"

"자하크는 다를 것 같아? 그는 누구보다 강한 마왕이야. 그런데도 기억을 잃었지."

"어어, 그럼……."

"맞아. 너도 그처럼 기억의 일부분을 잃은 거야. 그리고 그 비밀은 바로 우리의 발아래에 있을 거다."

어쩌면 자하크가 찾고 있는 것도 성지일지 모른다. 아니, 정확히는 '창'일 것이다. 그 역시도 티르 자신처럼 창을 찾고 있었던 게 틀림없다.

"그게 원래는 자하크의 무기였을지도 몰라. 샤나메가 그의 말만 듣는 걸 보면 틀림없어."

샤나메를 버렸을 때 창의 울음소리가 들리지 않았다는 사실을 떠올리며 티르는 내심 눈을 반짝였다. 자하크는 샤나메를 통해 창을 찾고 있었던 것이다!

"음흉한 마족 같으니라고. 어디 두고 보라지. 순순히 내어 주지는 않을 테니까 말이야."

그간의 개고생에 대해 적당한 보상을 해 주지 않는다면 창이고 뭐고 죄다 부숴 버릴 생각이었다. 안 그러면 너무 억울해지지 않겠는가 말이다.

"아덴부르크의 상인은 절대로 손해 보는 장사는 하지 않아."

그제야 상황을 이해했다는 듯 티르는 너그럽게 고개를 끄덕였다. 이 장사를 성공리에 마치고 바라에게 돌아가는 것도 그리 나쁘지 않았다.

"그런 의미에서 너도 나랑 같이 성지로 가 줘야겠다, 다키라."

"엉? 성지? 그건 또 뭐하는 곳인데?"

"있어, 그런 곳이. 네 기억을 돌려줄 곳이라는 점만 알아둬."

"기억 같은 건 안 돌려줘도 되니까 같이 안 가면 안 될까? 어우아아, 난 여기가 싫다니까. 오싹오싹한 게 비늘이 막 곤두설 것 같다고. 진짜야."

"시끄러워. 그래도 넌 나를 따라와야 돼."

징징대는 다키라를 질질 끌고 티르는 부지런히 아래로 내려가는 계단을 찾아 돌아다녔다. 분명히 어딘가에 비밀의 문 같은 것이 있을 거였다.

"응? 연꽃이다!"

회랑을 지나 꽃이 만발한 정원까지 나온 티르의 눈에 아담한 정자 하나가 들어왔다. 정원 한복판, 커다란 샘 곁에 세워진 정자는 로투스 홀과 같은 연꽃 모양을 하고 있었다.

"여기가 틀림없어."

후다닥 정자로 다가가 이리저리 살피다 그는 마침내 정자 바닥에서 연꽃 문양을 찾아냈다. 반짝이는 푸른 대리석 바닥이 로투스 홀의 모양대로 움푹 들어가 있었던 것이다.

그것을 발견하기가 무섭게 다키라가 흠칫 놀라 물러섰지만 티르는 신경 쓰지 않았다. 오히려 가슴마저 두근거리며 그 자리에 냉큼 홀을 채워 넣었다.

드드드드드…….

정자가 진동을 일으키기 시작했다. 미세하던 진동이 점점 더 강렬해지자 다키라는 겁을 집어먹은 얼굴로 티르의 곁으로 바짝 다가와 섰다. 그리고 직후, 정자의 바닥이 밑으로 푹 꺼지면서 둘의 모습이 정자 위에서 사라졌다.

"생각보다 멍청한 녀석은 아니었던 게다. 저렇게 기특한 짓도 할 줄 알다니 말이야. 클클클."

"흥, 기특하긴 개뿔."

"저만하면 기특하지 뭘 그러냐? 적국의 선봉에 서서 싸우고 있는 놈보다는 훨씬 더 귀엽지. 암, 귀엽고말고. 안 그러냐?"

남의 속도 모르고 실실 웃으며 묻는 말에 바라는 그만 이맛살을 구기고 말았다. 망할 놈 같으니라고. 하필이면 갖다 대도 그쪽을 갖다 댄단 말인가. 막말로, 막시무스 놈이 카도니아 편에 서서 싸우는 모습을 지가 직접 보고 하는 소리냔 말이다.

설사, 그 소문이 사실이라고 해도 자신 앞에서 내어 놓고 놈을 원망할 수는 없었다. 비상시국이라는 말이 있다. 하늘도 땅도 무너져 옴짝달싹할 수 없는 위기상황. 당시 막시무스의 상황이 딱 그랬다.

모자란 놈이 아니니 돌아가는 상황의 어려움을 절감했을 테고 어떻게든 방법을 모색하기 위해 노력한 것뿐이리라. 더구나 살인범이라는 누명까지 뒤집어쓰고 있었으니 그 마음이야 묻지 않아도 충분히 짐작이 갔다.

"휴우, 그놈의 팔자도 참 더럽지. 주인 하나 잘못 만나 아비 잃고 제 놈은 적국에 몸을 팔았으니······."

그런 일을 생각하니 갑자기 막시무스가 말도 못하게 측은하게 여겨지기 시작했다. 그리고 웬일로 시민병을 모아 아덴부르크 시내를 돌며 이런저런 방비를 하고 있는 나칼이 또 미워지려 했다.

간만에 기특한 일을 하고 있다고 여기저기서 칭찬을 듣고 있는 요즘이고, 또 바라 자신도 놈이 슬그머니 기특하게 여겨지던 시점이었다. 그럼에도 불구하고 이렇게 종종 불쑥 고개를 쳐드는 원망을 그도 어쩔 수가 없는 것은 역시 티르의 부재 때문일 것이다.

"망할 놈 같으니라고. 티르메네스를 팔아 처먹고 그 목구멍으로 밥이 넘어가더냐?"

결국 바라는 비통한 속내를 그대로 드러내고 말았다.

"아무리 똑똑하고 여물다 해도 아직 어린놈인데, 같이 자란 형제인데 그걸 팔아 처먹어? 미친놈, 쳐 죽일 놈 같으니라고."

"고만 해라. 누가 들으면 네놈 손자는 티르메네스 하나뿐인 줄 알겠다."

"흥! 차라리 하나였으면 이런 일도 없었겠지."

"에이그, 이 고약한 늙은이야. 눈앞에 있는 놈이라도 제대로 건사하려면 마음보를 곱게 써야지. 잃어버린 놈 자꾸 되새김질하면 뭘 해? 어디서 잘 살고 있겠거니 여겨야 할 것 아냐."

"미친놈. 노예로 팔아 치웠다는데 퍽도 잘 살고 있겠구나."

바라는 긴 한숨을 내쉬었다.

티르라면 어딜 가든 꿋꿋하게 살아낼 놈이라는 믿음이 있었다. 그래서 처음엔 그리 걱정하지 않았었는데 아무리 기다려도 소식이 없자 슬슬 불안해지기 시작했다.

노예로 끌려가 갖은 개고생을 하고 있는 건 아닌지, 혹은 막시무스 놈처럼 전쟁에 휘말려 죽은 건 아닌지. 이런저런 걱정을 하기 시작하자 이제는 꿈자리마저 뒤숭숭해지고 있었다.

"지난밤에, 글쎄 그놈이 꿈에 나타나 철철 울더란 말이야."
"울어?"
"울었지. 생전 우는 꼴이라고는 본 적이 없었는데 뭐가 그리 슬픈지 한참이나 아주 서럽게 울다가 갔다고. 그러니 내가 걱정을 안 하게 생겼나?"
"거참, 뒤숭숭하게시리."
"휴우, 저 나칼 놈이 요새 기특한 짓을 좀 하는 건 사실이야. 하지만 티르 놈이 돌아오기 전까지는 뭘 해도 이뻐 보이지가 않을 것 같아."
"욕심 많은 놈 같으니라고. 기어이 죄다 제자리로 돌아와야 직성이 풀리겠다는 소리구나?"
"당연하지. 재산이야 말아먹든 말든 상관없지만 품에 끼고 살던 식솔들은 다른 거야!"

장사꾼이라면 재물은 잃어도 사람은 잃지 말아야 한다. 그것은 그가 이제껏 지켜 온 단 하나의 소신이다. 저 어리석은 나칼 놈은 대체 언제쯤에야 그 사실을 깨달아 줄까?

앞장서서 시민병을 모아 전쟁에 대비하고 있는 모습 때문에 녀석의 곁에도 서서히 사람들이 모이고 있는 건 사실이었다. 여기저기 손을 쓴 덕분에 반역자의 누명도 쓰지 않게 되었고 몰락한 집안을 일으켜 세울 준비도 그럭저럭 해 나가고 있는 것도 좋았다.

하지만 아직은 하나가 모자랐다. 나칼은 제 잘난 줄은 알아도 사람 귀한 줄은 모르고 있었다. 그러니 티르메네스나 막시무스를 찾지 않고 있는 거다. 그 점이 바라는 몹시도 서운했다.

"휴우, 그나저나 저놈은 또 누구지?"

바라의 시선이 나칼의 곁에 딱 붙어 다니고 있는 빨간 머리의 사내에게로 돌아갔다. 하늘에서 떨어진 듯 어느 날 갑자기 나타난 사내는 퍽 유능해 보였다. 무슨 말로 설득을 했는지는 모르겠지만 얼마 전까지만 해도 제정신 못 차리고 헛짓만 하던 나칼을 여기까지 끌고 온 것이 바로 그였다.

"대체 누구지?"

바라의 시선이 진한 의문으로 물들고 있었다.

똑!

"헉! 뭐, 뭐지? 꼬맹아, 방금 그 소리 들었어?"

"응."

"뭐, 뭘까? 응?"

"들으면 몰라? 물 떨어지는 소리잖아? 하여튼 무슨 놈의 겁이 그렇게 많은 거야? 얼른 안 떨어질래?"

물방울 떨어지는 소리만 듣고도 기겁을 해 당장 등짝에 달라붙는 다키라 때문에 티르는 슬슬 짜증이 날 것만 같았다. 대체 이 용생이 오늘따라 왜 이렇게 겁쟁이처럼 구는 건가.

아래로 떨어져 채 몇 걸음 걷지도 않았는데 뭐 마려운 똥개처럼 질질거리고 난리다. 이러다 개구리라도 한 마리 나타나면 아예 기절을 할지도 모른다.

"킁킁. 근데 이게 무슨 냄새지?"

잔뜩 신경을 곤두세운 채 주변을 두리번거리던 다키라가 갑자기 코를 킁킁거리기 시작했다. 나쁜 냄새는 아닌지 눈까지 지그시 감고 숨을 들이켜더니 곧 한쪽을 향해 슬슬 움직였다.

지하가 분명할 텐데 그들이 있는 곳은 사실 그리 어둡지가 않았다. 어디서 새어 나오는 건지 햇살 같은 부연 빛이 비치고 있어 아래로 떨어졌다는 사실만 뺀다면 거의 지하라고 부를 수도 없을 정도로 밝았다.

차가운 돌이 깔린 길과 너무 높아서 보이지 않는 천장을 살피다 티르는 주섬주섬 다키라의 뒤를 따르기 시작했다. 겁을 잔뜩 집어먹고 엉덩이를 뒤로 빼던 놈이 뭐에 홀렸는지 벌써 저만치나 앞서 가고 있었다.

"같이 가!"

바락 소리치고는 걸음을 좀 더 빨리 하는데 문득 코끝을 스치는 향긋한 냄새가 느껴졌다.

"어라, 이건?"

티르는 냄새의 정체를 금방 깨달았다.

그것은 죽을 듯한 갈증을 불러온 냄새였고 가슴 가득 그리움을 불어넣던 물의 냄새였다.

"성수!"

엘룬의 성수라며 바람의 술사들이 품고 마중을 나왔던 바로 그것. 축제의 날이라는 오늘 엘룬 전역에 비가 되어 내린 바로 그 물 냄새다. 깨닫자마자 티르는 정신없이 앞으로 내달렸다. 저쪽 어딘가에 샘이 있을 것만 같았다.

"다키라?"

차가운 돌길이 끝나는 곳. 다키라가 우두커니 멈춰 서 있었다.

그의 시선은 정면을 향해 고정되어 있었고 등은 뻣뻣하게 굳어 있었다. 티르는 조금 불안한 기분이 되어 천천히 그에게 다가갔다.

움직일수록 향기가 점점 더 진해지고 있었다. 확실히 샘과 더 가까워지고 있는 것이다. 가슴마저 두근거리며 티르는 다키라의 곁에 어깨를 나란히 하고 섰다.

"아!"

갑자기 빛이 쏟아졌다.

희끄무레하던 공간이 확 밝아지면서 사방에서 황금빛 빛무리가 한꺼번에 터져 나왔다.

"윽, 눈부셔. 이게 뭐지?"

"……천년화."

"뭐?"

멍하니 중얼거리는 다키라의 얼굴을 한번 올려다본 뒤 티르는 빛이 쏟아지고 있는 정면으로 다시 고개를 돌렸다. 쏟아지는 황금빛 빛무리들 때문에 눈이 부시다 못해 아팠지만 조금 견디자 곧 익숙해졌다.

그리고 마침내 드러난 것은…… 넓은 연못 가득 피어 있는 황금빛 꽃들. 연꽃을 닮은 커다란 황금색 꽃들이 끝이 보이지 않는 넓은 연못 가득 피어 태양처럼 눈부시게 반짝이고 있었다.

"이게 천년화라고?"

멍하니 중얼거리다 티르는 곧 루나레스의 화분을 떠올렸다.

녀석이 날마다 끌어안고 다니며 꽃을 기다리던 화분. 그 화분 안의 풀 쪼가리를 천 년쯤 키운다면 바로 저 꽃이 피었을 거라는 사실이 자연스럽게 깨달아졌다.

티르의 시선이 꽃을 지나 물로 향했다.

확실히 기억하고 있는 성수의 냄새가 바로 그곳에서 흘러나오고 있었다. 결국 연못의 물이 엘룬의 성수라는 뜻이다.

"여긴 대체 뭐지? 이 많은 물은 어디에서 흘러온 걸까?"

"……"

"어, 다키라? 이봐, 어디로 가는 거야?"

멍하니 꽃을 바라보던 다키라가 갑자기 미친 듯이 연못으로 뛰어들었다. 그리곤 꽃을 헤치며 그리 깊지 않은 연못을 똑바로 가로지르기 시작했다. 그 갑작스러운 행동에 티르도 덩달아 연못으로 뛰어들고 말았다. 다행히 그리 깊지 않은 곳이라 무릎 바로 위까지만 물에 잠겼다.

"다키라, 기다리라니까!"

허겁지겁 소리치며 꽃 사이를 달리다 티르는 갑자기 멈추어 섰다.

어느 순간부터인지 잔잔하던 물이 그를 향해 움직이고 있는 듯한 느낌이 들고 있었다.

"뭐지?"

티르는 두 손을 들어 가만히 살펴보다 물에 잠긴 다리 쪽으로 시선을 주었다. 몸 안에 잠들어 있던 황금빛 넝쿨이 일제히 나타나 빛을 뿌리고 있었다. 성화가 움직이지도 않았는데 자연스럽게 나타나 쑥쑥 영역을 넓혀 간다.

"왜 이러는 거야?"

아무리 봐도 몸이 성수에 닿자마자 빠르게 자라고 있는 듯한 느낌을 지울 수가 없었다. 넝쿨의 움직임이 활발해질수록 이미 익숙해진 물의 힘이 온몸 가득 충만해지고 있는 것도. 이러다 곧 그 힘에 완전히 삼켜질 것만 같아 덜컥 겁이 났다.

"물고기 따위는 되지 않아."

이를 깨물며 중얼거린 다음 티르는 물을 걷어차듯 다시 앞으로 내달렸다. 다키라의 모습은 어느새 한참이나 멀어져 있었다.

그렇게 얼마나 달렸을까. 저만치 앞에서 문득 다키라가 멈춰 서는 것이 보였다. 만발한 꽃 사이에 우뚝 멈춰 서서는 한참이나 정면을 응시하더니 곧 두 손으로 머리를 감싸 쥐었다.

"크윽!"

"다키라!"

갑자기 풀썩 주저앉는 그를 발견하고 티르는 자꾸만 무거워지는 발끝에 힘을 주었다. 짧은 거리를 달렸음에도 불구하고 이제는 그가 느낄 정도로 물의 흐름이 빨라지고 있었다. 연못이 아니라 졸졸 흐르는 시냇물에 발을 담그고 있는 것처럼 여겨질 정도였다.

"다키라!"

주저앉은 다키라를 잡아채며 티르는 소리쳤다.

"뭐하는 거야? 미쳤……어?"

"머리가, 머리가 아파아……."

"다키라……."

"아프다고오! 크으윽."

"다키라? 저게…… 뭐지?"

티르는 다키라를 잡아챈 손에서 힘을 뺀 채 정면을 바라보고 있었다. 경악으로 휘둥그레진 눈동자 가득 부연 빛이 새어들었다. 그것은, 그것은…….

지잉……!

창이 울기 시작했다. 순간순간 눈앞을 스치던 환영이 아니라 찬란하게 빛나는 황금빛 창이 바로 눈앞에서 울고 있었.

넝쿨이 휘감고 있는 길고 아름다운 몸체. 날카롭게 번뜩이는 강한 힘. 평소엔 느껴지지도 않던 샤나메의 힘이 당장이라도 뛰쳐나올 듯 몸 깊은 곳에서 꿈틀거리기 시작했다. 그럼에도 불구하고 티르는 그 자리에 못 박힌 채 움직일 수가 없었다.
"어떻게…… 왜……?"
가장 강한 힘을 담은 날카로운 창의 날은 누군가의 가슴을 정확히 꿰뚫고 있었다. 긴 은빛 머리칼을 가진 아름다운 여신을 공중에 매단 채 단단한 바위벽에 박혔다.
아나히타. 물의 여신은 그렇게 그곳에 죽어 있었다.
꿰뚫린 여신의 가슴에서 끊임없이 흘러나온 물이 연못을 이루고, 천년화를 피워 내고, 다시 벽을 타고 하늘로 솟구쳐 거대한 수정구를 가득 채우는 모습이 한눈에 들어왔다.
갑자기 가슴이 철렁 내려앉았다.
거꾸로 솟구치는 푸른 물을 따라 티르는 천장을 올려다보았다. 파랗게 출렁이는 거대한 수정구슬이 하늘대신 그곳에 있었다. 성수다. 티르는 그렇게 성수의 정체를 깨달았다.
"비가…… 내리지 않는다고…… 여신에게도 사정이…….."
멍하니 중얼거리다 티르는 그만 입을 다물어 버렸다.
이런 것은 상상해 본 적이 없었다. 이런 장면을 보게 될 거라고는 절대로 생각도 해 본 적이 없다. 그때였다.
―결국은 찾아냈구나.
머리 위에서 낯익은 목소리가 들려왔다. 고개를 들어 올려다보니 저 멀리 수정구슬 위에 앉아 있는 까만 그림자가 눈에 들어온다. 자하크였다.
여전히 검은 천으로 전신을 칭칭 감고 있는 그가 구슬 너머에서 아래를 내려다보고 있었다. 아니, 정확히는 벽에 박힌 여신의 시신을 보고 있었다. 티르는 문득 궁금해졌다. 출렁이는 성수 너머의 여신은 그에게 어떤 모습으로 보이고 있는 걸까?

"당신이 찾고 있던 건 어느 쪽이지? 여신이야, 아니면 창이야?"

―넌 창을 찾고 있었지.

"샤나메 때문에. 당신은?"

―…….

"여신이군. 그렇지?"

사실 그건 물을 필요도 없는 일이었다. 애초에 자신에게 샤나메를 주었을 때부터 그는 이런 결과를 예상하고 있었을 것이다. 티르는 으드득 이를 갈았다.

"창이 이곳에 있다는 걸 당신은 알고 있었던 거야. 저건 당신의 무기였을 테니까. 그렇지?"

―……잊고 있었다고 한다면 믿을 테냐?

"……!"

여신을 죽여 놓고도 그 사실을 잊고 있었다고? 그래서 기억을 잃은 거란 말인가?

의문을 품는 순간, 자하크가 수정 구슬을 통과해 천천히 아래로 떨어지고 있었다. 하늘로 솟구치는 푸른 성수를 거슬러 내려오면서도 예의 검은 천 조각에 물기 한 점 만들지 않을 만큼 그는 강한 마족이었다.

마왕이니까 여신을 죽일 수 있었으리라. 저 빌어먹을 창을 쥐고 그렇게 여신의 심장을 꿰뚫은 것이다.

"난 여신이 루칸과 나의 모후라고 생각했어. 그런데 왜 그녀가 여기에 죽어 있는 거지?"

─글쎄다. 왜 그랬을까?

창 앞으로 내려서며 그가 무심히 되물었다. 문득 그의 표정이 궁금해졌다. 티르는 저 검은 천을 찢어 내고 그의 얼굴을 확인하고 싶은 격한 충동을 느끼고 있었다.

─이렇게 심장이 아픈데…… 왜 그랬을까?

"기억나지 않는다는 뜻이야?"

─아니. 그녀의 심장을 꿰뚫던 순간의 고통은 아직도 이렇게 생생하다. 슬펐지. 고통스러웠다.

"그런데 왜……."

─왜 그랬을까?

창을 물끄러미 바라보며 그가 고통스럽게 울부짖었.

창을 도로 뽑지 못해 그냥 남겨 두고 떠날 만큼 그는 슬펐을지도 모른다. 그렇게 슬펐으면서 왜 여신을 죽인 건가.

─가질 수 없었기 때문일지도.

"루칸?"

등 뒤에서 비아냥거리는 목소리가 들려와 고개를 돌려 보니 루칸이 하라와 함께 바로 뒤에 서 있었다. 기척 하나 없이 나타나는 바람에 티르는 미처 그가 뒤에 있다는 사실도 깨닫지 못했다.

"언제 온 거지?"

—방금. 오랜만이구나, 티르메네스. 무사해서 다행이다.

흐릿한 미소를 지으며 그가 손을 내밀었다. 그리곤 머리를 슥슥 쓰다듬어 준 다음 금방 돌변한 표정으로 자하크를 노려보기 시작했다.

—도전자의 밤을 준비하라고 하셨더군요.

—…….

—이곳까지 오는 내 발길을 막고 싶었던 것입니까? 덕분에 꽤나 귀찮은 일이 많았습니다.

아닌 게 아니라 늘 고고하고 말끔하던 그의 몰골이 어쩐지 조금 초췌해지긴 했다. 티르는 피곤이 묻어나는 루칸의 얼굴을 보다 슬그머니 하라를 돌아보았다. 여기저기 찢긴 옷 꼬라지하며 창백한 얼굴이 그의 눈에도 제법 고단해 보이고 있었다.

"도전자의 밤?"

"언젠가 말씀드렸던 바로 그 일입니다. 왕좌를 다투는……."

"아! 그런 게 있었지."

그게 뭐 그리 대수냐는 듯 시큰둥한 티르의 반응에 하라는 그만 말문이 막혔다. 여차하면 이 자리에서 소멸될 수도 있는 일인데 저 무심한 반응이라니……. 그저 무식이 죄요, 무관심이 한이라는 말이 목구멍 바로 아래까지 치솟았다.

당장 도전자의 밤이 선포된 것도 아니고 그저 준비를 하라는 언질만으로도 이렇게 피곤할 정도로 싸움을 벌였는데 만일 이 자리에서 정식으로 선포라도 된다면 어떤 일이 벌어질지 아무도 알 수 없었다.

저 성질 급한 루칸이 당장 왕께 도전하지 말라는 법도 없고, 왕이 루칸과 티르메네스를 동시에 소멸시키지 말라는 법도 없으니까 말이다.

그런 생각과 함께 하라는 긴 한숨을 내쉬었다. 오는 동안 벌인 열일곱 번의 전투 덕분에 온몸이 욱신거리고 있었기 때문에 이쯤에서 간절히 휴식이 필요했다. 그러나 돌아가는 상황은 너무나 비협조적이었다.

"그나저나 '가질 수 없었기 때문' 이라는 건 무슨 소리지?"

안 그래도 호기심 많은 티르메네스가 눈을 반짝이며 루칸을 향해 묻고 있었다.

"그게 여신을 죽일 만한 이유가 된다는 거야?"

—얼마든지. 하지만 마족의 싸움에 이유가 없듯이 여신의 죽음에 이유가 없다 해도 그리 이상한 일은 아니다.

"아무 이유 없이 죽였을 수도 있다고?"

—훗, 마족은 이유를 따지지 않는다는 이야기다. 기분을 따진다면 모를까. 하지만 그가 여신을 죽인 건 역시…… 가질 수 없었기 때문일 거다. 안 그렇습니까?

마치 모든 것을 알고 있다는 듯 루칸은 노골적으로 자하크를 비웃었다.

─마왕을 다른 이름으로 부른다면 '집착하는 자들'이라고 한다지요. 당신은 여신에게 집착했던 것입니까? 죽음을 선물할 만큼?

─쌍둥이를 만들어 낼 만큼이었다.

─그럼 이제 우리가 필요했던 이유는 기억해 내셨습니까?

─…….

─더 기다려야 하는 거군요.

왕이 마계로 돌아왔을 때만 해도 루칸은 어쩌면 그에게서 약간의 설명을 들을 수 있을지 모른다는 생각을 했었다. 창조와는 거리가 먼 마족의 힘을 거부하면서까지 그들 쌍둥이를 만들어 낸 이유에 대해. 그리고 자신들의 쓸모와 그 시기에 대해.

적어도 그가 아는 왕은 쓸모없는 것을 만들기 위해 힘을 낭비할 만한 존재가 결코 아니었으니까. 하지만 그런 것 따위 이제는 상관없다. 도전자의 밤을 준비하라는 명령을 받은 순간부터 상관이 없게 되었다.

─언젠가 우리의 쓸모를 기억해 내신다고 해도 당신의 뜻대로 움직여 줄 거라는 기대는 버리십시오.

루칸은 싸늘한 시선으로 자하크를 노려보았다.

─당신이 도전자의 밤을 준비하는 이유에 대해 아주 모르지 않습니다. 당신에게서 비롯된 우리입니다. 당신만큼이나 집착이 강한 존재라는 뜻이지요. 저도, 티르메네스도.

─안다.

―당신은 제게서 티르메네스를 빼앗아 갈 수 없습니다.

―티르메네스는 마족이 아니다.

―아직은 마족입니다. 당신의 기대처럼 그가 이곳에서 각성을 맞이하게 내버려 두지 않을 겁니다.

―쓸데없는 짓.

두 개의 시선이 공간을 격하고 치열하게 부딪치고 있었다. 주변의 공기가 빠르게 식어 내린다. 먼저 움직인 것은 루칸이었다.

촤악!

갑자기 개방된 힘의 파동을 견디지 못하고 물결이 양쪽으로 밀려나고 있었다. 밀려난 물을 따라 천년화들이 사방으로 흩어지고 창이 다시 울기 시작했다. 그때까지도 자하크는 눈 하나 꿈쩍 않고 서서 여신의 시선을 바라보고 있었다.

그때였다.

당장이라도 자하크를 향해 달려들 듯 잔뜩 힘을 모은 루칸이 문득 티르를 돌아보았다. 그리고 말했다.

―내가 그를 잡아 두는 동안 창을 뽑아라, 티르메네스.

"에?"

―창을 가지고 이곳에서 벗어나. 가능한 한 빨리. 그것이 유일한 방법이다.

무엇을 위한 유일한 방법이라는 건지 티르는 정확히 알아듣지 못했다. 살아남기 위한 유일한 방법이라는 걸까? 아니면 자하크의 계획을 보기 좋게 엿 먹일 수 있는 유일한 방법? 어느 쪽이든 그에게 다른 선택의 여지는 없어 보였다.

티르는 말없이 고개를 끄덕였다.

다른 건 둘째 치고라도 그가 창을 탐내고 있는 것만큼은 사실이었다. 샤나메가 몸속에 있는 이상 벗어날 수 없다는 것을 안다. 돌아가는 상황으로 보아 자하크가 근 시일 내에 자신에게서 샤나메를 회수할 것처럼 보이지도 않는다. 그러니 티르의 입장에서는 창을 가지고 돌아가는 방법이 가장 수월한 것이었다.

'기회는 단 한 번뿐이야.'

루칸이 자하크를 오래 잡아 둘 수 없다는 것을 그는 본능적으로 깨닫고 있었다. 루칸이 아무리 강하다 해도 그는 아직 성년을 맞이하지 못한 어린 마족에 불과했다.

게다가 이곳은 엘룬의 성지다. 죽은 여신의 힘일망정 은혜로운 신성이 가득한 신의 대지인 것이다. 루칸이 제 힘을 발휘하지 못하는 게 당연하다. 그리하여 티르는 단 한 번의 기회를 노리기로 결심했다. 자하크가 여신에게서 확실하게 시선을 떼는 순간 그는 움직일 것이다.

"주군, 꼭 이러셔야만 합니까?"

보다 못한 하라가 절박한 얼굴로 루칸에게 매달렸다. 왕에게 도전한다는 것 자체가 가장 끔찍한 선택임을 그는 알고 있었다. 그를 이길 수도, 자비를 바랄 수도 없는 상황이 곧 닥쳐

올 것이다. 승산 없는 도전, 소멸을 향한 지름길로 굳이 들어설 것은 없지 않은가 말이다.

"주군!"

―물러서라, 하라쿠스! 차앗!

하얀 번개가 물을 타고 바닥을 수놓는 순간, 마침내 루칸이 몸을 날렸다. 양쪽으로 밀려난 물길이 그의 움직임을 따라 급격히 한쪽으로 쏠리고 있었다.

그것은 마치 하얀 날개를 단 천사가 번개를 거느리고 날아오르는 것처럼 보였다. 티르는 묘한 감동마저 느끼며 루칸의 움직임을 따라 시선을 옮겼다. 여전히 여신을 향해 시선을 박아 둔 채 무심함으로 일관하는 자하크가 얄밉게 여겨질 정도로 처절한 도전이었다.

물론 그도 눈이 없는 것이 아니라 상황의 불리함을 모르지 않았다. 루칸이 애써 만든 기회를 놓치고 싶지 않다. 그래서 티르는 은밀히 물을 움직여 보기로 했다. 지금 곁에 있는 것. 아직도 자신을 향해 모여드는 성수를 느끼며 성화를 불러냈다.

―가! 그를 도와줘.

명령을 받은 성화가 재빠르게 루칸의 뒤를 따르기 시작했다. 그리고 거의 동시에 티르는 천장으로 시선을 돌렸다. 수정 구슬을 가득 채우고 있는 성수를 향해 팔을 뻗었다.

―나는 비와 구름, 바람과 진눈개비의 사랑을 받는 자. 너희는 내게 속한 존재. 오라!

들어 본 적도 없는 신의 주문이 마치 노랫가락처럼 저절로 입에서 새어 나온다. 온몸을 점령한 황금빛 넝쿨이 깨어나 몸 바깥을 맴돌며 명령을 전하고 있었다. 그리고 마침내 수정구슬 안의 성수가 요동을 치기 시작했다.

쩌저적…… 쩌적!

구슬 표면에 하나 둘 하얀 금이 생기더니 곧 파삭! 하는 소리와 함께 한쪽이 깨져 나갔다. 물이 쏟아진 것은 루칸이 막 자하크에게 번개의 창을 날린 순간이었다. 결과도 보지 않고 티르는 몸을 날렸다.

짧은 순간, 무심한 자하크의 시선이 막 들이닥치는 성화를 향해 돌아가는 것을 보았기 때문이다. 이제는 자석처럼 따라붙는 물을 박차고 훌쩍 뛰어올랐다. 창이 바로 머리 위에 있었다. 운명의 순간이 다가왔다는 사실을 감지했는지 놈이 비명처럼 요란 맞게도 울기 시작했다.

덥석!

손아귀에 서늘하면서도 묵직한 창신이 잡혔다. 그런데 위치가 너무 높다 보니 뽑기는커녕 오히려 대롱대롱 매달린 꼴이었다. 게다가 더 기막히게도 한 손으로 창을 잡고 허공에 매달린 채로 하필이면 자하크와 눈이 딱 마주쳐 버렸다.

그는 달려드는 루칸을 멀리 퉁겨 내고 귀찮은 모기 쫓듯 성화를 툭툭 밀어낸 다음 막 고개를 돌리던 참이었다. 티르를 발견한 그의 황금빛 눈동자가 슬그머니 가늘어지고 있었다.

공격을 하려는 걸까? 티르의 시선이 저 멀리로 날아가 처박힌 루칸을 찾았다.

하라가 황급히 달려가 부축하는 걸 보니 죽지는 않은 것 같은데 움직일 만하면 좀 더 도와줬으면 하는 작은 소망이 마구 샘솟고 있었다. 이대로 뽑는 시늉이라도 해 봐? 꿀꺽.

—움직이지 마라.

"아, 그게…… 윽!"

자하크의 경고 때문이 아니더라도 티르는 정말로 움직이고 싶지 않았다. 매달린 채로 움직여 봤자 창은 뽑히지도 않을 거고 꼴만 더 우스워질 뿐이라는 사실을 잘 알고 있으니까. 하지만, 하지만…… 갑자기 속에서 햇불처럼 이글거리는 불덩어리가 솟구칠 때는 어떻게 해야 하는 건가.

"크억! 허억…… 이, 이게……."

배가 마구 비틀리고 있었다. 누가 창자를 쥐어짜는 건지, 아니면 속에다 불이라도 붙인 건지 숨도 쉴 수 없을 만큼 지독한 고통이 몰려왔다.

"으아악!"

티르는 고막이 먹먹해지도록 비명을 내지르며 무섭게 몸을 떨기 시작했다. 온몸이 벌겋게 달아오르고, 입이 저절로 벌어지고, 거품이 일었다. 게다가 눈앞이 가물거리면서 사지는 물론이고 눈동자조차 마음대로 움직여 주지 않았다. 그런 와중에도 창을 움켜쥔 손은 절대로 펼쳐지지 않았다.

놓쳐도 진즉에 놓쳤어야 하는데 손이 제 마음대로 움켜쥔 채 놓지 않고 있는 것이다. 눈물이 줄줄 흐르고, 침도 흐르고, 머리 위에선 땀이 비처럼 쏟아지고 있었다. 그 순간에조차 티르는 배가 뜨거워서 견딜 수가 없었다.

"크아아아!"

쩍 벌어진 입에서 고통스러운 비명이 새어 나왔다. 불덩어리가 뱃속 여기저기를 전전하며 죄다 지져 대고 있는 건지 매캐한 탄 냄새마저 느껴질 지경이었다. 그러던 어느 순간, 갑자기 얌전해진 불덩어리가 식도를 타고 무섭게 역류하기 시작했다.

"우욱!"

푸학! 환한 빛무리 하나가 입 밖으로 뛰쳐나왔다.

미치도록 뜨겁기에 불덩어리라도 하나 나올 줄 알았는데 불은커녕 오히려 시리게 느껴지는, 칠색으로 빛나는 아름다운 빛 덩어리가 튀어나온 것이다. 샤나메다.

샤나메가 모습을 드러내자 창이 발작적으로 진동을 일으키기 시작했다. 그리고 곧 단단하게 박혀 있던 벽에서 천천히 물러나는 듯한 느낌이 들더니 쩡! 하는 소리와 함께 쑥 뽑혀 나왔다.

─아나히타!

벽에서 물러난 창이 공중에 꼿꼿하게 몸체를 세우는 사이 자하크는 막 추락을 시작한 여신을 향해 몸을 날리고 있었다. 하늘로 솟구치던 푸른 물줄기가 잠시 더 거세진 것처럼 보였다.

그러나 그것은 잠시뿐. 곧 점점 느려지기 시작하더니 얼마 지나지 않아 위로 올라가는 물이 서서히 자취를 감추기 시작했다.

하늘로 솟구치는 대신 물은 이제 아래로 흘러 천년화가 가득한 연못으로 스며들었다. 그마저도 얼마 되지 않는 양이었다. 물을 뿜어내던 여신의 가슴이 자하크에 의해 감쪽같이 아물었기 때문이다.

하지만 단지 그뿐. 죽은 시신이 다시 눈을 뜨고 일어나는 경천동지할 일은 벌어지지 않았다. 그저 눈에 보이는 겉의 상처가 감추어졌을 뿐이니까. 마족은 생명을 되살리는 힘을 허락 받지 못했다. 슬프게도.

물길이 잦아드는 사이에도 샤나메는 미친 듯이 기뻐 날뛰고 있었다. 꼿꼿하게 몸을 세운 창의 주변을 정신없이 맴돌며 칠색 같기도 하고 팔색 같기도 한, 눈부신 빛을 쏟아내느라 바빴다.

티르는 그때까지도 창에 매달려 옴짝달싹하지 못하고 있었다.

그가 창을 움켜쥔 것이 아니라 창이 그를 붙잡고 있는 상황이었다. 게다가 샤나메조차도 그를 창의 일부로 여기는 건지 주변을 뱅뱅 맴돌다 다가와 슬쩍슬쩍 얼굴을 건드리곤 했다. 그러더니 놈은 곧 빨려들듯 창을 향해 쇄도해 창신의 정 중간쯤 되는 자리의 둥근 홈에 자리를 잡았다.

번쩍!

눈부신 빛이 터져 나왔다.

빛이 가라앉자 티르는 창의 느낌이 약간 변했다는 사실을 깨달았다. 그저 시리고 단단한 황금색 창으로만 보이던 것이 갑자기 살아 있는 생물처럼 느껴지기 시작한 것이다. 그때였다.

그것이 변화의 끝이 아니었는지 창은 또 제 마음대로 움직이려 들었다. 샤나메 덕분에 훨씬 생생하게 살아난 놈은 황금빛 오라를 뿌리며 티르의 성화를 움직이더니 이윽고 멍하니 주저앉아 있는 다키라를 가리키고 있었다. 티르의 입이 벌어졌다.

―돌아와라, 카룬의 종속자여.

"으, 으, 으윽……."

창백한 얼굴을 한 다키라가 고통스러운 신음을 흘리고 있었다.

그토록 오기 싫다고 노래를 한 건 아마도 이런 결과를 본능이 자각하고 있었기 때문일 것이다. 티르는 조금 후회했다. 이런 것일 줄 알았다면 괜히 떼를 쓰지 않는 건데……. 하지만 때는 이미 늦어 버렸다.

"으아아악!"

다키라가 고개를 뒤로 꺾으며 고통스러운 비명을 내지르고 있었다. 우두둑 우두둑. 그의 모습이 빠르게 본체를 회복했다. 검은 비늘로 뒤덮인 몸, 물결에 파문을 일으키는 검은 날개, 그리고 서늘한 황금빛 눈동자. 블랙 드래곤이 하늘을 향해 포효하고 있었다. 갑자기 좁아진 공간이 당장이라도 무너질 듯 진동을 일으켰다.

그 사이 날개를 펼친 드래곤이 땅을 박차고 날아올랐다. 그리곤 하늘이 아닌 창을 향해 똑바로 날아왔다. 기세 좋게 날아와 꼿꼿하게 세워진 창을 온몸으로 휘감았다.

―우우우우웅!

창이 운다. 창신의 중앙에 박힌 샤나메를 한쪽 발로 잡은 채 포효하는 드래곤. 방금 전만 해도 텅 비어 있던 자리에 아름다운 블랙 드래곤 한 마리가 곱게 조각되어 있었다. 그에 창은 몸체를 떨며 기쁨의 노래를 불렀다.

그 넘칠 듯한 환희가 손을 타고 티르에게까지 생생하게 전해지고 있었다. 저도 모르게 기뻐 날뛰고 싶어질 만큼.

창이 본래의 모습을 완벽히 회복했다는 사실을 티르는 자연스럽게 깨달았다. 그리고 자신을 새로운 주인으로 인정하고 있다는 사실도. 루칸의 의도는 확실히 성공했다. 이유는 모르겠지만 창은 자하크에게로 돌아가려 들지 않았다.

아무런 의심 없이 새로운 주인을 인정하고 받아들였다. 지조를 의심할 만큼 너무도 순순히. 딸랑! 창이 맑은 방울소리를 흘려 냈다. 놈이 무엇을 원하는지 티르는 금방 알아들었다.

그리하여 그는 자신의 키를 훌쩍 넘어서는 창에게서 가만히 손을 떼었다. 그리고 자연스럽게 왼쪽 팔을 내밀자 그것은 금방 크기를 줄이더니 둥그렇고 화려한 팔찌가 되어 손목을 휘감았다. 반짝이는 샤나메와 블랙 드래곤과 넝쿨 장식을 휘감은 화려한 황금빛 팔찌가 뻔뻔하게 손목을 점령하고 있었다.

 물의 힘과 그와는 다른 무거운 힘이 동시에 몸속에서 소용돌이치는 듯한 느낌이었다. 티르의 황금빛 눈동자에 물빛이 빠르게 섞이고 있었지만 그 자신은 알지 못하는 일이었다. 그저 좀 더 막강해진 힘의 파동을 느끼고 있을 뿐.

 착실하게 창을 소유한 그가 마침내 천천히 아래로 떨어지기 시작했다. 회심의 미소를 짓고 있는 루칸과 그저 비통할 뿐인 자하크의 시선이 빠르게 교차하고 있었다. 그리고 다음 순간, 티르가 막 땅에 발을 딛자마자 자하크가 입을 열었다.

 ─이 순간부터 도전자의 밤을 선포한다!

 "헉! 와, 왕이시여!"

 ─모든 마족에게 알린다. 푸른 밤이 시작되는 날 그대들은 모든 도전자들의 피 위에 선 위대한 왕을 보게 될 것이다.

 영혼에 대고 직접 외치는 듯한 선언이 빠르게 하늘 너머로 퍼져 가고 있었다. 갑자기 정적이 내려앉았다. 하지만 그건 아주 잠시였을 뿐이다. 다음 순간, 엉거주춤 서 있던 루칸이 티르를 향해 몸을 날리며 소리쳤다.

 ─이곳에서 달아나야 한다, 티르메네스!

 비둘기를 낚아채는 매처럼 단숨에 티르를 낚아챈 루칸이 순식간에 뻥 뚫린 하늘을 향해 날아올랐다. 하라가 허겁지겁 뒤를 따랐다. 그때까지도 자하크는 여신의 시신을 부둥켜안은 채 꼼짝을 않고 있었다. 균열이 가 있던 수정구슬이 부서졌다.

그리고 곧 어둠이 찾아왔다.

―그날이 올 때까지만······.

어둠속에서 빛나던 황금빛 눈동자가 조용히 감기고 있었다.

"심심한데."

슈라가 귓구멍을 후비며 중얼거리고 있었다.

피가 튀고, 뼈가 부러지고, 살점이 날아다니는 살벌한 전쟁터 한복판에서 할 소리는 아니었지만 그는 정말로 심심해 몸이 뒤틀릴 지경이었다.

"시작할 때만 해도 뭔가 재미난 일이 생길 것 같더니 어째 갈수록 재미가 없는 걸까?"

"그야 전하께서 하는 일 없이 계속 놀고만 계시니 그런 것 아닙니까?"

"엉? 놀다니. 아하하하, 누가 들으면 정말로 놀고 있는 줄 알겠다, 이라즈."

"정말로 놀고 계십니다만."

"······!"

"벌써 열흘째 싸움구경만 하고 계시는 중이지요."

"그럴 리가! 지난 열흘 동안 내가 정말로 한 번도 싸우지 않은 게 맞단 말이냐, 이라즈?"

정말로 놀랐다는 듯 묻자 이라즈는 또 묵묵히 고개를 끄덕였다. 가끔 생각하는 거지만 정말로 배려심이라고는 눈곱만큼도 없는 놈이었다, 이라즈는. 제가 충성스러운 신하임을 자처한다면 그래도 어느 정도는 부드러이 말해 줄 법도 하건만 뭘 먹고 나온 건지 놈은 지금처럼 시도 때도 없이 냉정하기 이를 데 없다.

"내가 어쩌다가 너 같은 얼음 주둥이를 오른팔로 삼은 걸까?"

슈라는 한탄했다. 그러자 절대로 지고는 못 사는 이라즈가 또 냉큼 비사를 까발렸다.

"오른팔만 되어 주면 제국의 미녀란 미녀는 다 소개해 주신다고 맹세를 하셨습니다만."

"그, 그랬던가?"

"그러셨습니다. 그것도 제 아버님 앞에서."

"흥, 그럼 이제라도 해 주랴? 아, 해 준다, 해 줘. 더러워서라도 해 줄 테니까 대신에 그 13살짜리는 나한테 넘겨라."

"치사하십니다. 이젠 오른팔의 약혼녀까지 넘보시는 겁니까?"

"엉? 누구 마음대로 약혼까지 했냐, 이라즈? 언제?"

"도, 돌아가자마자 청혼을 할 예정이니까 약혼 상태라고 해도 무방한 겁니다."

부, 불쌍한 놈. 떡 줄 사람은 생각도 안 하고 있는데 혼자 애를 키워 벌써 약혼까지 한 거다, 이라즈는! 갑자기 그가 말도 못하게 불쌍해졌다. 그리고 동시에 죄책감도 몰려왔다.

"크윽. 미안하다, 이라즈. 다 내 죄다. 내가 진즉에 맹세를 지켰더라도 이런 일은 없었을 텐데!"

"……?"

"이제라도 늦지 않았다. 당장 대륙 최고의 미녀들을 찾아 소개해 주마."

"하지만 저는 약혼녀가……."

"잊어버려. 고작 13살짜리를 어느 천 년에 키워 결혼을 하겠나? 상상은 그만하면 된 거다, 이라즈. 더구나 네 취향은 그런 어린애가 아니라 쭉쭉빵빵 가슴이 큰 미녀잖아?"

사실이었다. 그동안 이라즈는 제법 육감적인 미녀들을 사랑해 왔다. 13살짜리에게 반하기 전까지는 분명히 그랬던 것 같다. 하지만 이젠 상관없는 일이었다. 왜냐면 진짜 사랑을 찾았으니까.

"정말로 약혼을 했습니다만."

마치 자랑을 하듯 이라즈는 어깨를 폈다.

"알아, 알아. 상상의 나래를 펴도 활짝 폈구나, 이라즈."

"그런 게 아니라 진짜 약혼입니다. 아버님께 편지를 보내 아스랄 백작 가에 청혼을 넣어 달라고 부탁드렸지요. 그래서……."

"뭣? 서, 설마……."

"예. 아버님과 백작님께서 허락하셨고 그녀도 곧 약혼을 받아들일 겁니다."

슈라에게 '불쌍한 이라즈'라고 불리며 혼자 쓸쓸히 눈을 감는 말년을 상상하다 갑자기 너무 무서워져서 이라즈는 행동을 감행해 버렸다. 물론, 그러길 너무 잘했다는 생각이다. 안 그랬다면 지금도 실컷 놀림을 당하며 불쌍한 말년을 상상하고 있었을 테니까 말이다.

"지금 네가 나보다 먼저 결혼을 할 거란 말이냐, 이라즈?"

슈라가 경악 어린 얼굴로 이라즈를 돌아보았다. 이런 식으로 뒤통수를 치다니! 슈라는 충격을 받았다. 그리하여 슬그머니 자일로스 쪽을 바라보다 이라즈를 남겨 놓고 자연스럽게 그에게 접근했다.

"주군?"

백부장들에게 무언가를 명령하던 자일로스가 그를 알아보고 당장 몸을 굳혔다. 그런 그의 곁에 나란히 서며 슈라는 잔뜩 숨죽인 목소리로 속삭였다.

"큰일 났다, 자일로스."

"크, 큰일이요?"

"이라즈가 약혼을 했다."

"예에? 그, 그럼……."

"이러다 내기에 질 것 같은데……. 경도 알다시피 난 지는 게 참 싫거든?"

이라즈에게는 '결혼에 골인한다' 쪽에 걸었다고 말했지만 사실 슈라는 '그녀에게 차인다' 쪽에 걸었다. 그러니 이라즈가 약혼에 성공하면 안 되는 거였다.

"너도 '차인다'에 걸었지, 자일로스?"

"그, 그랬습니다만. 정말 큰일이군요."

"그래, 큰일이지. 그래서 말인데…… 이라즈에겐 미안하지만 방해를 좀 해야겠다. 아스랄 가의 아가씨가 아직은 사랑을 꿈꾸는 순진한 아가씨이기를 바라는 의미에서 금발의 미청년을 하나 보내 주자."

"좋은 생각이군요."

둘은 의미심장한 시선을 교환하며 나란히 고개를 끄덕였다.

자고로 멀리 있는 님보다 가까이 있는 남이 더 나은 법이라고 했다. 13살짜리 소녀가 정말로 이라즈를 사랑해서 약혼을 허락할 거라고는 여겨지지 않았다. 그녀는 아직 사랑을 모른다. 어린 소녀에게 사랑의 로망을 가르쳐 주는 것도 나쁘지 않을 것이다.

막말로 아직 어린 그녀는 이라즈처럼 산전수전 다 겪은 느끼 중년(?)보다 상큼한 열여덟 미청년에게 더 마음이 갈 게 틀림없었다. 다행히 그런 미청년이라면 흔했다. 명문가의 자녀들로 이루어진 제국의 근위대에서 아무나 하나 고르면 되는 거니까.

"후후후. 불쌍한 이라즈, 걱정 마라. 내기에서 이기고 나면 더 이쁜 여자 소개해 줄게. 어차피 사랑은 고통이라고 하지 않던?"

회심의 미소를 지으며 슈라는 고개를 끄덕였다. 그러다 장장 열흘째 싸움 구경이나 하면서도 놀고 있었다는 이라즈의 말을 기억해 내고는 모처럼 전장을 둘러보아야겠다는 생각을 했다.

"전황을 보고해라, 자일로스. 아직 하루나의 성문이 열리지 않은 거냐?"

"예, 주군! 성문을 단단히 닫아걸고 안에 칩거한 채 간간히 방어만 하고 있습니다."

"흥, 겁쟁이 쥐새끼들 같구나. 전령을 보내 항복을 요구해라."

"존명!"

슈라가 이끄는 카도니아 군대는 지난 열흘 사이 밀물처럼 투란 제국군을 쓸어버리고 그들의 수도까지 진군해 왔다. 놀아도 너무 놀았는지 제국군은 제대로 힘을 쓰지 못하고 있었다.

정규군들은 수수깡이나 다름없는 오래된 무기로 무장하고 있었고 시민병들은 제대로 싸울 줄도 몰랐다. 그동안 꾸준히 살인적인 훈련을 거듭해 온 카도니아 군에 비하면 그야말로 어린애나 다름없는 수준이었다.

덕분에 생각보다 훨씬 더 수월하게 수도까지 진군해 올 수 있었는데 저 겁쟁이들이 이제는 성문을 닫아걸고 아예 밖으로 나오지 않고 있는 거다. 그러면서 '제발 돌아가 주십시오'라는 말이나 다름없는 공갈협박을 친다.

"소랍 장군이 투란 연합군을 이끌고 올 거라고? 흥, 어림없는 소리. 올 거였으면 진즉에 오고도 남았겠지."

"지당하신 말씀이십니다."

"안 보이는 게 이상하긴 하지만 설령 그 늙은이가 온다고 해도 물러설 우리가 아니다. 소랍은 늙었고 나는 젊은데 겁날 게 뭐가 있을까?"

명장 소랍의 전설을 떠올리며 슈라는 득의만만하게 미소 지었다. 그가 아무리 뛰어나다 해도 혼자서 허수아비 같은 병사들을 이끌고 승리를 이끌 수는 없는 일이다. 게다가 이미 육순을 넘긴 그보다 한창 팔팔한 나이의 자신이 체력 면에서 더 유리할 게 뻔했다.

노인의 지혜를 무시해서는 안 된다고? 그것도 걱정 없다. 그가 정 부담스럽다면 저들의 손으로 해치우게 만들면 그만이니까.

"저 허약해 빠진 제국의 만사브들에게 '물러가 줄 테니 소랍의 목을 다오'라는 소리만 해도 해결될걸."

당장 제 코가 석 자인 만사브들의 입장에서는 절대로 거부할 수 없는 조건이 될 것이라고 슈라는 장담할 수 있었다. 하지만 그렇게 되기 전에 소랍과 직접 붙어 보고 싶은 것도 사실이었다.

"그를 꺾으면 내가 새로운 전설이 되겠군. 나쁘지 않아."

슈라는 또 회심의 미소를 지었다.

"자일로스, 소랍의 위치를 파악해라. 안 보이는 게 신경 쓰인다."

"존명! 당장 그림자들을 풀겠습니다."

"허락한다."

너그럽게 고개를 끄덕이는데 저쪽에서 상황을 살피던 이라즈가 냉큼 다가와 귀를 쫑긋 세우고 있었다. 이라즈는 슈라 자신에게 일어나는 일은 뭐든지 다 알아야 밤에 잠이 잘 온다고 믿는 놈이었다. 불쌍하게시리.

"그나저나 수도를 공격하기 전에 내 꼬맹이가 합류했으면 좋겠는데 말이다."

계속 비가 내리지 않고 있어서 점점 식수를 구하기가 어려워지고 있었다. 게다가 투란 제국은 카도니아보다 산이 적고 마른 들판이 많아 더 곤란했다.

"이러다 물 때문에 후퇴하는 일이 생기지 않겠느냔 말이야."

"걱정 마십시오. 사람을 보냈으니 곧 합류할 겁니다. 다니무스는 제법 영리한 녀석이니까요."

"다니무스?"

"주군께서 엘룬으로 보낸 문제의 그 사람입니다만."

"아, 그랬지 참."

"제발 이름 좀 기억해 주십시오. 머리 나쁘다는 소문이라도 돌면 기분이 좋으시겠습니까?"

"흥, 그딴 소문이 돌면 제일 먼저 너부터 매달 거다, 이라즈. 그런 소문을 낼 놈은 너밖에 없어."

"그럴 리가!"

툭탁거리며 그들은 다시 전장을 바라보았다. 전쟁은 참 지루하게도 이어지고 있었다. 바짝 마른 하늘 위로 메마른 바람이 불었다.

휘둥그레진 다니무스의 눈동자가 좌우로 데굴데굴 구르고 있었다.

생각보다 엘룬은 참 신기한 나라였다. 물이 이렇게나 많다니. 게다가 어디를 돌아보아도 꽃이 있고, 술사들이 있고, 여신의 동상이 있다.

"우와, 정말로 여신의 대지 같아."

엘룬에 도착하기 전만 해도 그저 아덴부르크나 다른 제국의 도시들과 별로 다르지 않을 거라고 생각했었다. 짧은 상상력의 한계였다. 샤 가의 술사는커녕 보통의 술사들조차 구경해 본 적이 없어 술사들에 대한 환상이 제멋대로인 것처럼 그가 상상할 수 있는 물도 아덴부르크의 앞바다 정도가 고작이었던 것이다.

"우와, 우와. 저것 좀 봐요. 집이 물 위에 떠 있어요!"

누가 촌것 아니랄까 봐, 같이 온 카도니아의 사신을 붙잡고 다니무스는 호들갑을 떨었다.

"우어어, 술사다! 봐, 봤어요? 저 사람이 지금 물을 뿌려서 무지개를 만들었어요!"

"쪼, 쪽팔려. 그만 좀 해라, 다니무스. 쪽팔려서 아주 살 수가 없다. 넌 지금 카도니아의 사신 자격으로 온 거거든?"

"아! 아, 그랬지요 참. 아하하하, 깜빡했네요. 만날 티르메네스랑 붙어 다니며 떠들던 생각이 나서 그만……."

이래서 제 버릇 개 못 준다는 소리가 나오는 건가 보다.

출발할 때까지만 해도 잔뜩 기합이 들어가 있었는데 지금은 언제 그랬냐는 듯 유유히 관광까지 하고 있으니 말이다.

사신의 일보다 티르메네스를 찾으러 왔다는 생각이 그의 마음을 좀 더 설레게 만들고 있는 것도 사실이었다. 녀석을 찾아 돌아간다면 모든 것이 제자리로 돌아오는 건 시간문제라는 생각까지 들 정도였다.

"사실, 그 녀석은 엄청난 고집쟁이거든요. 그러니 금방 제자리로 돌려놓을 거라고요."

이제 곧 티르메네스를 만난다는 생각에 다니무스는 무조건 기분이 좋았다. 녀석을 만나 그간에 있었던 일들을 들려 준다면 어떤 표정을 지을까? 틀림없이 놀라겠지? 물론 그도 엄청난 모험을 했겠지만 말이다.

"그나저나 어르신께서 나리만에게 납치되었다는 사실은 알고 있는지 모르겠네."

문득 자신들의 처지를 떠올린 다니무스는 조금 씁쓸한 기분이 되어 어깨를 축 늘어뜨렸다.

티르메네스가 바라의 일을 안다면 틀림없이 입에 거품을

물고 미쳐 날뛸 거다. 하지만 아무리 그래도 그 일 때문에 카도니아 쪽으로 돌아서서 이미 반역자로 찍혀 버린 막시무스나 자신의 명예를 되돌려 놓지는 못한다.

"카도니아가 승리한다 해도 배신자라는 오명은 벗겨지지 않을 거야. 사람들의 심리라는 게 그렇잖아. 한 번 배신했으니 두 번도 할 수 있다고 믿는 거."

따지고 보면 딱히 배신이라고 할 수도 없는 일이지만 누가 그 일을 알아줄까. '납치당한 가주를 구하기 위해 나라를 버렸으니 참으로 기특하도다' 라고 말해 주는 사람이 어디 있을까. 여차하면 양쪽에서 다 버림 받을 수도 있었다.

그런 생각을 하다 보니 붕붕 떠오르던 마음이 금방 착 가라앉고 말았다. 혹시 티르메네스라면 뭔가 방법을 생각해 내 주지 않을까 기대하던 마음도 슬그머니 사라지려 했다.

"걘 옛날부터 내가 절대 하지 못하는 걸 눈 하나 깜짝 않고 해치우곤 했었어요. 이번에도 그랬으면 좋겠어요. 내 의견이나 생각 같은 건 묻지 말고 그냥 모든 걸 마음대로 해치워 줬으면 좋겠다고요."

"네가 뭘 기대하고 있는지는 알겠지만 말이다. 아무리 대단해도 티르메네스는 너처럼 아직 어린애에 불과하다."

"무슨 뜻이지요?"

"그냥. 너무 많은 걸 기대하지 말라는 뜻이다. 너희가 할 수 있는 일은 얼마 안 되잖아."

안됐지만 그게 현실이라는 듯 사신 다쿠는 다니무스를 위로하려 들었다. 성년을 갓 넘겼으니 아직은 어린애 아닌가 말이다. 중년으로 접어든 그의 입장에서 보자면 자식뻘이나 마찬가지였기에 다니무스도 그저 귀엽게만 보이는 것이 사실이었다.

　"너무 애쓰지 않아도 된다. 어린애들에게 책임을 물을 어른은 없으니까."

　"흥! 어린애라니요? 우린 벌써 성년식도 치렀어요. 그리고 뭘 모르는 모양인데요, 티르메네스는 다르다니까요! 확실히 달라요."

　"그래, 그래."

　"아, 진짜라니까요?"

　"알았다니까. 알았으니까 조용히 좀 해라. 다 왔다."

　"에?"

　아닌 게 아니라 멀게만 보이던 왕성이 어느새 코앞으로 바짝 다가와 있었다. 주절주절 떠드는 사이 정말로 도착한 것이다. 그것은 긴 다리 너머에 우뚝 서서 그들을 조용히 응시하고 있었다.

　"에엑, 아직 못 본 것도 많은데 벌써 도착하다니!"

　"그러게 적당히 좀 떠들지 그랬더냐. 떠드느라 주위가 전혀 눈에 안 들어왔겠지. 자자, 어서 가자."

　"저기!"

　"뭐냐?"

다니무스는 앞서 가는 다쿠의 옷자락을 냉큼 움켜쥐었다. 그리고 스스로 생각해도 조금 민망한 듯 삐죽 돌아보는 그에게 볼을 벌겋게 붉히며 물었다.

"저기요오, 혹시 돌아갈 때 관광할 시간이 있을까요?"

"관……광?"

"이런 역사적인 도시에 왔는데 그냥 간다는 건 말이 안 되잖아요. 딱 하루만 돌아보면 안 될까요? 아니면 반나절이라도? 안 돼요? 그럼 두 시간은…… 안 될까요? 정말로?"

두 손을 모아 쥐고 반짝이는 눈으로 올려다보며 애원하는 모습에 다쿠는 살짝 기가 막혔다. 방금 전까지만 해도 잔뜩 걱정을 하던 녀석이 맞는 건가 싶었다. 아니, 성년식도 치른 어른이라며? 다쿠가 해 줄 수 있는 말은 하나밖에 없었다.

"네 친구 녀석에게 말해 봐. 그가 대장이거든."

아닌 게 아니라, 사실이 그랬다.

황태자께서도 말씀하시지 않았던가. 티르메네스가 바로 자신의 왼팔이라고. 그 말은 곧 그가 이라즈님과 동급이라는 소리가 된다. 그런데 그 이라즈님은 머잖아 카도니아 십만 대군의 수장이 될 사람이다. 당장 지금만 해도 출정군의 대부분을 지휘하는 위치에 있다.

그런 사람과 동급이라는데 나이와 국적과 철딱서니 없는 정신세계를 따져 무엇 하랴. 더구나 황태자께서 직접 고른 사람이니 그 능력을 의심할 수도 없었다. 엘룬의 루나레스라는 이름 때문이 아니라 그가 태자의 선택을 받았다는 사실이 중요했다. 그건 곧 그만한 자격이 있다는 의미였기 때문이다.

"나 같은 말단 관리 신분으로는 상대를 할 수 없는 위치라는 사실을 알아줬으면 좋겠구나."

"에, 그렇군요. 우와, 그렇다면 티르메네스는 카도니아 군을 지휘할 수 있는 위치에 있다는 뜻이네요."

"그, 그렇지. 아마도."

"하지만 티르메네스가 물을 부를 수 있다는 말은 어쩐지 믿어지지가 않아요. 한 번도 본 적이 없거든요. 게다가 황태자께서 명령을 한다 해도 군사를 이끌고 선봉에 서지는 않을 것 같네요."

"어째서?"

"후우, 만나 보시면 저절로 알게 되실 거예요. 티르메네스는 원래부터 그런 녀석이거든요."

감히 명령을 할 만큼 만만하게 생기지도 않았지만, 한다 해도 순순히 따라주는 녀석이 아니었다, 그는. 누가 바라의 손자 아니랄까 봐 딱 바라처럼 자존심 하나만은 하늘을 찔렀다. 그런 녀석이 한때나마 노예처럼 취급되었을 때는 대체 어떤 심정이었을까?

"그 성질머리로 살아남은 게 더 용하긴 하지만."

내심 고개를 주억거리며 다니무스는 긴 다리 너머의 왕성을 바라보았다. 엘루지아. 아름다운 물의 여신이 머물고 있는 성전. 저곳에 티르메네스가 있다고 생각하니 갑자기 울컥 하면서 감동 비슷한 것이 솟구쳤다.

"드디어 만난다!"

기대감이 가득한 시선으로 다니무스는 다쿠를 바라보았다. 그리고 곧 그들은 긴 다리를 건너기 시작했다. 때마침 왕성의 문이 열리면서 누군가가 모습을 드러내고 있었다. 미리 소식을 전해 두었더니 이제야 마중을 나오는 것인가 보다.

"참 일찍도 나온다. 도착할 때까지 안 올 줄 알았더니……."

출발하기도 전에 전령을 보내 먼저 소식을 전해 두었었는데 이제야 어슬렁어슬렁 나타나다니, 참 어지간한 사람들이었다.

"이런 적은 한 번도 없었는데, 축제 때 무슨 일이라도 생긴 건가?"

"일이라뇨, 다쿠?"

"그런 게 있다. 이번 축제 때 후계자 문제가 마무리될 거라는 소문이 있었거든. 그 일 때문에 다들 누구 하나쯤 보내 지켜보고 있었을 텐데 일이 잘되었는지 모르겠군."

그러고 보니 루나레스뿐만 아니라 화룬이라는 그의 숙부가 후계자로 거론되고 있다는 소리를 얼핏 들었던 것도 같다. 어떤 결과가 나왔는지는 모르겠지만 그들의 방문으로 인해 엘룬의 후계자 다툼은 또 다른 변화를 맞이하게 될 것이다.

"이 마당에 티르메네스, 아니 루나레스를 내달라고 하면 어떤 반응을 보일까요?"

다니무스의 물음에 다쿠는 어깨를 으쓱해 보이며 말했다.

"글쎄, 반색을 하거나 화를 내거나 둘 중 하나겠지. 그래 봤자 소용없는 일이겠지만."

"티르메네스가 진짜 후계자가 되었더라도 반드시 데려가야 한다는 뜻이군요."

"당연하지. 태자전하의 명령은 목숨을 바쳐서라도 수행해야 한다. 그러기 위해 우리가 이곳까지 온 거다."

"엘룬이 멸망하게 된다고 해도요?"

"물론이다."

"그럼 티르메네스가 죽게 된다면요?"

"뭐?"

"어디에서 읽은 건데요, 샤 가의 후계자들은 각성 이후 모두 엘룬으로 돌아와 이곳에서 삶을 다했대요. 혹시, 이 엘룬을 떠나지 못하는 이유 같은 것이 있다면 티르메네스도 그렇지 않겠어요?"

물을 부를 수 있다는 것은 곧 술사라는 말일 것이고 그냥 술사도 아닌, 혹시라도 샤 가와 관련이 있는 술사로서 각성까지 거쳤다면 그 또한 엘룬을 떠날 수 없게 되었을지도 모른다.

"그러고 보니 루나레스가 하 투란에서 각성을 거쳤다는 소문이 요란했었지."

"그게 티르메네스였다고요?"

"글쎄다. 직접 보면 알게 되겠지. 성화까지 받았다고 했으니까."

"저런!"

불길한 예감이 든 다니무스는 저도 모르게 불쑥 물었다.

"물의 술사로서 은발 머리를 가진 사람이 샤 가와 관계가 없을 확률이 얼마나 될까요?"

"없지."

"아주 없어요?"

"이제껏 단 하나도 없었으니까 아주 없는 거나 마찬가지. 샤 가의 사람들을 제외한 다른 물의 술사들은 대부분 물빛이거나 푸른빛, 혹은 흰머리를 가질 수 있었을 뿐. 단 한 방울이라도 샤 가의 피를 받았다면 반드시 은발이었다."

"티, 티르메네스는 은발이에요. 그리고…… 술사가 된 모양이고요."

"아아!"

다쿠가 시큰둥한 얼굴로 고개를 끄덕였다. 설마하니 그걸 모르고 있었겠느냐고 말하는 듯한 얼굴이었다.

"이미 들어 알고 있는 일이다, 그건. 너에게 자세한 말을 해 주진 못하지만 태자전하께서는 티르메네스도 샤 가와 관련이 있다고 말씀하셨다. 하지만 그렇다고 해서 달라지는 건 없지."

"그러니까 그가 엘룬을 떠나면 죽게 된다고 해도 상관이 없다고요?"

"그가 죽는 일은 없을 거다. 적어도 태자전하께 가는 동안은 아니야."

다쿠는 샤 가의 후계자들이 겪는 갈증과 엘룬의 성수에 대해 어느 정도 정보를 가지고 있었다. 그의 짐작이 맞는다면 딱히 걱정을 할 만한 일은 생기지 않으리라.

"어서 오십시오."

성문 쪽에서 어슬렁어슬렁 걸어 나온 자가 그들의 코앞에 이르러 꾸벅 허리를 숙이고 있었다. 바람의 술사인지 가벼운 바람줄기가 주위를 맴돌았다.

"왕께서 기다리고 계십니다. 엘루지아에 머무를 수 있는 시간은 단 하루뿐입니다."

"물론 알고 있소."

외부인이 엘룬의 왕성에 머무르는 것은 퍽이나 이례적인 일이었다. 엘루지아는 왕성이지만 여신의 성전이기도 했기 때문에 엘룬인들은 그들의 여신을 위해 그곳이 늘 성결하기를 원했다. 그래서 이처럼 사신이라든가 특별히 초대된 손님의 경우만 단 하루를 머물 수 있도록 허락하는 것 말고는 다른 이들의 발길을 거부하고 있었다.

그런 점을 상기하며 다쿠는 일행들을 향해 마치 주의를 주듯 고개를 한번 끄덕여 보인 후 말없이 술사의 뒤를 따르기 시작했다. 그때였다.

쿵!

"헉! 뭐, 뭐지?"

"어? 안쪽이에요."

막 들어선 왕성의 깊은 곳에서 무언가가 쿵 내려앉는 소리가 들리더니 짧은 순간 땅이 흔들렸다.

"무, 무슨 일이지요?"

머리 꼭대기까지 전해지는 진동에 몸을 떨며 다니무스는 황급히 술사의 옷자락을 잡아챘다. 아무래도 이 진동이 티르메네스와 관련이 있을 것만 같은 예감을 지울 수가 없었다.

"저도 잘 모르겠습니다. 하지만 무슨 일이 있든 간에 손님들과는 아무런 관련이 없는 일이겠지요. 가시지요."

놀라던 것도 잠시. 술사는 곧 담담한 표정으로 앞장서 걸음을 옮기기 시작했다. 이 정도 일로 왕성이 어찌 되지 않는다는 듯 자못 당당한 표정이다. 그래도 진동이 꽤 컸는데……

"가자."

멍하니 서서 진동이 시작되었음직한 곳을 바라보는 다니무스를 다쿠가 잡아끌고 있었다. 다쿠에게 끌려가면서도 다니무스는 쉽게 고개를 돌릴 수 없었다. 어쩐지 저곳 어딘가에 티르메네스가 있을 것만 같았다.

'티르메네스!'

# Spear of Karun

## 22장

물의 전쟁

전쟁은 시작되었다.
인간들은 물론이고 마족들과도 우리는 처절하게 싸워야 했다.
―위대한 샤 티르의 고백 中―

## 쾅!

 막 지상에 발을 디딘 직후였다. 그들이 만들어 낸 충격의 여파로 근처에서 무언가가 굉음을 내지르며 무너져 내리고 있었다.
 "쿨룩, 쿨룩……!"
 ─티르메네스!
 "하아, 하아……. 젠장! 왜 이러는 거야. 내 몸이 왜 이래."
 ─티르메네스, 진정해라. 눈을 감고 숨을 골라야 한다. 천천히…… 네 심장이 뛰는 소리에 귀를 기울여야 해.
 통제를 벗어나 제 마음대로 부들부들 떨리는 그의 몸을 꽉 끌어안고 루칸이 속삭이고 있었다.

"물이 보여. 어두워. 이 어둠은…… 사방이 물이야. 숨을 쉴 수가…… 없어."

―쉬이, 진정해라, 진정해. 티르메네스, 물은 곧 너다. 잘 알고 있지 않니? 어둠도 네 것이다. 그것이 네 힘이야. 너를 가두고 있는 껍질에 집착하지 말고 깨어난 힘을 똑바로 직시해야 한다. 네 심장 소리에 귀를 기울여라. 어서!

당장 숨이 막혀 죽을 것만 같은데 무슨 소리에 귀를 기울이라는 거야!

티르는 거칠게 고개를 저었다. 잠깐 정신을 놓은 사이 무슨 일이 벌어진 건지 갑자기 세상이 다르게 보이고 있었다. 온통 물이 가득한 세상에 떠 있는 듯 스스로의 몸을 느낄 수가 없다. 아니, 어쩌면 이건 물이 아니라 그냥 자하크가 만들고 지배하는 마계의 어둠일지도 모른다.

"쿨럭!"

사방을 가득 채우다 못해 온몸으로 스며드는 물 혹은 어둠 때문에 컥컥 숨이 막히고 동시에 둔한 통증이 몸을 짓눌렀다. 티르는 본능에 따라 살기 위해 발작적으로 몸부림을 쳤다.

육체를 벗어난 듯 천지사방을 관조하는 영혼. 부릅뜬 커다란 눈동자 가득 또 다른 세계가 획획 스쳐 지나가고 있었다. 위로 솟구치는 수천억 개의 물방울, 하늘에서 헤엄치는 투명한 물고기들, 깊고 어두운 심해의 바다처럼 가라앉은 대지. 어둠, 어둠, 어둠. 그 어둠의 저편에서 빛나는 황금빛의 신세계!

─숨을 쉬어!

"커헉!"

질식할 듯 꺽꺽거리는데 갑자기 등짝이 쿵 울렸다. 그리고 막혀 있던 숨통이 트인 듯 시린 공기가 입 안 가득 화악 빨려 들었다. 그 급작스러운 유입으로 폐가 고통스러울 정도로 팽창하고 있었다. 결국, 티르는 엎어져 한참이나 토악질을 해 대다가 축 늘어진 몰골로 간신히 눈을 떴다. 그리고 반듯하게 누운 채 뻥 뚫린 천장을 바라보며 물었다.

"저거 보여?"

─……?

"네 눈에도 저게 보이느냔 말이야."

그는 손가락을 들어 천장 부근을 가리켰다. 투명한 물고기들이 지느러미를 하늘하늘 흔들며 물방울 사이를 헤엄치다 그에게로 스윽 다가오고 있었다.

그러더니 장난치듯 그의 주위를 빙글빙글 맴돌며 다가와 가끔 지느러미로 툭툭 얼굴을 두드렸다. 그때마다 촉촉한 물방울이 일어나 가볍게 하늘로 올라가고 있었다. 그 모습들을 경악스럽게 바라보다 티르는 다시 루칸을 붙잡고 물었다.

"저, 저거 봤지? 응? 방금 그거 봤지?"

─휴우, 아무것도 보지 못했다.

"뭐? 마, 말도 안 돼. 여기 봐 봐. 바로 눈앞에 있잖아. 이거 보이지? 그치?"

—아니. 나는, 아니 너를 제외한 다른 존재들은 그것을 보지 못할 것이다. 각성을 이룬 샤 가의 뛰어난 술사들이라면 아주 희미하게 느낄 수 있을지도 모르겠지만 그들도 볼 수 있는 건 아니다.

"어, 어째서?"

　티르의 눈동자가 동그래졌다. 보통 사람들은 몰라도 술사들이라면 볼 수 있을 줄 알았다. 적어도 루칸은 자신이 보는 것을 볼 수 있는 줄 알았는데 아니란다.

　티르는 눈앞에서 유영하는 투명한 물고기 한 마리를 손으로 낚아채 루칸의 눈앞으로 디밀어 보았다. 그러나 그는 그저 흔들림 없는 시선으로 바라보다 가만히 티르의 손을 잡아 내릴 뿐이었다.

"정말로 안 보인다는 거야?"

　—그래.

"어째서?"

　—나는…… 여신의 힘을 받지 못했으니까.

"……!"

　쌍둥이임에도 불구하고 그들은 처음부터 상반된 전혀 다른 힘에 영향을 받고 있었다. 덕분에 시간이 지날수록, 힘이 점점 더 커질수록 그들은 서로의 차이점에 대해서 확실하게 깨달아 가고 있는 것이다.

　쌍둥이이기 때문에 서로의 존재와 힘을 느끼는 것만큼은

예민하다 할 정도로 확실했지만 단지 그뿐. 어떻게 해도 서로가 가진 힘의 영역까지 넘나들 수는 없었다.

"내가 신족이라도 되었다는 뜻이야?"

의심이 가득한 시선으로 티르는 루칸을 바라보았다.

"여신처럼?"

―아직.

"아직이라고?"

―아직이다. 완벽한 각성을 이루지 못했으니까.

"그건, 언제라도 각성을 할 수 있다는 소리인가?"

―원한다면 그렇게 되겠지. 하지만 그러지 않기를 바란다.

"어째서?"

―너는, 마족이니까. 티르메네스, 너는 카룬의 창을 소유한 위대한 마계의 후계자 중 하나가 되었다.

"……!"

―걱정 마라. 마계에서 먼저 마지막 각성을 이룬다면 넌 완벽한 마족으로 다시 태어날 수 있을 것이다. 도전자의 밤이 선포된 이상, 이제부터 우리는 피해갈 수 없는 전쟁을 시작해야 할 테지만 너는 반드시 내가 지켜 낸다.

그 말은 곧 어느 쪽에서든 먼저 마지막 각성을 이루어 낸다면 신족도 마족도 될 수 있다는 뜻이나 다름없었다. 그리고 루칸은 그가 마족을 선택해 주기를 바라고 있었다. 마족이라고? 자하크처럼?

카룬의 창, 마족, 도전자의 밤을 차례로 떠올리다 티르는 자연스럽게 발밑을 내려다보았다. 이 아래에 자하크가 있다. 죽은 여신과 함께 무언가를 기다리고 있는. 그의 시선이 이번엔 뻥 뚫린 천장으로 향했다.

"어? 그러고 보니 수정구가 깨졌잖아?"

성수를 가득 담고 있던 푸른 수정구가 산산이 깨지면서 뻥 뚫린 천장 너머로 본래의 하늘이 고요히 흐르고 있었다. 성지로 가는, 입구 노릇을 하던 후원의 정자는 루칸의 발길질 한 번에 무너졌다. 여신의 피나 다름없는 성수도 이제 곧 말라 사라지게 되리라.

"이제 엘룬은 어떻게 되는 거지?"

─서서히 사라지겠지. 샤 가에서 술사들이 더 이상 태어나지 않을 테니까. 어차피 그들은 여신의 핏속에서 태어난 존재들. 사라지는 게 당연하다.

"여신은 다시 살아날 수 없는 걸까?"

─아무리 신이라 하나 소멸의 운명마저 피해갈 순 없다. 창에서 떨어진 이상, 그녀 또한 곧 소멸되겠지.

그럼 누가 비를 내려 주지?

저도 모르게 불쑥 튀어나오려는 말을 꿀꺽 삼키고 티르는 가만히 손을 내려다보았다. 생각하지도 않았는데 어느새 손바닥 위로 금방 뽀글뽀글 물방울들이 올라오고 있었다. 그것을 감추듯 티르는 주먹을 꾸욱 말아 쥐었다.

루칸은 마족이 되어야 한다고 말했지만 어쩐지 그건 아닌 것 같았다. 지금 자신이 보고 있는 이 또 다른 세상을 그가 알게 된다면 그런 말은 결코 할 수 없었으리라.
　주위를 유영하는 투명한 물고기들과 하늘로 올라가는 수천억 개의 물방울을 보고 있으면 마치 고요한 물속에 서 있는 듯한 느낌이 들었다. 지금 그가 비가 내리기를 바란다면 어김없이 그대로 이루어지겠지. 굳이 시험해 보지 않아도 티르는 알 수 있었다. 정말로 그렇게 되리라는 것을.
　"그런데……."
　그의 시선이 팔뚝으로 내려왔다.
　'그런데 어째서 너는 나를 선택한 것일까?'
　팔뚝에 휘감긴 황금빛 팔찌, 아니 창을 보는 그의 시선이 진한 의문으로 물들었다.
　"어째서 루칸이 아닌 나였지?"
　창을 잡은 것은 그였지만 그를 주인으로 선택한 것은 창이었다. 티르는 그것을 알고 있었다. 얼마든지 그를 거부하고 다른 존재를 선택할 수 있었다는 사실을 알고 있다. 그런데도 놈은 루칸이 아닌 그를 주인으로 받아들였다. 대체 왜?
　―우리는 당장 이곳을 떠나야 한다, 티르메네스.
　주위를 돌아보던 루칸이 그의 팔을 잡아챘다. 우연인지 팔찌가 채워진 손목이었다. 순간, 티르는 약간의 기대와 긴장감마저 느끼며 가만히 창의 반응을 살폈다. 그러나 분명히 루칸

물의 전쟁 87

의 기운이 스쳤음에도 불구하고 그것은 어떤 반응도 보이지 않고 있었다. 마치 진짜 팔찌라도 된 것처럼.

"무슨 생각을 하고 있는지 모르겠지만……."

반짝이는 팔찌를 노려보며 티르는 나직하게 중얼거렸다.

"결코 네놈의 뜻대로는 되지 않을 거야."

그것이 마계의 물건이라는 사실을 잊는 일은 없을 것이다. 놈이 자하크의 무기였고 여신의 가슴을 꿰뚫었다는 사실을 잊게 된다면 언젠가 위험한 일이 생기게 될지도 모르니까.

"어서 떠나셔야 합니다, 주군. 곧 술사들이 몰려올 겁니다."

엘루지아 바깥을 살피고 온 하라가 성급히 재촉했다.

도전자의 밤이 선포된 마당에 술사들까지 몰려온다면 퍽이나 귀찮은 일이 벌어질 것이 뻔했다. 이곳에서부터 싸움이 시작된다면 모르긴 해도 엘룬의 모든 물은 붉은 피로 물들게 될 것이다.

"어디로 간다는 거지?"

루칸이 잡아끄는 대로 따라가며 티르가 물었다.

―……마계로 간다.

"뭐? 어째서?"

―내 힘을 완전히 개방할 수 있으니까.

루칸은 단호한 시선으로 티르를 돌아보았다.

힘을 완전히 개방해야만 도전자들을 상대로 싸워 이길 수 있다. 도전자의 밤이 선포된 이상 마계든 지상이든 안전한 곳은 없었다. 그러니 좀 더 유리한 곳으로 돌아가지 않으면 안 되는 것이다. 더구나 그는 티르메네스까지 지켜야 한다.

자하크가 무엇을 기다리고 있는지 모르겠지만 그가 원하는 대로는 움직여 주지 않을 생각이었다. 무엇보다 티르메네스가 있는 이상 무슨 일이 있어도 자신이 폭주할 위험은 없었다.

물론 그와 티르메네스가 싸우게 되는 일도 벌어지지 않을 것이다. 무슨 수를 써서라도 그런 일은 만들지 않을 생각이었다. 티르메네스를 가두는 한이 있어도.

―서둘러야 한다. 벌써 도전자들이 움직이기 시작했을 거야.

"난 안 가."

―뭐?

"티르메네스님!"

"갈 곳이 있어!"

경악 어린 표정으로 바라보는 루칸과 하라의 시선을 무시하고 티르는 루칸의 손을 홱 뿌리쳤다.

"난 돌아갈 곳이 따로 있다고. 마계는 아니야."

"대체 무슨 말씀을 하시는 겁니까? 당신이 어디에 있든 마족들은 반드시 당신을 찾아내 도전을 할 겁니다. 그 속에서 혼자 살아남을 수 있을 거라고 생각하시는 겁니까?"

"마계로 간다고 해서 안전해지는 것도 아니잖아?"

"루칸님께서 계시니 적어도 어줍지 않은 녀석들의 손에 비명횡사하는 일은 없겠지요."

"내가 왜 루칸의 보호를 받아야 하지?"

"예? 그게 무슨……."

"난 약하지 않아."

그들에게서 한 발짝 물러서며 티르는 말했다.

"루칸이 마계에서 더 강한 힘을 얻을 수 있는 것처럼 나는 이곳이 더 편해."

―마계에서 각성을 이룬다면 그곳이 더 편해지게 된다.

"난 마계로 가지 않아. 내 팔뚝에 이 녀석이 있는 이상은 절대로 가지 않겠어."

창을 가리키며 티르는 단호하게 고개를 저었다. 이대로 마계로 가게 된다면 창 때문에라도 그는 완전한 각성을 이루게 될 것만 같았다. 그리고 결국은 놈의 뜻대로, 아니 자하크의 의지대로 조종당하게 되겠지.

"어쩌면 자하크는 우리가 왕좌를 놓고 싸우기를 바라고 있을지도 몰라. 난 그렇게 하지 않겠어."

―우리가 싸우는 일은 없다!

"내가 이성을 잃고 덤빈다고 해도?"

―……!

"그냥 죽어 줄 수 있다는 소리야? 카룬의 창이 어떤 짓을 할지도 모르는데? 잊은 모양인데, 이놈은 자하크의 무기였어.

여신을 죽였다고."

그의 외침에 루칸도 하라도 입을 다물었다. 그 모습을 가만히 바라보다 티르는 다시 덧붙였다.

"너와 나를 죽이게 될지도 모르는 거란 말이야. 그러니까 난 이곳에서 내 할 일을 할 거야."

—티르메네스!

"넌 네 자리에서 네 할 일을 해, 루칸. 마왕이 되라고."

—티르메네스!

"그렇게 애타게 부를 것 없어. 우린 곧 다시 만나게 될 테니까. 살아남는다면."

루칸이 내뿜는 기운과 함께 안타까움인지 분노인지 모를 격한 감정의 파도가 와락 밀려오고 있었지만 티르는 무시했다. 그리고 곧 돌아서서 무너진 정자 주변을 뒤져 로투스 홀을 찾아낸 후 지난밤 걸어온 길을 되밟기 시작한다. 왕을 만나 볼 생각이었다. 그런 다음, 떠날 것이다.

그가 한시라도 빨리 떠나야만 엘룬이 안전해진다. 도전을 한답시고 마족들이 찾아들게 된다면 가뜩이나 약해지기 시작한 엘룬은 하루아침에 무너지게 되리라. 그런 모습은 보고 싶지 않았다. 여신은 아직 사라지지 않았으니까.

"엄마잖아."

루칸은 여신을 보고도 그런대로 덤덤해 보였지만 그는 아니었다. 미처 깨닫지 못하고 있었을 뿐 그는 내내 그녀를 그리워하고 있었던 모양이다. 그리움이 컸던 만큼 상실감도 컸다. 그리고 자하크를 향한 분노도 더 커졌다.

"이유를 빨리 생각해 내는 것이 좋을 거야. 마족의 속성을 거스르면서까지 우리를 만든 이유를."

티르는 스산하게 눈을 빛내며 잠시 발아래를 내려다보았다. 그러다 곧 시선을 거두고 걸음을 좀 더 빨리하기 시작했다. 결정을 내렸다면 망설임은 필요 없었다.

어쩐지 시들해 보이는 정원을 가로질러 몇 개의 회랑을 지나자 굳게 닫힌 커다란 문이 나타났다. 썰렁한 냉기마저 도는 것이, 그가 나온 이후 아무도 들어간 사람이 없는 것처럼 보일 지경이다.

끼이익.

인기척도 없이 그는 문을 밀었다. 희미하게 나무 뒤틀리는 소리가 났지만 신경 쓰지 않았다. 왕은 그대로 자리를 지키고 있었다. 지난 밤 앉았던 그 자리에 그대로 앉아 창밖을 바라보고 있다. 그 모습을 잠시 물끄러미 바라보다 티르는 뚜벅뚜벅 걸어가 그에게 로투스 홀을 내밀었다.

"잘 썼어."

"……."

"난 떠나."

무심한 듯 툭 털어놓은 말에 왕은 벼락을 맞은 듯 가늘게 몸을 떨더니 갑자기 그를 홱 돌아보았다. 벌겋게 핏발이 선 눈동자가 사정없이 흔들리고 있었다.

"떠난다고? 어떻게? 성수가 없으면 살 수 없다는 사실을 확인하지 못했다는 소리더냐?"

"했어. 성수가 무엇인지도 깨달았지."

"그런데도 떠난다고?"

"응."

"이 땅을 얼마 벗어나지도 못하고 하얗게 말라죽고 말 텐데도?"

"글쎄, 이곳에 남아 있어도 마찬가지일 거야. 하지만 그런 일은 생기지 않을 거라고 생각해. 아마도."

"아마도?"

그의 말이 이상했는지 왕은 미심쩍은 얼굴로 천천히 몸을 일으켰다. 그리곤 그가 내미는 로투스 홀을 받아들더니 조심스럽게 물었다.

"무슨 방법이 있다는 뜻이더냐?"

그가 살아남을 수 있는 방법에 대해 묻고 있다는 사실을 티르는 금방 알아들었다. 샤 가의 일족들이 살아남을 수 있는 방법. 이 좁은 땅을 벗어나 더 넓은 곳까지 나아갈 수 있는 방법을 갈구하는 그의 눈빛은 모처럼 희망에 차 반짝이고 있었다. 그것을 지그시 바라보며 티르는 입을 열었다.

"방법이 아니라 선택의 문제일지도……."

"선택? 우리가 무언가를 선택해야 한다는 뜻인가?"

"아니. 선택은 당신들이 아니라 내가 하는 거야."
"……!"
"당신도 그 지하에서 '그것'을 보았겠지?"
"그랬다."
"짐작하고 있겠지만 당신들과 나는 달라."

생각해 보면 그들이나 티르나 여신에게서 비롯된 것은 같다고 할 수 있었다. 그러나 잉태의 방법이 다르다. 천년화를 피워 내는 여신의 핏속에서 태어난 샤 가의 술사들과 여신의 태에서 만들어져 술사의 자궁을 빌려 태어난 그가 같을 수는 없다.

티르는 조금 동정 어린 시선으로 왕을 바라보았다.

천년화가 시들고 성수가 마르기 시작한 이상, 샤 가의 술사들에겐 다른 희망이 있을 수 없을 것이다. 이후 태어나는 샤 가의 아이들은 성수를 구경도 못하겠지. 그리고 술사의 힘을 가진 아이보다 평범한 아이가 더 많이 태어날 거다. 티르는 그 사실을 너무 잘 알고 있었다.

"이제 나는 선택을 위해 떠날 생각이야. 이곳에 오기 전에 나는 이미 한 번의 선택을 했어. 그리고 마지막 선택을 위해 떠나."
"그럼 우리는 무엇을 해야 하지?"
"……기다려. 내 선택이 끝날 때까지."
"돌아오겠다는 뜻이냐?"

"그럴 수도, 아닐 수도."

모호한 대답을 끝으로 티르는 돌아섰다. 그에겐 더 이상 해 줄 말이 없었다. 스스로도 모르는 일의 결과에 대해 미리부터 언질을 줄 수는 없는 일이었다.

'바라를 만나야 해. 모든 것은 그 뒤에 결정한다.'

티르는 한 가지 결심을 굳히고 있었다.

루칸을 뿌리쳤을 때 그는 이미 마족의 길을 포기했다. 그러니 이제 남은 것은 마지막 각성을 통해 신족으로 거듭나거나, 혹은 그마저도 포기하고 계속 인간으로 남는 길뿐이다.

'나에겐 바라가 있으니까.'

사실, 그는 이미 반쯤은 인간의 길을 생각하고 있었다. 인간의 손에 자라 그들을 가족으로 받아들였으니 어쩌면 당연한 일이었다. 그럼에도 불구하고 굳이 선택이라는 이름을 붙인 것은 만의 하나라도 생길지 모르는 최악의 경우를 생각한 탓이다.

그에게 벌어질 수 있는 최악의 경우. 그것은 바라라는 가족을 잃는 것. 이런 생각은 하고 싶지 않지만, 나리만에게 납치되었다니 어쩌면 그 사이 불행한 일이 생겼을지도 모르는 일이었다. 게다가 헤어질 때 이미 크게 다치기까지 한 상태였으므로 바라의 건강상태를 염려하지 않을 수 없었다.

'바라, 살아만 있어. 바라는 내 할아버지니까 나리만 따위에게 죽어서는 안 돼.'

아직은 늦지 않은 거라고 믿고 싶었다. 살아만 있다면 무슨 수를 써서든 원래대로 돌려놓을 것이다. 그리고 다시 아무 일 없었던 것처럼 살아가겠지.

결심을 굳히며 티르는 성큼 엘루지아를 나섰다. 이대로 떠날 생각이었다. 특별히 챙겨야 하는 물건이 없으니 굳이 처소에 들를 필요도 없고 딱히 만나 작별을 고해야 하는 사람도 없었다. 왕비가 조금 신경 쓰이긴 했지만 마주한다 해도 어차피 해 줄 말이 없었으므로 차라리 안 보는 것이 나았다.

"어디로 가는 거냐?"

그리고 화룬. 티르는 갑자기 나타나 앞을 막아서는 그를 물끄러미 올려다보았다. 어디론가 사라진 줄 알았는데 그새 돌아와 있었던 건가?

하루아침에 초췌해진 몰골을 보니 그도 간밤이 그리 편하지만은 않았던 모양이다. 움푹 들어간 눈과 꺼칠해진 얼굴을 가만히 바라보다 티르는 그를 그냥 지나쳐 버렸다.

"어디로 가는 거냐고 물었다!"

"남이야."

"루나레스!"

"신경 꺼, 이 멍청아. ……나는 루나레스가 아니잖아."

진실을 알고 있으면서도 새삼스럽게 루나레스라고 부르는 그가 이제는 우스웠다. 이름 따위가 우스운 것이 아니다. 그를 정말로 루나레스라고, 자신들과 똑같은 샤 가의 술사라고 여기고 있다는 사실이 가엾다 못해 안쓰러울 지경이다.

"나는 루나레스가 아니야."

"……?"

"이곳을 벗어난다고 해도 하얗게 말라죽는 일 따위는 없다고."

"어째서?"

"이유라도 대라는 소리야?"

"어디로 가는 거냐?"

"왔던 곳으로 돌아가."

"카도니아에서 사신이 왔다."

"……?"

"너를 내놓으란다."

그가 비통하게 소리쳤다.

"가다가 도중에 말라죽는 한이 있어도 반드시 데려갈 테니 내놓으라고!"

"못 갈 이유 없어."

"루나레스!"

"그 이름으로 부르지 마, 이젠."

단호하게 소리치며 티르는 그의 초췌한 얼굴을 돌아보았다.

"뭘 그렇게 슬퍼하는 거지? 여신의 죽음 때문에 슬픈 거야, 아니면 이 엘룬을 벗어날 수 없다는 사실이 슬픈 거야? 그도 아니라면 결국은 멸종하고 말 샤 가의 미래가 슬픈 건가?"

"……셋 다."

"거짓말."

흔들리는 화룬의 눈동자를 똑바로 직시하며 티르는 소리쳤다.

"그게 아니겠지. 신의 자손이라고 믿고 있다가 한낱 죽은 여신의 핏속에서 태어난 기생충 같은 존재라는 사실을 깨닫고 좌절한 거겠지."

"……"

"아닌 척하고 있지만 당신은 누구보다 자존심이 강한 사람이야. 진실을 가르쳐 줄까? 샤 가에서는 이제 더 이상 술사가 태어나지 않을 거다."

"어, 어째서?"

"성수가 마르기 시작했으니까."

"창을 뽑았다고?"

"그래."

"어떻게?"

"……스스로. 놈은 나를 선택한 거야. 이제는 내가 선택할 일만 남았어. 그래서 이렇게 떠나는 거야."

티르는 다시 돌아섰다. 그런 그의 뒤통수에 대고 화룬이 물었다.

"대체, 대체 넌 누구지?"

"……."

"정말로 떠나겠다고? 선택을 하기 위해 카도니아로?"

반쯤은 넋을 놓은 듯 그가 혼잣말처럼 중얼거리고 있었다. 그러거나 말거나 신경 쓰지 않고 티르는 척척 걸음을 옮겼다. 카도니아의 사신이라면 틀림없이 슈라가 보낸 것일 게다.

때가 되었으니 이제 그만 놀고 나를 찾아오렴. 그런 뜻이다.

티르는 잠시 생각을 해 보았다. 바라를 안전하게 구출하려면 어떤 방법을 써야 하는 걸까. 카비아니 가를 원래대로 돌려놓으려면 어떻게 해야 하지?

나리만을 없애는 것으로 간단하게 해결될 문제가 아니었다. 동부 투란 제국은 카도니아를 상대로 결코 이길 수가 없다. 다른 조건들을 떠나 슈라라는 존재 자체가 그들에게 넘을 수 없는 산이 될 테니까.

제국이 멸망한다면 나리만을 없앤다 해도 카비아니 가가 설 자리는 없을 것이다. 반대로, 제국이 승리한다 해도 역시 가문이 설 자리는 없다. 온갖 추문 끝에 모든 재산을 잃고 간신히 살아남은 가문의 손을 들어줄 사람은 없으리라.

'그렇다면 난 슈라를 도와 투란 제국을 무너뜨리겠어. 그리고 아덴부르크를 갖겠다.'

카비아니 가는 대대로 아덴부르크의 수호자였다. 그런 가문을 자랑스럽게 여기는 바라는 죽어도 그곳을 떠나지 않으려 들 것이 틀림없었다. 티르는 결심했다. 전쟁에 참여하는 대가로 슈라에게 아덴부르크를 요구하기로 말이다. 그때였다.

"티르메네스?"

외부인이나 사신들이 머무는 숙소 즈음에 이르기가 무섭게 한쪽에서 낯익은 목소리가 들려왔다. 저도 모르게 흠칫 놀라 돌아보니 다니무스가 튀어나올 듯 휘둥그레진 눈으로 그를 바라보고 있었다. 다니무스라고?

"어, 다니무스잖아!"

"어? 저, 정말로 티르메네스라고?"

"뭘 그렇게 놀라는 거야? 내가 아니면 누구겠어?"

"맙소사! 너, 너 왜 이렇게 작아진 거야아? 눈동자는 또 왜 그래? 그 이상한 점은 또 뭐고?"

미간의 성화를 가리키며 놈은 팔짝팔짝 뛰고 있었다. 그런데 아무리 그래도 그렇지 점이라니. 놀라긴 했는지 아는 것 많은 녀석답지 않게 엉뚱한 소리를 하고 있었다.

"시끄러워, 이 자식아."

괜히 민망해져서 미간만 슥슥 문지르다 티르는 버럭 소리치고 말았다. 그러자 놈은 또 흠칫 놀라더니 이제야 알겠다는 듯 멍하니 중얼거렸다.

"아, 진짜 티르메네스다."

"쳇, 그나저나 네가 여긴 어떻게 온 거지?"

"그야 황태자가 명령을 해서…… 아, 티르메네스! 큰일 났어. 흑흑, 어르신이 나리만 놈에게 납치되었어."

"알아."

"아, 알아? 어떻게 알아?"

"아덴부르크에 들렀었으니까. 그나저나 네가 어떻게 카도니아의 사신과 함께 온 거지? 막시무스는? 그의 소식에 대해 들은 건 없어?"

궁금해 하던 일을 다다다 물으면서 티르는 그간 자신이 얼마나 무심했었는지에 대해 깨닫고 있었다. 좀 더 빨리 그들의 일을 수소문하고 행동을 했어야 했다. 아무리 눈앞에 닥친 일이 급했다지만 까맣게 잊고 있어서는 안 되었던 것이다.

"자자, 진정하시지요, 티르메네스님. 아니, 다른 사람들의 시선도 있으니 이곳 엘루지아 안에서는 잠시 루나레스님이라고 부르겠습니다."

웬 시커먼 장년인이 스윽 앞으로 나서더니 수선스럽게 떠드는 그들을 떼어 놓았다. 그가 문제의 사신인 모양이다.

"다쿠라고 합니다. 루나레스님을 투란 제국까지 모시고 오라는 명령을 받았습니다."

"투란? 카도니아가 아니라?"

"예. 황태자전하께서는 지금 투란의 수도 지척에 계십니다."

"그가 선봉에 섰다고?"

"그렇습니다. 그분은 용맹하기 이를 데 없는 전사이시므로

물의 전쟁 101

전쟁 때마다 늘 선두에 서서 병사들을 이끌어 오셨습니다."

카도니아의 군대가 투란 제국의 수도인 하루나 부근까지 이르렀다는 말에 티르는 저도 모르게 숨을 크게 들이쉬었다. 수도 부근까지 빼앗겼다면 제국은 거의 패한 것이나 다름없는 상황이다. 하지만 어떻게 이렇게 빨리?

"자세한 이야기는 가면서 하도록 하지요."

"에에? 설마 지금 당장 출발하겠다는 소리는 아니겠지요, 다쿠? 잊은 모양인데 우린 이제 막 왔어요!"

"안다. 하지만 원래 이게 관례다. 사신이라고 해도 하루 이상 머물 수 없고 볼일이 끝나는 즉시 떠나 주어야 한다. 더 머물러야 한다면 궁성 밖에서 숙소를 찾아야 하지."

"너무하는군요!"

야속하기 이를 데 없다는 듯 다니무스가 발을 굴렀다. 그러나 티르는 충분히 이해할 수 있었다. 술사들은 외부인에 대한 경계심이 유독 심한 편이었다. 하긴 왜 안 그럴까? 찾아드는 사람들마다 마치 물건 고르듯 술사들을 골라 데려가는 것을.

"가자!"

사정을 잘 아는 티르가 먼저 앞장을 섰다. 다쿠까지 기꺼이 따라나서자 결국은 다니무스도 더 고집 부리지 못하고 부랴부랴 따라왔다. 본래, 호위를 맡은 두어 명의 병사들과 함께 온 단출한 일행이었다.

티르메네스가 합류했어도 다섯밖에 되지 않는 일행이라 다행히 움직임은 신속했다. 티르는 다쿠가 건네주는 외투를 받아 걸치고 후드를 뒤집어썼다. 그리고 조금 빠른 걸음으로 왕성의 문을 향해 걸어갔다.

"화룬?"

슬쩍 열린 문 앞에서 화룬이 기다리고 있었다. 무슨 결심을 한 건지 그의 등엔 커다란 보따리 하나가 매달려 있었다. 그리고 마침내 그가 말했다.

"나도 간다."

"그게 무슨 개소리냐?"

그가 소리쳤다.

분을 못 이겨 벌겋게 달아오른 얼굴로 씩씩거리면서 발까지 쾅쾅 구르는 모습이 흡사 성난 멧돼지처럼 보이고 있었지만 그 자리에 있는 어느 누구도 그런 그를 비웃지 못하고 있었다. 그가 바로 카비아니 가의 노당주였기 때문이다.

"다시 한 번 말해 봐. 뭘 어쩌고 어쩐다고?"

벼락 같은 바라의 물음에 소식을 가져온 전령이 바짝 긴장해 다시 허리를 꼿꼿하게 세우고 소리쳤다.

"소랍 장군님을 체포해 수도로 압송하라는 명령입니다!"

"체포? 체포오? 무슨 죄로!"

"전쟁 중임에도 불구하고 마음대로 근무지를 이탈하여 제국을 위기에 빠뜨렸으니 반란죄로 처벌한다 하셨습니다!"

"어떤 개새끼가 그딴 헛소리를 했단 말이냐?"

"그, 그게……."

"당장 말하지 못할까?"

"만사브들께서 주관하시는 비상회의에서 의결해 재판에 회부하고 대법관께서 판결을…… 내리셨습니다."

기어들어 가는 목소리로 슬그머니 자초지종을 고하면서도 전령은 퍽이나 자신 없는 얼굴이었다. 바라는 물론이고 주위에 서 있는 병사들의 얼굴이 점점 더 험악하게 변해 가고 있었던 것이다.

"기가 막혀서! 본인도 없이 재판에 회부하고 판결을 내렸다? 세상에 그런 법이 어디 있단 말이냐?"

"하, 하지만 그게 비, 비상시국이어서……."

"비상시국! 너, 이 새끼 말 한번 잘했다. 그래, 네 말대로 비상시국이지. 그런데 이런 시기에 유능한 장군을 체포해 간다는 게 말이 된다고 생각하냐? 엉? 근무지 이탈? 야, 이 새끼야. 할 만큼 했다고 자리 내놓고 온 거 몰라?"

사실이었다.

소랍은 바라를 등에 짊어지고 수도를 떠나올 때 이미 자리까지 내놓았다. 그래서 집에서 거느리던 가병들과 직접 키운 제자들만 데리고 내려왔는데 뜬금없이 근무지 이탈이라니, 잘못되어도 한참이나 잘못된 일이다.

"저, 저기…… 그러니까 그게 아직 결재가 안 되어서 장군

직에 계시는 것과 마, 마찬가지인데……."

"미친놈들 같으니라고! 몇 달 전의 일이 아직도 결재가 안 되었다는 건 말이 된다든?"

"휴우, 그만 해라, 바라."

잠자코 지켜보던 소랍이 결국 긴 한숨을 내쉬며 고개를 젓고 있었다. 만사브들에게 상식을 요구해 봐야 아무 소용이 없다는 뜻이다. 게다가 뜬금없이 그런 명령을 내린 데에는 무언가 이유가 있을 게 뻔했다. 그렇지 않고서야 내내 잊고 있던 사람을 갑자기 기억해 내고 체포 운운할 리가 없다.

"무슨 일들을 꾸미고 있는 걸까."

소랍은 하얗게 센 짧은 턱수염을 만지작거리며 혼잣말처럼 중얼거렸다.

"그놈들이 괜히 그런 짓을 벌였을 리는 없고……."

"흥! 혹시 알아? 카도니아에서 물러가 줄 테니 너를 내놓으라고 했을지?"

"하, 설마 겨우 그런 소리에 이런 멍청한 짓을 벌였을 리가……. 너, 왜 흠칫거리는 거지?"

날카로운 소랍의 시선이 전령에게로 휙 돌아갔다. 아닌 게 아니라, 카도니아라는 이름이 나오기가 무섭게 놈이 어깨를 떨며 얼굴을 창백하게 물들이고 있었다.

"아, 아무것도 아닙니다."

"설마…… 그게 사실이라는 거냐? 카도니아가 소랍을 내놓으면 물러가 준다고 했다고?"

"그, 그게 아니라⋯⋯. 저는 아무것도 모릅니다, 장군! 그냥, 그냥 소문이⋯⋯."

"소문? 무슨 소문?"

바라의 날카로운 추궁에 전령은 거의 울 듯한 얼굴로 안절부절못하고 있었다. 그러다 주변에서 지켜보던 병사들이 은밀히 시선을 교환하며 괜히 무기를 꺼내는 시늉을 하자 또 화들짝 놀라서는 주절주절 떠들기 시작했다.

"그, 그러니까 병사들 사이에 소문이 돌고 있는데⋯⋯ 그냥 물러가 준다는 게 아니라 보름간 공격을 하지 않겠다고⋯⋯. 그냥, 그냥 소문이 그래서⋯⋯ 사실이 아닐지도 모르는데⋯⋯. 살려 주십시오, 장군! 전 아무 죄도 없습니다. 그냥 명령을 전한 것뿐입니다요."

울먹이던 놈이 아예 엎어져 철철 울고 있었다. 돌아가는 분위기로 보아 어쩌면 이 자리에서 당장 죽게 될지도 모른다고 생각하는 모양이다. 딱한 놈 같으니라고. 아무리 소랍이 버르장머리가 없어도 그렇지 명색이 장군인데 설마하니 전령을 죽이기야 할까. 바라는 쯧쯧 혀를 찼다.

"자알~한다. 허! 그냥 소문이라고? 아니 땐 굴뚝에 연기가 날까. 물어보나마나 거의 사실일 거다. 너도 잘 알고 있겠지, 소랍?"

"알지, 알고말고. 그나저나 생각보다 내 몸값이 얼마 안 되나 보다. 그냥 물러가 준다는 쪽이 듣기엔 더 기분이 좋던데 말이지."

"흥! 다 늙은 장군 하나 때문에 그냥 물러간다는 게 말이나 되겠냐? 보름이나 미루어 준다는 것도 감지덕지해야지."

"누가 장사꾼 아니랄까 봐……. 하여튼 더럽게도 인색한 놈이다, 너는."

"헛소리는 말고. 그래서 설마 가겠다는 소리는 아니겠지, 소랍?"

설마하니 그런 멍청한 짓을 하지는 않겠지 싶어 그냥 물은 말이었는데 그런 생각이 무색하게시리 소랍은 그 길로 입을 꾹 다물어 버렸다. 그 모습을 본 바라의 이맛살이 다시 와락 구겨지고 있었다.

"미, 미친놈!"

"크흠. 어쩔 수 없잖냐."

"그래서 기꺼이 죽어 주겠다고? 야, 이 새끼야. 죽고 싶거든 빚이나 갚고 쳐 죽어."

"거, 새끼 지랄도 참……. 죽긴 누가 죽는다고 그래? 아무리 철딱서니가 없기로서니 설마하니 카도니아의 애송이 황태자가 이 어르신을 단칼에 죽이기야 하겠어?"

"단칼에 죽이지 않고 두 칼, 세 칼에 죽이긴 하겠지. 그리고 보름 뒤 다시 공격을 시작하면 그만이고. 한마디로, 충성 좀 한답시고 제 발로 걸어 나갔다가는 그 길로 죽을 거라는 소리다, 이 답답한 새끼야."

같은 입장에 처했다면 자신도 별다르지 않았을 거라는 생각을 하면서도 바라는 퍽퍽 가슴을 쳤다. 소랍이 답답해서가 아니라 사실은 수도에서 득실대고 있는 만사브들의 행태가 숨이 막힐 정도로 답답해서였다.

대체 그놈들은 무슨 생각들을 하고 있기에 제국의 마지막 희망이나 마찬가지인 소랍을 홀딱 넘기겠다는 걸까. 보름의 시간이 주어진다면 전세를 역전시킬 만한 기회를 만들 수 있다는 뜻일까?

"내 생각엔 말이다……."

소랍이 뭔가를 알 것 같다는 얼굴로 고개를 끄덕이고 있었다.

"보름이면 카도니아 군이 스스로 물러가지 않을 수 없다는 계산인 것 같아."

"왜?"

"물! 물이 없잖아. 수도 밖에는 강이나 계곡 같은 것이 없지. 게다가 계속 비가 내리지 않아 우물도 마른 지 오래고. 이곳 아덴부르크야 내내 물이 풍족했지만 그곳은 아니거든."

"……!"

"물이 있는 곳까지도 꽤 멀어서 가는 데만 해도 나흘은 족히 걸리지. 카도니아 군도 물을 준비해 왔겠지만 그래 봐야 얼마를 준비해 왔겠나. 모르긴 해도 바닥이 드러나기 시작했을 거다. 조금 남았더라도 앞으로 보름이면 결국 끝이 보이겠지."

솔직히 바라는 물에 대해서는 전혀 생각을 해 본 적이 없었다.

아덴부르크에서 나고 자란 사람인 데다 사는 동안 딱히 물이 부족하다는 생각을 해 본 적도 없었으니까. 그런데 식량이 아닌 물 부족으로 카도니아가 물러가게 될 거라는 말을 듣고 보니 새삼스럽게 주위를 돌아보게 됐다.

"그러고 보니 이곳에도 비가 내리지 않은 지 꽤 됐군."

예전에는 그래도 가끔 내렸던 것 같은데 최근, 특히 다시 돌아온 이후로는 물 한 방울 구경하지 못한 것 같다. 이대로라면 올해는 가뭄으로 밀 수확이 확 줄어들게 될지도 모른다.

'또 술사를 불러서 밀밭에 물을 뿌려 줘야 하나?'

거기까지 생각하다 바라는 흠칫 놀라 소랍을 바라보았다.

"술사! 이 새끼야, 술사가 있잖아. 저들이 술사를 데리고 왔다면 말짱 헛소리 아녀?"

"끄응, 그게 문제긴 한데……."

"카도니아의 황태자쯤 되니 샤 가에서 술사 하나 데려오지 못했을 리 없잖아!"

"걱정 마라. 각성을 거친 샤 가의 술사들은 절대 엘룬을 벗어나지 못하니 걱정거리가 안 되지. 그리고 그들을 제외한 다른 술사들이야 능력이 일천하니 아무리 노력해도 그 많은 군

물의 전쟁 109

사들의 목을 다 축일 만큼 물을 끌어 오진 못할 것이고."

 틀림없이 그렇게 될 거라는 듯 팔짱까지 척 끼며 소랍이 고개를 주억거렸다. 그 모습을 한심스럽게 바라보다 바라는 또 흥 콧바람을 날려 버렸다.

 "흥! 그렇다 해도 안심할 수 있는 상황은 아니겠지."

 "그렇기야 하지만 한번 해 볼 만한 일이긴 하다. 성공하면 좋은 거고 실패하더라도 그들의 상황을 파악할 수 있으니 두루두루 좋은 거지."

 "두루두루 좋아서 너만 죽는 거고? 이 늙은이야, 잊은 모양인데 성공하거나 실패하거나 상관없이 넌 죽어."

 "킥킥, 네 말처럼 늙은 장군 하나 희생시킨 것치고는 얻는 게 제법 많으니 그러려니 해야지 뭐. 거참, 어느 놈의 생각인지 제법 교활하게 머리를 굴렸단 말이야."

 교활함을 넘어 악의까지 느껴진다는 생각과 함께 바라는 나리만을 떠올렸다. 어쩌면 이건 놈의 머리에서 나온 생각일지도 모른다. 카도니아의 공격도 멈추고 그의 힘이 되어 주고 있는 소랍도 떼어 낼 수 있으니 퍽 좋은 기회라고 생각했겠지.

 카비아니 가에 반란죄를 뒤집어씌우려다 실패한 이후 잠시 조용하더니 마침내 또 일을 벌이려는 게 틀림없었다. 충성을 한답시고 판결대로 행동하다가는 결국 모두 잃게 되고 말리라. 그런 의미에서 바라는 무슨 일이 있어도 소랍을 보내지 않기로 결심했다. 그때였다.

"어르신, 손님이 왔습니다."

밖에서 소랍의 제자 놈 하나가 삐죽 들어오더니 조심스럽게 입을 열었다.

"어르신과 장군님을 뵙고 드릴 말씀이 있다고 합니다."

"뭐? 어떤 놈인데 나를 찾아?"

바라가 버럭 소리쳤다.

그가 돌아온 건 아무도 모를 텐데 어떻게 알고 찾아온 건가. 소랍이 이곳으로 왔다는 소문은 났어도 그가 살아 있다는 소리는 어디로도 새어 나가지 않았다. 그런데 그를 찾아왔다니 아연실색하지 않을 수 없었다.

"어떤 놈이냐니까!"

"저어, 나칼이라고……. 손자분이라고 하십니다만."

"뭐? 나칼 놈이? 그놈이 어떻게……?"

엉뚱한 이름에 바라의 눈이 저절로 동그래졌다. 자신이 여기 있다는 사실을 놈이 어떻게 안 걸까? 손짓으로 들여보내라는 뜻을 전하면서도 바라는 자꾸만 고개를 갸웃거렸다. 혹시 다른 놈이 아닐까 생각했지만 소랍의 제자를 따라 내실로 들어온 놈은 틀림없는 나칼이었다.

"할아버님!"

할아버님? 할아버지나 당주가 아니고 할아버님이라고?

생전 들어 본 적 없는 이름 앞에서 바라는 잠시 당황했다.

물의 전쟁 111

그러다 그 앞에 털썩 무릎을 꿇으며 흐느끼는 나칼을 보고 재빨리 표정을 굳혔다.

"어떻게 알게 되었는지에 대해서는 묻지 않겠다. 왜 왔느냐?"

"흐윽, 살아계실 줄 알았습니다. 꼭 살아 계실 줄 알았습니다."

"……."

"제가, 제가 잘못했습니다. 잘못했습니다, 할아버님. 탄탄놈의 협박에 어쩔 수 없었습니다. 제발 용서해 주세요."

바닥에 납작 엎드려 나칼은 철철 울었다.

후샹의 말이 맞았다. 바라가 살아 있을 뿐만 아니라 아덴부르크로 돌아왔다는 소리를 들었을 때만 해도 믿지 않았는데 역시 사실이었다. 그의 의심을 비웃듯 바라는 꿈에서처럼 눈을 시퍼렇게 뜨고 그 앞에 앉아 있었다.

두려움으로 간이 바짝 졸아드는 것을 느끼며 나칼은 더 소리 높여 엉엉 울었다. 결코 본의가 아니었다고, 후회하지 않은 날이 없었다고 고백했다.

"크흠. 주군, 이러실 게 아니라 일을 먼저……."

엉엉 우는 그의 등 뒤에서 후샹이 나직한 목소리로 주위를 환기시키고 있었다. 나칼은 그제야 울음을 그치고 고개를 들었다.

"제가 저지른 죗값은 나중에 받겠습니다. 지금은 일이 더 중요하니……."

"일? 무슨 일이 중요하다는 것이냐?"

'네놈에게도 중요한 일이 있었더냐'라는 말처럼 들리는 바라의 비아냥거림에도 나칼은 내색하지 않고 그저 주먹만 불끈 움켜쥐었다. 그리고 말했다.

"사실, 저는 소랍 장군님이 아덴부르크로 오셨다는 소식을 듣고 수소문해 이곳까지 왔습니다. 할아버님까지 함께 계실 줄은 몰랐지만 들어오기 전에 듣고 안심했습니다."

"흥!"

"호오, 나를 찾아왔다고? 무슨 일로?"

냉정하게 고개를 돌리는 바라를 보다 못한 소랍이 일부러 호기심을 내보이며 물었다.

"이상한 소문이 돌고 있습니다, 장군."

"이상한 소문?"

"장군이 반역죄를 저질렀다는 소문입니다. 대법관이 이미 판결을 내려 수도로 압송한 뒤 처형할 거라는 소문을 들었습니다. 저희 시민병 중에는 장사치들이 많아 그런 소식을 잘못 들을 리 없는 일이라……."

"걱정이 되어 왔다는 소리구나."

"예. 걱정도 걱정이지만 당장은 안전하게 지켜 드려야겠다는 생각이 앞서서……."

사실은, 후샹이 등을 떠밀었다.

물의 전쟁 113

이번 정보를 가져온 것도 그이고 자신을 이곳으로 보낸 것 또한 그였다. 나칼이 생각하기에도 그의 말을 들은 것은 퍽 잘한 일 같았다.

"기특한 녀석이구나!"

장군이 흐뭇하게 웃으며 고개를 끄덕이고 있었다. 슬며시 바라를 돌아보니 그도 조금이지만 표정이 부드러워져 있었다. 역시 이번에도 후샹은 그를 실망시키지 않은 것이다. 갑자기 자신감이 생겨 나칼은 다시 목소리를 높였다.

"장군님, 절대로 수도로 가셔서는 안 됩니다. 군사들은 저희가 막겠습니다. 장군께서 저희들을 이끌어 주신다면 카도니아 군대가 와도 두렵지 않습니다."

"함께 싸우겠다는 소리냐?"

"그렇습니다. 장군께서 무슨 생각을 하고 계시는지 압니다. 하지만 이건 카도니아의 음모가 분명합니다."

후샹은 카도니아가 소랍 장군을 원하고 있다고 했다. 그래서 수도의 만사브들과 협상을 해 그들이 그런 이상한 판결을 내린 거라고 한다. 게다가 소랍 장군은 음모라는 사실을 알면서도 적진으로 걸어 들어갈 것이라고도 했다.

"저들의 뜻대로 장군께서 카도니아로 간다고 해서 모든 것이 해결되는 것이 아닙니다."

나칼은 후샹이 일러 준 대로 차근차근 설명을 덧붙였다. 소랍과 바라의 표정이 점점 변해 가고 있는 것이 보였다.

"저희들은 카도니아가 뛰어난 술사를 구했다는 정보를 얻었습니다. 그러니 장군께서는 다른 계획을 세우셔야 합니다."

"술사를 구했다고? 소랍!"

"끄응. 결국은……."

뜻밖의 소식에 바라까지 놀라 소랍을 돌아보았다. 그리고는 믿을 수 없다는 시선으로 혹은 '이런 기특한 일도 할 줄 알았단 말이냐?'라는 표정이 역력한 얼굴로 나칼을 바라봤다. 그 시선에 나칼은 괜히 어깨가 펴지고 기분이 좋아졌.

'후후후후……'

그런 나칼의 등 뒤에서 후샹이 소리 없이 웃고 있었다.


"크아아악!"

"꾸룩, 꾸룩……."

"열셋."

흔적 하나 남기지 못하고 긴 비명과 함께 사라지는 마족들을 보며 다니무스가 마치 판결을 내리듯 중얼거렸다.

"자그마치 열셋! 후우, 벌써부터 지긋지긋해지려고 해."

"이제 시작일 뿐이야."

"에에? 그럼 계속해서 이럴 거라고? 아니, 대체 왜 저런 것들이 너한테 덤비는 건데?"

"글쎄, 심심해서?"

"하! 심심해서 소멸의 위험을 감수한다고? 티르메네스, 마족들은 바보가 아니야."

 중요한 사실을 가르치고 있다는 듯 손가락을 까딱거리며 혀를 차는 그를 가만히 바라보다 티르는 곧 피식 웃어 버렸다. 갑자기 나타나 공격하는 마족들을 보고 픽 쓰러져 기절한 게 바로 엊그제 일인데 그새 적응이 되었는지 시큰둥한 얼굴을 하고 있는 놈이 어쩐지 조금 어이없었다.

 '하긴, 원래부터 이런 놈이었던 것 같아.'

 생각해 보면 다니무스도 제법 간이 큰 놈이었다. 끊임없이 사고를 쳐 대는데도 떨어지지 않고 잘도 따라다닌 걸 보면 절대로 평범한 놈은 아니다. 약해 보여도 사실은 누구보다 심지가 강한 녀석인 것이다. 혹은 단련되었거나.

 "그런데 정말로 괜찮으시겠어요, 화룬 형님?"

 다니무스가 안쓰러운 시선으로 한쪽에 서 있는 화룬을 돌아보았다. 아직은 살 만한지 그가 말간 얼굴로 히죽 웃어 보였다.

 언제 그리 친해진 건지 다니무스는 제 맘대로 형님이라고 부르며 제법 살뜰하게 그를 챙기고 있었다. 그 사실이 티르는 어쩐지 조금 마음에 들지 않았다.

 "흥! 괜찮지 않으면 알아서 돌아가겠지."

 "우우, 매정한 놈 같으니라고. 그래도 네 친척인데 그딴 소리가 나와아?"

 "누가 친척이라는 거야?"

싸늘하게 묻자 다니무스는 입을 꾹 다물고 화룬을 가리켰다. 외가 쪽 친척이라고 둘러댄 화룬의 말을 철석같이 믿고 있는 것이다. 티르는 그 점도 매우 못마땅했다. 아니, 왜 이 녀석은 자신의 말을 믿지 않고 그의 말만 믿는 건가?

"너, 내 친구 맞아?"

"당연하지. 네 녀석의 친구니까 모든 걸 다 포기하고 여기까지 왔지, 아니었으면 그냥 아덴부르크에서 잘 살고 있을걸? 흐윽, 그러고 보니 갑자기 누님도 보고 싶고 곧 태어날 조카도……."

"그만!"

연기라는 걸 뻔히 알면서도 티르는 또 마음이 약해지고 말았다. 요즘 그는 다니무스가 괜히 울먹이는 시늉을 하면서 옛일을 꺼내면 까닭 없이 힘이 빠지는 경험을 하고 있었다. 게다가 억울하게도 이 영리하기 이를 데 없는 녀석은 그 사실을 잘 알고 있다. 그러니 이렇게 종종 이용해 먹는 게지.

"어쨌거나 친척은 아니야."

"닮았는데?"

"흥!"

"아, 물론 쌍둥이라는 네 형님하고 더 닮았겠지만."

"사실, 우린 그리 닮지 않았어."

"스카는 완전 똑같다고 하던데?"

"어, 스카를 알아?"

물의 전쟁

"당연히 알지. 그 미친 소 새끼 때문에 눈앞에서 너를 놓쳤었는데……."

소 새끼라고 부르는 걸 보니 확실히 알긴 아나 보다.

어떻게 아는지에 대해서 다니무스는 무척이나 장황하게 설명을 곁들였다. 그러다 티르가 바람의 술사들과 함께 엘룬으로 향하던 날, 그와 막시무스는 조국을 등지고 카도니아 쪽으로 합류했다는 소리를 기어이 하고 나서야 입을 다물었다.

"막시무스는 결국 반역자로 몰려 버렸다고. 그리고 나도. 어느 쪽이 승리하든 우리 신세가 그리 편해지지는 않겠지만 그대로 카도니아가 승리하면 살아남을 가능성이라도 있을 거야."

"그렇겠지. 그래야 바라도 무사히 구해 낼 수 있을 것이고."

"맞아. 어르신을 구해 내려면 나리만 놈을 압박해서 스스로 내놓게 만들어야 해."

"아니면 죽여 버리고 저택을 샅샅이 뒤지든가."

"다른 곳으로 빼돌렸을 가능성도 있으니까 그건 생각을 좀 해 봐야 해. 그리고 지금은 그 일보다 당장 네 친척 형님을 살펴야 할 때야. 각성을 거친 샤 가의 술사들이 엘룬을 떠나면 말라죽는다는 것 정도는 나도 알고 있거든. 사실은 너도 위험한 거지?"

어쩐지 너무 자주 물을 권한다 했다. 그러니까 이 영리한 친구 녀석은 그가 말라죽을까 봐 계속해서 걱정을 하고 있었던 것이다. 하지만 그건 그의 상태를 모르기 때문에 하는 걱정일 뿐이다. 엘룬의 술사에게 진짜 필요한 것이 무엇인지 모르니까, 티르가 보고 있는 세상을 모르니까 할 수 있는 걱정.

'화룬은 어떨지 몰라도 나는 지금 깊고 푸른 물속을 걷고 있는 기분인걸.'

이 이상한 상태 때문인지, 아니면 그냥 성화 때문인지 그에게 가까이 접근하는 마족들은 제대로 된 공격 한 번 해 보지 못하고 그 자리에서 소멸되고 말았다. 딱히 공격을 할 필요도 없었다. 저희들이 멋대로 다가오다 결국은 고통스러운 비명과 함께 족족 사라지고 있었으니까.

뭘 아는 건지, 제법 힘이 강한 고위급 마족들은 아예 접근을 하지 않고 있었다. 고작해야 마물에서 갓 벗어난 약한 것들이나 눈먼 공격을 해 올 뿐.

'루칸은 어떨까?'

잠깐 루칸을 떠올리다 티르는 곧 고개를 저어 버렸다. 그는 강한 마족이었다. 자하크만 아니라면 어느 누구에게라도 쉽게 패하는 일이 없는 마계의 후계자다. 냉정하게 떨쳐 내고 오긴 했지만 그래도 형제는 형제인지 티르는 그가 조금 걱정스러웠다. 적어도 눈앞에 있는, 감히 친척이라고 주장하고 있는 화룬보다는 조금 더 걱정스러운 것이 사실이란 말이지.

"흥, 아직 살 만한가 보지?"

군소리 없이 따라오고 있는 화룬을 돌아보며 티르가 물었다.

"아아, 생각보다 즐겁다."

"즐거워?"

"응. 엘룬 밖의 세상을 보는 건 정말로 오랜만이니까."

"처음은 아니고?"

"처음은 아니다. 어릴 땐 나도 멀리 떠나 있었으니까."

"루나레스처럼?"

"그래, 루나레스처럼."

화룬은 고개를 끄덕이며 쓸쓸한 미소를 머금었다. 위험한 길을 따라나서면서도 히죽 웃던 사람이 그런 미소를 짓자 어쩐지 더 안되어 보인다. 그래도 동정할 생각은 없었지만.

"힘들면 말해. 괜히 버티다 시체 치우게 하지 말고."

"아직은 괜찮다. 다행히 남은 성수가 있어서 조금 준비해 가지고 왔거든."

"그러시겠지."

"티르메네스."

"왜?"

"어렵겠지만, 네게 뭔가 방법이 있다면 좀 더 빨리 선택을 해 줬으면 좋겠다."

"……?"

"가능하다면 엘룬의 술사들이 죽기 전에. 그곳을 터전으로 삼은 백성들이 고통을 받기 전에."

"그, 그 정도는 나도 생각하고 있어. 그러니까 그런 말로 괜히 부담 줄 것 없다고. 나에게도 사정이란 것이 있으니까."

괜히 속이 뜨끔거렸다. 사실, 그들을 생각하고 있었던 것은 아니었으니까. 지금 티르에게 중요한 건 가족이었다. 가족들에게 원래대로 돌아가는 것. 그것만 생각하고 있던 차에 문득 엘룬의 술사들 이야기를 들으니 갑자기 희미한 죄책감이 찾아왔다. 그에겐 그들을 책임져야 하는 의무가 없는데 말이다.

"그리고 누군가에게 의지하기 전에 살아남을 수 있는 방법 같은 건 직접 찾아보란 말이야. 원래 자기 목숨은 자기가 지켜야 하는 거잖아."

신경질적으로 톡 쏴 주고 티르는 돌아섰다. 화룬에게 엘룬의 백성들과 술사들이 소중하듯 그에겐 바라가 소중했다. 그래서 아직은 바라가 먼저일 수밖에 없다. 안 그래도 너무 늦은 것 같아 불안해 죽겠는데 말이지.

"군사들이다!"

멀리서 펄럭이고 있는 붉은 깃발을 발견한 다쿠가 일행을 향해 손을 흔들고 있었다. 엘룬을 출발해 꼬박 사흘, 그리고 제국의 국경을 넘은 지 다시 이틀이 지나서야 간신히 발견한 카도니아 군의 흔적이다.

"생각보다 빠르게 움직였는걸."

보급부대와 후방을 맡은 병사들이 수도와 가까운 도시까지

진입해 있는 걸 보고 티르는 새삼 슈라의 능력에 감탄했다. 이만한 규모의 병사들을 끌고 이렇게나 빨리 움직였다는 건 군대가 완벽하게 통제되고 있다는 뜻이기 때문이다.

"성문을 여는 문제로 쓸데없이 시간을 낭비하지 않았다면 진즉에 수도를 함락시켰을 겁니다."

군대를 향해 신호를 보낸 다쿠가 다시 일행에게 돌아오며 말했다.

"아니, 성문 따위는 문제가 아니지요. 사실은 물이 부족해 더 진군하지 못하고 티르메네스님이 오시기를 기다려야 했거든요."

"흥, 자신만만하기는. 반드시 올 거라고 생각했단 말이지?"

"하하. 싫다고 하셨어도 반드시 오게 만들었을 겁니다. 전하께서 원하시는 건 반드시 이루어져야 하니까요."

"……."

"전령을 보냈으니 곧 사람이 올 겁니다. 여기서부터는 우리 카도니아 군이 관리하고 있어 안전합니다. 수도까지 마차를 이용하기로 하지요."

이제 힘든 여정은 모두 끝이라고 말하며 그가 환하게 웃었다. 그러자 그 모습을 가만히 보고 있던 다니무스가 미간을 찌푸리는 티르의 귓가에 작은 목소리로 속삭였다.

"그 황태자라는 사람, 하여간 무지 잘났어. 그런데 머리는 좀 나쁜 것 같아. 아직도 내 이름을 못 외우고 있거든."

"혹시 내 이름도 못 외우고 있어?"
"아니, 네 이름은 기억하고 있었어."
"그럼 일부러 그러는 거야, 그 사람. 성격이 나쁘거든."
"아, 역시 그런 거구나!"

신분이 문제가 아니었다. 티르가 보기에 슈라는 그냥 남을 괴롭히는 것을 좋아하는, 이상한 성격을 가진 사람이었다. 티르는 첫눈에 그것을 알아보았다.

모르긴 해도, 막는 사람이 없다면 이라즈와 같이 붙어 다니면서 천지사방 온갖 참견은 다 하고 다닐 사람이다. 티르가 아는 한, 그가 배려하는 인간은 오직 한 종류뿐이었다. 바로 여자. 그것도 예쁜 여자.

"널 괴롭히는 이유는 한 가지밖에 없어."

그는 진지하게 말했다.

"뭐, 뭔데?"
"네가 여자가 아니기 때문이야."
"에엑?"
"그 사람은 여자에게만 예의를 지키거든."

물론 이라즈도 마찬가지다. 그는, 어떤 면에서는 슈라보다 더한 구석도 있었다. 그냥 친절한 것을 넘어서서 아예 말도 못하게 느끼하게 변신하곤 했으니까.

"아무튼 둘 다 정상은 아니야."
"그렇구나아."

티르의 명쾌한 결론에 다니무스가 심각한 얼굴로 고개를 끄덕이고 있었다. 덕분에 곁에서 가만히 이야기를 주워들은 화룬이 아직 얼굴도 못 본 슈라와 그의 오른팔에 대해 작은 오해를 하게 된 것이다.

'여자가 아니면 괴롭힌다고? 무서운 사람들이군. 흐음, 각오를 단단히 해야겠는걸.'

그가 괴롭힘을 당할 각오를 단단히 다지고 있는 사이, 이쪽 저쪽으로 부산스럽게 움직이던 다쿠가 금방 마차를 하나 끌고 나타났다. 까만 말 두 마리가 끄는 마차는 그리 크지 않았다. 마부석까지 합해 대여섯 명이 올라타면 달리기가 좀 벅차지 않을까 걱정스러울 정도다.

게다가 빈말로라도 멋이 있다고 말할 만큼 근사하다거나 튼튼해 보이지도 않는다. 그러니까 그건 그냥 마차였다. 나무로 만들어진 마부석이랑 지붕이 달리고 바퀴가 네 개인. 어쨌거나 흔해 빠지고, 심하게 멋대가리 없고, 좀 투박하기까지 한 시골 마차에 일행이 올라탔다.

"너 왼팔이라면서?"

덜컹거리며 달려가는 마차 구석에 앉아 다니무스가 도끼눈을 하고 물었다.

"그거 죄다 거짓말 아냐?"

"어째서?"

"아아, 이게 어떻게 황태자의 왼팔이 타는 마차라는 거야?

내가 이놈의 나무 의자에 쿠션만 깔려 있었어도 이런 말은 안 하거든? 안 그래요, 화룬 형님?"

"으음, 동감이야. 으윽! 그런데 조금만 천천히 달리면…… 크윽…… 안 될까?"

길은 험했고 나무 의자는 너무 딱딱했다. 그러다 보니 마차가 조금만 속도를 내거나 너무 신나게 달리기 시작하면 쿠션 빠진 의자에 앉은 그들이 괴로워지는 것이다.

"머, 멀미가 날 것 같아. 우욱!"

결국 참다못한 다니무스가 창을 가리고 있던 작은 헝겊대기를 홱 치우고 마차 밖으로 고개를 길게 빼고 말았다. 말 울음소리 대신 '우에엑' 하는 소리가 한동안 길게 이어지고 있었다.

"온다!"

지평선 끝에서 피어오르는 뿌연 먼지구름을 발견한 슈라가 으하하 웃으며 크게 소리쳤다.

"드디어 오는군. 이라즈, 녀석이 오고 있다!"

"아아, 보고 있습니다."

"뭐냐, 그 시큰둥한 반응은? 녀석이 마침내 오고 있다니까!"

"휴우, 아까 전에 제가 먼저 발견하고 알려 드린 겁니다만."

"그랬나?"

"그랬습니다."

지평선에서 먼지구름이 일기도 전에 이라즈는 마차의 접근을 알고 있었다. 먼저 달려온 전령이 '곧 도착한답니다'라고 소리쳐서 사실은 거의 모든 병사들이 동시에 알았다. 자신의 천막 안에서 내내 처자고 있었던 슈라만 제외하고.

어쨌거나 이라즈가 직접 소식을 전한 건 사실이었다.

침까지 흘려 가며 달게 자고 있기에, 그래도 주군이라고 깰 때까지 기다렸다가 소식을 전해 줬다. 그랬더니 그는 도리어 왜 안 깨웠느냐며 한바탕 개난리를 치는 거다. 그랬으면서 이제 와 하는 소리를 들어 보라.

"으하하하. 이제야 뜬눈으로 기다린 보람이 생기는구나!"

대체 언제 눈을 뜨고 있었다는 건가. 투란 제국 쪽이 결단을 내릴 때까지 기다려 준답시고 공격도 않고 벌써 며칠 동안이나 주구장창 놀다가 먹고 자고, 자고, 또 잔 게 일이었으면서.

"입에 침이나 바르고 그런 말씀을 하시는 겁니까? 아니, 됐습니다. 됐으니까, 그냥 입가에 말라붙은 그 침 자국부터 닦으시지요."

어쩐지 아니꼬워진 이라즈는 감히 툭 한마디 해 주고 냉큼 돌아섰다. 그 모습을 본 슈라가 입가를 훔치다 말고 머쓱하게 물었다.

"어? 어딜 가는 거냐, 이라즈?"

"마중 나갑니다."

"그래? 그럼 나도 같이 갈까?"

"됐습니다. 금방 도착할 텐데 뭐하러 복잡한 일을 만드십니까? 주군께서는 그냥 가만히 계시는 게 도와주는 겁니다."

"어허, 그래도 내 왼팔인데……."

"휴우, 우리 말은 바로 하지요. 티르메네스는 아직 주군의 왼팔이 아닙니다. 잊으신 겁니까?"

이라즈의 말에 슈라는 대뜸 고개를 저었다.

"녀석은 처음부터 내 왼팔이었어. 그러니 저렇게 직접 찾아오고 있는 거잖아?"

"휴우, 그 전에 걸어 둔 조건은 기억나십니까?"

"조건? 조건이 있었나?"

이럴 줄 알았다. 왼팔을 얻었다는 사실만 중요했지, 어떻게 얻었는지는 그리 중요하지 않았겠지. 전쟁이다 뭐다 준비하느라 또 까맣게 잊고 있었을 것이다. 이라즈는 거의 체념 어린 표정마저 지으며 소리쳤다.

"5탈란톤!"

"5탈란톤? 아! 5탈란톤을 주기로 했었지 참. 그거 아직도 안 보냈었던가? 분명히 보내라고 명령을 해 두었던 것 같은데."

"명령이야 하셨지요. 그런데 '마계'로 보내라고 하셨지 않습니까? 그러니 '어떻게' 보내야 할지 몰라서 시종장이 아직도 고민을 하고 있는 겁니다."

"하하하. 바보 놈 같으니라고. 고작 그런 일 때문에 내 왼팔에게 면목 없는 일을 만들다니……."

어쩌다 그 일을 잊고 있었을까. 슈라는 조금 난감해졌다. 저 영악하기 이를 데 없는 꼬맹이가 오해라도 하면 어쩐다지? 절대로 돈이 아까워서가 아니라는 사실을 알아줬으면 좋겠는데 말이지.

"그러고 보니 모두 없던 일로 하기 위해 찾아온 것인지도 모르겠군요."

불난 데 부채질을 한다더니 이라즈가 얄밉게도 이죽거린다. 그 부분에서 슈라는 홍 하고 콧방귀를 뀌어 주었다.

"설마하니 꼬맹이가 누구처럼 속이 좁기야 하려고. 설마 질투하는 거냐, 이라즈? 내가 너보다 우리 꼬맹이를 더 예뻐할까 봐?"

"지, 지금 뭐라고 하시는 겁니까?"

"아아, 가엾은 이라즈. 걱정 마라, 걱정 마. 난 왼팔과 오른팔을 골고루, 평등하게 사랑해 줄 작정이니까."

"쿨룩! 사랑 같은 거 안 해 주셔도 좋으니까 제 약혼을 방해하지 말아 달란 말입니다! 주군, 듣고 계시는 겁니까?"

"하하하, 마중이나 가자!"

제 할 말만 다다다 떠들어 놓고 사라지는 그를 멍하니 바라보다 이라즈는 결국 한숨을 내쉬고 말았다. 귀찮은 일을 만들지 말라고 그렇게 얘기를 했는데, 못 참고 결국 먼저 휑하니 사라지다니. 저 버릇을 대체 어떻게 고쳐야 하는 걸까. 그리고 말은 바로 하랬다고 대체 누가 질투를 한다는 건가.

"주군께 사랑받고 싶은 마음 전혀 없단 말입니다."

진심이었다. 왜냐면 슈라가 애정을 표현하는 방법은 흡사 어린애 같아서 마음에 드는 상대는 일단 마구 괴롭혀 결국은 자포자기의 상태로 만들어 놓기 때문이다.

그 산증인이 바로 이라즈 자신이었다. 코흘리개 어린 시절에 잘못 걸려 이 나이가 되도록 못 떠나고 있는 것을 보면 그의 괴롭힘이 얼마나 집요했는지 알 만하지 않은가.

"휴우, 꼬맹이도 고생이 막심하겠군."

저 이상한 성질머리와 기어이 하고 싶은 대로 하고야 마는 고집으로 보아 꼬맹이 또한 어지간히도 괴롭히겠지. 이라즈는 벌써부터 티르메네스가 불쌍하게 여겨지기 시작했다. 그리하여 조금이나마 도움의 손길을 주기 위해 서둘러 슈라의 뒤를 따랐던 것이다.

뿌연 모래먼지가 이번엔 양쪽에서 일어나 다시 하늘로 치솟았다.

성의 코앞에서 출발한 슈라 일행과 지평선 끝에서 달려온 마차가 중간에서 딱 마주쳤다. 옆으로 낮은 구릉과 숲을 끼고 길 한복판에서 딱 마주친 그들은 곧 말 머리를 나란히 하고 다시 성문 쪽으로 돌아왔다.

슈라가 직접 마중을 나왔다는 사실에 다쿠는 감동을 받았는지 거의 울먹이고 있었지만 나머지는 그럴 정신도 없었다. 무섭게 내달리는 마차 안에서 이리저리 구르는 바람에 다들 지쳐 기진맥진하고 있었기 때문이다.

"우우, 아직도 속이 울렁거리는 것 같아. 엉덩이도 아파. 아야야, 멍이 들었나 봐."

다니무스가 마차에서 굴러 떨어지듯이 기어 나오며 엄살을 떨었다. 이리저리 구르다 토하기를 반복해서 그런지 반나절 만에 얼굴이 꽉 삭다 못해 창백하게 죽어 있었다.

"넌 왜 괜찮은 거야, 티르?"

체격은 더 작은데 너무 멀쩡해 보여서 억울해 죽겠다는 듯 그가 물었다.

"화룬 형님도 나도 다 죽어 가는 몰골인데 왜 너만 멀쩡하냐고. 갑자기 막 짜증나는 거 있지?"

"별게 다 억울하구나. 이 새끼야, 니들보다 내가 더 튼튼한 게 당연하잖아. 들인 공이 얼만데……."

"흥! 그래도 키는 내가 더 크다."

"나, 나도 금방 커질 거야. 그까짓 거 마지막 각성만 끝내면……."

"각성? 무슨 각성?"

"있어, 그런 게. 신경 꺼."

저도 모르게 무심코 꺼냈다가 주위의 시선이 집중되자 티르는 '아차' 싶어 혀를 깨물고 말았다.

"마지막 각성?"

아니나 다를까. 화륜이 눈을 동그랗게 치뜨더니 달려들 듯 물었다.

"마지막 각성이라니? 성화까지 받았는데 또 다른 각성이 남아 있다고? 정말이냐, 루나, 아니 티르메네스?"

"……."

"그 각성을 하면 어떻게 되는 거지? 무엇이 되는 거냐? 넌 알고 있는 거지? 그렇지?"

"……그래."

티르는 어렵게 사실을 인정했다. 마지막 각성 이후의 모습에 대해 그는 어렴풋하게 느끼는 것이 있었다. 쌍둥이 형인 루칸의 모습에서 어렵지 않게 해답을 찾은 것이다.

"네 각성이 엘룬의 소멸을 막을 수 있다는 그 방법과 관련이 있는 거냐?"

"아마도."

"그렇다면 선택이란 것은……."

화륜은 안간힘을 다해 마지막 말을 삼켰다. 각성을 하느냐 마느냐. 티르메네스는 그 갈림길에서 고민을 하고 있는 것이다. 성화를 뛰어넘어 엘룬의 소멸까지 막을 수 있는 힘이라는 것은…… 곧 신족으로 거듭난다는 의미라는 것을 그는 잘 알고 있었다.

"너는…… 대체 누구지?"

차마 믿을 수 없어 떨리는 목소리로 그는 물었다. 그러자 티르메네스는 그에게 손짓을 해 고개를 숙이게 하더니 곧 귓가에 대고 작은 목소리로 속삭였다.

"성지에서 그녀를 보았겠지? 나는 그녀를 '엄마'라고 불러."

"헉!"

"믿지 않아도 상관없어. 다만 당신에게 말을 해 주는 것은…… 그래도 누구 하나쯤은 알고 있어야 한다고 생각했으니까."

아무도 모르는 존재의 쓸쓸함에 대해 굳이 말을 해 줄 생각은 없었다. 다만, 머잖아 엘룬을 이어 갈 그가 알아주었으면 좋겠다는 생각을 한 것뿐이다. 마지막 각성을 위해 자신이 어떤 선택을 거쳤는지에 대해서 말이다.

"난 곧 가족을 만나러 가. 그들을 기억해 주었으면 좋겠어."

그 말을 끝으로 티르는 돌아섰다. 인간으로 가족들의 곁에, 바라의 곁에 남고 싶다는 소망은 여전히 강하기만 했다. 하지만 만약에 마지막 각성이 우연이 아닌 운명이라면 피할 수 없게 될 테니 그때를 대비하지 않을 수 없었다.

"여어, 꼬맹아!"

먼저 도착한 슈라가 말에서 훌쩍 뛰어내리더니 환하게 웃는 얼굴로 팔을 벌리고 그에게 다가온다.

"드디어 이 형님에게로 왔구나. 하하하!"

"뭐라는 거야, 저 바보가?"

"형님이라잖아. 너 언제 저분의 동생이 된 거냐, 티르?"

다니무스가 의심이 가득한 시선으로 그를 바라보고 있었다. 화룬과 둘이서만 비밀 이야기를 했다는 사실이 마음에 들지 않았는지 진즉부터 입을 잔뜩 내밀고 있더니 기어이 따져 물을 태세다.

절대로 그런 일 없거든? 그리고 남자에게도 비밀은 있는 거야.

그때였다. 그들이 서로 미간을 찌푸린 채 시선을 교환하는 사이 슈라가 달려와 티르를 와락 껴안았다.

"꼬맹아아!"

퍽!

"억!"

"떨어져, 이 변태야!"

티르의 발길질에 벌렁 나자빠진 슈라는 잠시 당황했다. 그러다 곧 상황을 파악하고는 주섬주섬 일어나 먼지를 털면서 슬쩍 꼬맹이를 노려보았다. 어쩐지 더 아담하고 귀여워진 것 같아 나름대로 준비한 환영의 인사를 해 주려 했더니 감히 이 형님을 발로 걷어차?

물의 전쟁 133

"너 말이다, 그러는 거 아니야. 오랜만에 만났는데, 더구나 이제는 주군인데 다들 보는 앞에서 꼭 이래야겠냐?"

"주군 좋아하시네. 난 아직 5탈란톤을 받은 기억이 없거든?"

"주면 될 거 아니냐, 주면. 안 그래도 보내 놓으라고 한 지가 언제인데……. 크흠, 하필이면 네가 마계로 가 버려서 우리 시종장이 어떻게 보내야 할지 몰라 울고 있다니까."

"흥! 어쨌거나 그거 이젠 필요 없게 되었어."

"뭐? 왜?"

"내가 갚았으니까. 누구와 달리 난 뛰어난 장사꾼이거든."

짜랑짜랑 울려 퍼지는 맹랑한 말에 슈라는 살짝 기가 막혔지만 냉큼 무시했다. 직접 갚고 왔다니 이 얼마나 기특한 녀석인가. 게다가 완벽하게 각성을 거쳐 성화까지 허락 받은 걸 보니 더 기분이 좋아졌다.

마계로 갈 때만 해도 혹시 이 녀석이 마족으로 각성을 해 그 얄미운 소 새끼처럼 덩치만 크게 변해서 나타나는 건 아닌가 걱정을 했었는데 말이다.

"역시, 난 생각보다 더 뛰어난 왼팔을 가지게 되려나 보다, 이라즈. 하하하."

"휴우, 지금 웃음이 나오십니까?"

이라즈가 근심 어린 한숨을 내쉬든 말든 슈라는 어디까지나 희희낙락했다. 사실, 그는 퍽 기분이 좋은 상태였다. 비록 꼬맹이에게 발로 걷어차이긴 했지만.

그는 웃음기가 그득한 눈으로 티르메네스를 바라보았다.

긴 은발 머리에 금청색의 눈동자, 그리고 세 개의 황금빛 성화가 눈부시다. 꼬맹이는 생각보다 더 훌륭하게 자라 주었다. 첫눈에 녀석이 마음에 들었던 건, 어쩌면 이런 결과를 본능이 예감했기 때문이었는지도 모른다.

다른 사람들은 보지 못하고 있겠지만 그의 눈에만 보이는 증거도 있다. 바로 녀석의 온몸을 휘감고 있는 황금빛 넝쿨들. 여신의 발아래에서 자란다는 천년화의 넝쿨이 아닌가.

'그거 아나, 이라즈? 녀석은 나랑 같아.'

입가에 머금은 미소가 점점 더 짙어지고 있었다. 다시 말하지만, 슈라는 정말이지 꼬맹이가 너무 맘에 들었다. 생각 같아서는 왼팔이 아니라 자식이나 조카쯤으로 키우고 싶을 만큼. 그도 아니라면 동생이 되어도 좋을 것 같다.

"흐음, 폐하께 저 녀석을 동생으로 만들어 달라고 하면 허락하시려나?"

"글쎄요. 적어도 취향은 비슷하니 반대하지는 않으시겠지요. 절차가 좀 까다롭긴 하겠지만 이번 전쟁에서 그럴 듯한 공이라도 하나 세운다면 훨씬 간단해질 수도……."

"후후후. 바로 그거야."

원래, 공이라는 건 만들기 나름이다. 더구나 이곳은 전쟁터가 아닌가. 영웅이란 건, 어차피 이 피로 물든 기회의 대지에서 태어나는 것이렷다.

"좋았어. 크흠! 꼬맹아, 네가 빚을 갚았다니 하는 말인데……."

흑심을 잔뜩 품은 그가 은근한 목소리로 제안했다.

"너, 내 왼팔 말고 동생이나 하지 않으련?"

"싫어."

"아, 왜에?"

"미쳤어? 내가 왜 변태의 동생 따위가 되어야 한단 말이야? 안 그래도 난 충분히 대단한 사람, 아니 마족의 동생이야."

"야, 마족보다 신족이 더 멋있는 거야. 그리고 난 머잖아 황제가 될 거거든?"

"염소 뿔이 멋지긴 개뿔. 그리고 황제가 된다고? 어느 천 년에? 루칸은 이제 곧 마왕이 될 건데."

따박따박 따지며 티르는 가차 없이 그를 무시해 주었다. 무안한 건지 슈라의 얼굴이 점점 더 벌게지고 있었다. 그러더니 티르가 아주 중요한 실수를 범하고 있다는 듯 얼굴을 바짝 디밀고 진지한 목소리로 말했다.

"염소 뿔이 아니다. 절대로 아니야."

"그럼?"

"양 뿔이다. 숫양의 뿔은 아문 신의 상징이지."

"아아, 어쨌거나 뿔이라는 소리네. 차라리 날개가 낫지. 루칸은 마지막 각성을 거치면 멋진 날개도 가지게 된다더라."

"아니, 그게 아니지. 남자라면 당연히 뿔이지."

남자와 뿔 사이에 어떤 관계가 있다는 건지는 모르겠지만 아무튼 슈라는 그렇게 주장하고 있었다. 하지만 아무리 생각해 봐도 뿔 쪼가리보다는 날개가 더 폼 나는 것 같은데? 결국 티르의 결론은 하나였다.

"아무튼, 동생 같은 것도 안 해. 내가 이곳에 온 것은 '사업상' 제안할 것이 있기 때문이야."

'사업상'이라는 말에 다시 한 번 주위가 조용해졌다. 뿔의 미학에 대해 열변을 토하고 있던 슈라까지도 순간 입을 꾹 다물고 그를 바라볼 정도였다.

"사업상?"

"응. 서로를 위해 좋은 방법이니 손해 볼 건 없을 거야. 아마도."

"흐응, 정확하게 뭘 원하는 거지?"

"동업!"

"동업? 너하고 내가?"

"맞아. 이 전쟁에서 승리하려면 내가 필요하지?"

"그, 그야 그렇지."

"기꺼이 협조하겠어. 대신 아덴부르크를 나에게 줘."

협상 따위는 필요 없다는 듯 대뜸 요구하자 슈라의 얼굴이 다시 보기 좋게 일그러졌다. 그리곤 일행이 막 타고 온 마차와 티르의 얼굴이 몇 번이나 번갈아 바라보더니 또 물었다.

"싫다고 하면 당장 저 마차 도로 주워 타고 돌아갈 거지?"
"당연하지."
"흐응. 좋다."
"주군!"

명쾌하게 고개를 끄덕이자 오히려 이라즈가 더 놀라 그를 돌아보았다. 그러거나 말거나 슈라는 여전히 즐겁기 이를 데 없는 표정으로 덧붙였다.

"대신, 조건이 있다."
"흥, 그럴 줄 알았지. 뭘 원하는 거지?"
"아까 내가 제안한 것을 받아들일 것."
"……?"
"내 동생이 되라고."
"하! 꼭 그래야겠어?"
"응. 꼭 그래야겠다. 순순히 고개를 끄덕이는 게 어때? 그래도 왼팔보다는 더 높은 자리잖아?"

마치 선심 쓰듯이 말하고 있지만 더 높거나 말거나 티르는 별로 관심이 없었다. 모질게 마음만 먹는다면 굳이 이런 귀찮은 절차를 밟지 않고서라도 충분히 아덴부르크를 손에 넣을 수 있는 방법을 알고 있기 때문이다.

"내가 투란 제국과 손을 잡을 수도 있다는 생각은 안 해 봤어?"
"전혀. 그럴 거면 애초부터 이곳으로 오지도 않았겠지."

"그건 나도 반대다."

곁에 선 화룬 또한 고개를 젓고 있었다. 그답지 않게 완강한 태도라 티르는 눈빛으로라도 이유를 묻지 않을 수 없었다.

"알고 있겠지만 투란 제국은 노예 거래의 중심지다. 다른 어느 곳보다 우리 엘룬인들을 거래하는 데 앞장서고 있는 곳이지. 그리고……."

"……?"

"내가 어린 시절을 보낸 곳이기도 하다. 루나레스처럼."

동시에 그의 얼굴이 비참하게 얼룩졌다. 루나레스처럼……. 티르는 고개를 끄덕였다. 다시 돌아간 아덴부르크가 예전 같지 않았던 이유도 바로 그것이었지. 사람들은 그를 카비아니 가의 티르메네스가 아니라 비싸게 팔리는 엘룬인 노예로만 바라보았었다.

"좋아. 받아들이겠어."

싱글싱글 웃고 있는 슈라를 향해 티르는 결국 고개를 끄덕이고 말았다. 그러나 '크하하' 웃는 얼굴이 어쩐지 얄미워 또 소리쳤다.

"흥! 엘룬인들을 노예로 다루기만 해 봐. 홍수가 어떤 건지 구경시켜 줄 테니."

"하하하. 거 좋지. 카도니아에 홍수가 났던 적은 단 한 번도 없었으니 다들 신기해 할 거다."

"휴우, 그런 일은 제가 없을 때 시도해 주십시오."

"그런데요, 황태자의 동생이면…… 우와! 그럼 티르가 황자 전하가 된다는 거예요?"

"쿡쿡쿡. 그렇다니까. 마족 동생보다는 그게 더 폼 나겠지?"

척 하니 팔짱까지 끼고 슈라는 온갖 잘난 척을 하고 있었다. 그러더니 또 티르를 와락 끌어안고 열심히 뺨을 부비는 거다. 그때였다. 슈라에게서 벗어나기 위해 발버둥 치는 티르의 눈에 문득 서서히 옆으로 기울어지는 화룬이 보였다.

털썩!

"화룬?"

"앗, 화룬 형님!"

잘 버틴다 했더니 결국 다 와서 쓰러진다. 티르는 재빨리 다가가 정신을 잃고 힘없이 늘어진 그의 이마를 짚어 보았다. 유난히 하얀 얼굴 가득 식은땀이 맺혀 있었다. 준비해 왔다는 성수가 다 떨어진 것이다.

"역시 성수가 필요한 건가?"

실실 웃던 슈라가 그를 내려다보며 중얼거렸다. 그리곤 마치 모든 것을 알고 있는 것처럼 말했다.

"이자는 너하고 다르구나, 꼬맹아. 우리와는 달라."

"어떻게 다르다는 거지?"

"후후후. 너도 알고 있을 거다. 엘룬인들은 우리와 같은 신의 자녀들이 아니야. 다른 이들은 모르겠지만 내 눈엔 다 보인단다."

"그렇다면 지금 내가 보고 있는 것도 볼 수 있어?"

"……아니. 안타깝지만 그건 내 영역이 아니니까. 대신 다른 것이 보이긴 하지만. 자아, 그런 의미에서 우리에게 은혜를 내려 주지 않겠느냐? 이런 날은 비가 좀 내려도 괜찮을 테니까."

그제야 티르는 그가 자신을 동생으로 삼고 싶어 한 이유를 깨달았다. 슈라는 티르가 자신과 같다는 사실을 알고 있었던 것이다. 신의 자녀들이라는 말이 송곳처럼 가슴에 와 박히고 있었다. 이해심 깊은 눈을 한 그가 손을 내밀어 몇 번인가 티르의 머리를 쓰다듬어 주고 있었다. 결코 혼자가 아니라고 말하는 것처럼.

그날, 그곳에는 비가 내렸다.

카도니아 군이 진을 치고 있는 성 밖은 물론이고, 메말라 있던 투란 제국의 하늘에서도 주룩주룩 장대비가 쏟아졌다. 투명한 물고기들이 떼를 지어 티르의 주위를 맴돌며 신나게 춤을 추고 하늘로 올라가던 수천억 개의 물방울들이 노래를 부르며 다시 땅으로 돌아오고 있었다.

세상천지가 흥겨운 축제판 같았다. 이런 광경은 처음이었다. 이전에도 비를 만들어 보았지만 이렇게 즐겁지는 않았다. 세상의 모든 생물들이 생생하게 살아 숨 쉬는 것을 느끼지는 못했었다.

물의 전쟁 141

"아름다워."

몽롱하게 중얼거리다 티르는 잠든 화륜의 얼굴을 내려다보았다. 손바닥 위에서 퐁퐁 솟아오르는 물방울들이 그의 몸을 감싸고 있었다. 티르는 각성에 대해 생각해 보았다.

마지막 각성을 끝낸다 해도 샤 가에서 계속 술사들이 태어나도록 해 줄 수는 없겠지만, 적어도 지금 남아 있는 술사들이 말라죽는 일만은 막아 줄 수 있을 것이다. 그리고 무엇보다 술사들이 필요할 만큼 물이 부족한 곳은 생기지 않겠지.

티르는 천막 너머에서 쏟아지는 빗소리에 가만히 귀를 기울였다.

루칸이 일찌감치 자신의 자리를 깨달은 것처럼 그도 이제 자신이 해야 하는 일과 스스로의 위치를 깨달아 가고 있었다. 아직 자하크가 있으니 루칸은 선택의 기회라도 있지만 여신을 잃은 그에겐 그마저도 주어질 수 없음을 안다. 하지만……

"아직은 아니야. 조금만 더……. 아주 잠시만."

인간으로, 바라의 곁에 머물기 위해 떠나온 길 위에서 스스로의 정체를 깨달아 가는 건 퍽이나 괴로운 일이었다. 티르는 화륜의 곁에 반듯하게 드러누웠다. 그리고 점점 더 요란해지는 빗소리를 들으며 오랜만에 깊은 잠 속으로 빠져들었다. 어쩌면 오늘은 바라의 꿈을 꾸게 될지도 모른다는 생각을 하면서.

"비다! 비가 내리고 있다!"

수도는 순식간에 광란의 도가니로 변해 가고 있었다.

상황을 모르는 백성들이 모처럼 만의 비에 기뻐하며 열심히 빗물을 받느라 거리가 정신없이 북적이고 있었다. 전쟁 중이라는 사실도 잊었는지 곳곳에서 웃음소리가 들려왔다. 그 모습을 물끄러미 바라보던 나리만은 문득 혀를 찼다.

"쯧쯧, 어리석기는. 곧 죽을 것도 모르고."

왕궁의 높은 탑 위에서 아래를 내려다보며 비 오는 풍경을 즐기려다 괜히 쓸데없는 것을 보고 말았다. 나리만은 문득 짜증스러워져 휘장을 내리고 곧 돌아섰다.

"결국은 이렇게 되고 말았소이다."

넓은 회의실 가득 들어앉은 수많은 만사브들 중 하나가 주룩주룩 쏟아지는 빗줄기를 가리키며 소리쳤다.

"비가 내리고 있소. 이런 비라면 저들은 금방 필요한 만큼의 물을 확보할 수 있을 거요. 더 이상 우리를 기다려 주지 않을지도 모른단 말이오!"

"맞소. 어차피 저들은 물이 목적이었을 거요. 물을 구하기 위해 괜히 소란을 내놓으라며 보름간이라는 시간을 끈 게 틀림없소. 자, 이제 어쩔 거요?"

"쯧쯧. 여러분, 그건 하나만 알고 둘은 모르는 소리입니다."

"나리만!"

나리만은 솥 안의 개구리들처럼 시끄럽게 울어 대는 그들 사이로 천천히 걸음을 옮기며 말했다.

"카도니아 군은 소랍 장군을 원한다고 했소이다. 물이 필요했다면 술사를 데려오면 될 것인데 왜 굳이 장군을 원한다는 말을 했겠소? 시선을 다른 곳으로 돌리기 위해?"

"바로 그거요! 잠시 우리의 시선을 잡아 두기 위해 수작을 부린 거요."

"그렇다면 이 갑작스러운 비는 술사의 짓이라는 말씀이시군요. 그런데 혹시 알고 있소? 샤 가의 술사라고 해도 엘룬 밖에서 이런 비를 내리게 하는 건 불가능하다는 것을."

"그, 그렇다면 이 갑작스러운 비는……."

"우연인 게지요!"

나리만은 단정 지었다. 퍽 오랫동안 비가 내리지 않았으니 이제 슬슬 내릴 때가 된 것뿐이다. 안 그래도 비가 많은 여름이 시작되는 때이니 당연한 결과다. 그런 것을 가지고 술사 운운하며 두려움에 떠는 것은 어찌 보면 우습기까지 한 일이었다.

나리만은 열성을 다해 소리쳤다. 괜히 두려움에 떨 일이 아니라고, 비는 곧 그칠 테니 하루라도 빨리 소랍 장군을 넘기는 것이 중요하다고 열변을 토했다.

"어차피 보름이면 저들도 다시 물이 바닥날 겁니다. 그때,

전면적인 공격을 하자는 것이지요. 아시다시피, 제가 기부한 그 막대한 돈이면 부족하지 않게 준비할 수 있을 겁니다."

"그, 그거야 그렇지만, 만일 장군이 오지 않는다면……."

"체포해야지요. 아직도 그분에게 기대를 걸고 있는 분들이 몇 분 계실 겁니다. 그러나 현실은 다릅니다. 장군은 늙었어요. 이제 더는 말을 타고 검을 휘두르며 전쟁에 참여할 만한 체력이 안 되는 늙은이일 뿐이지요."

"하긴, 늙었다고 스스로 물러나실 정도이니……."

"그러니 마지막으로 제국을 위해 희생해 달라고 부탁하자는 겁니다. 카도니아로 간다고 해도 설마하니 저들이 장군을 죽이기야 하겠습니까? 그분은 저들의 황제조차도 인정한 영웅이니 그저 잠시 붙잡아 두는 정도겠지요."

나리만의 말에 둘러앉은 만사브들이 하나 둘씩 고개를 끄덕이고 있었다. 당장은 눈앞에 닥친 위기부터 벗어나고 보자는 생각이 적나라하게 드러나는 모습들이었다.

결국, 그들은 군사를 보내 명령을 받고도 아직 출두하지 않고 있는 소랍 장군을 체포하기로 결정했다. 그 결과가 나오기가 무섭게 나리만은 회의실을 벗어나 왕궁 밖에 대기시켜 두었던 가노, 나무리를 찾았다.

"알아보았느냐?"

변장을 한답시고 누런 천을 뒤집어쓴 그가 여전히 바짝 마른 얼굴로 허리를 꾸벅 숙였다.

물의 전쟁 145

"술사들을 다그쳐 이 비가 혹시 샤 가의 술사나 다른 술사의 짓이 아닌가 물었습니다. 헌데……."

"헌데?"

"이상하게도 모두들 입을 다물고 있습니다. 아무리 고문을 해도 누구 하나 입을 여는 자가 없었습니다. 그저 여신께 기도를 드리고만 있습니다."

"술사의 짓이다!"

"예에? 하지만 그런 소리도 전혀 없었는데요?"

"멍청한 놈! 술사의 짓이기 때문에 다들 말을 안 하는 것이다. 이게 자연적인 비였다면 그냥 사실대로 대답을 하고 말지, 애써 감출 필요가 있겠느냐?"

나리만은 확신했다. 누가 뭐래도 이건 술사 놈의 짓이다. 어쩌면 저 영악한 카도니아의 황태자가 엘룬에서 술사를 데려온 것인지도 모른다.

"젠장, 큰일이군. 그것이 사실이라면 소랍 장군을 넘겨줘도 이 전쟁에서 이기지 못해."

돈을 쏟아 붓다시피 해서 간신히 얻은 관직인데 이제는 그 관직이 문제가 아니었다. 제국이 전쟁에서 진다면 누구보다 공헌을(?) 많이 한 자신의 처지도 위험해진다.

"카비아니 가에서 빼돌린 재산을 전부 다 기부하는 것이 아니었어. 망할 놈들 같으니라고. 대체 전쟁 준비도 제대로 안 하고 뭘 한 거냔 말이야."

"그, 그럼 이제 어쩌지요, 주인님?"

"어쩌긴 뭘 어째? 한시라도 빨리 방법을 찾아야지."

안 그래도 탈출을 하긴 해야 했다.

어차피 전쟁이란 힘없는 노예들이나 병역의 의무가 있는 시민들이 하는 것이다. 자신처럼 중요한 사람은 안전한 곳으로 먼저 피신을 해야 한다.

일부 관리들이나 귀족들이 벌써 수도에서 먼 곳으로 도망을 치고 있다는 사실은 그도 잘 알고 있었다. 이런 상황이라면 황제도 곧 은밀히 수도를 빠져나가게 될 것이다. 그러니 그 전에 미리 움직여야 했다.

"어쩐다? 수도가 함락되면 어디로 간들 안전하지 않을 텐데……. 다른 왕국으로 망명을 할 수도 없고…… 아, 그렇지! 너 이놈, 지난번에 카도니아 군에 카비아니 가의 이름으로 기부를 하라고 한 건 어찌 되었느냐?"

몇 달 전의 일이긴 했지만 나리만은 용케도 그 일을 기억하고 있었다. 다행히 한 번으로 그칠 게 아니라 여러 번으로 나누어 기부를 하라고 명령한 일도 기억하고 있었다.

"안 그래도 보낼 때가 되어서 곧 준비를 마치고 사람을 보낼 생각이었습니다, 주인님. 이번이 세 번째지요."

"그으래? 후후후, 그럼 이번부터는 내 이름으로 보내거라. 사실은 앞의 것들도 내가 보낸 거라고 해. 진심으로 카도니아의 승리를 바라고 있다는 말도 전하고. 알겠지, 나무리?"

"예예. 알겠습니다. 물론 알고 있습니다요, 주인님."

굽실거리는 나무리를 쫓다시피 돌려보내 놓고 나리만은 득의만만하게 웃었다. 아직도 탁자 주위에 모여 앉아 열심히 떠들고만 있을 만사브들을 떠올리니 더 기분이 좋았다.

"좋아. 하루라도 빨리 주변을 정리하고 아덴부르크로 간다. 이곳보다는 그래도 안전한 곳이니까."

여차하면 바닷길로 내뺄 수 있으니 더 좋았다. 나칼 놈이 살아 보겠다고 바르작거리고 있다는 소식을 들었지만 그런 놈이야 다시 밟아 주면 그만이다.

"카도니아 황태자의 관심을 끌어야 해. 그러자면 돈이 많이 들어갈 텐데……. 그래. 까짓 이쪽에 퍼부은 것들, 다시 거두어 들여 가지고 떠나면 그만이지. 어차피 망할 나라인데 미리 좀 챙기는 게 무슨 대수겠나? 흐흐흐."

나리만은 결심을 굳혔다. 그리고 곧 직접 부리는 사냥꾼들을 불러 주변을 정리하도록 명령했다. 가능한 한 빨리 수도를 떠나는 것이 좋았다. 할 수만 있다면 당장 오늘 밤에라도.

사냥꾼들에게 일을 시켜 두고 그는 곧 아무렇지도 않은 얼굴로 다시 회의장으로 돌아왔다. 그리고 한쪽에 앉아 지루하게 반복되는 이야기들을 한 귀로 흘리며 새롭게 변할 내일의 일에 대해 생각하기 시작했다.


비는 사흘째 계속 쏟아지고 있었다.

첫날에 쏟아진 장대비만으로도 카도니아 군은 제법 많은 양의 물을 확보하는 데 성공했다. 그리고 이후 이틀간 이어진 비 덕분에 갈증에 시달리던 병사들이 빠르게 원기를 회복하고 있었다.

"여신이시여, 부디 가호를……."
"저희들을 지켜 주십시오."
"무사히 돌아갈 수 있도록."
"저희에게 승리를!"

조용한 병사들의 기도 소리가 끊임없이 이어졌다.

활기를 되찾기가 무섭게 그들은 제일 먼저 여신에게 경배를 올리고 기도를 시작했다. 아나히타, 물의 여신은 정결한 생명의 근원. 전쟁터에서 병사들을 수호하는 은혜의 어머니이기도 했다. 그리하여 전사들은 그녀에게 생존과 승리를 염원하는 기도를 올린다.

"여신은 죽었다고."

부슬부슬 내리는 가랑비를 바라보며 티르는 멍하니 중얼거렸다.

아침부터 계속 이어지는 병사들의 기도 소리 때문에 도통 잠을 이룰 수가 없었다. 언제부터인가 그 기도 소리가 천둥소리보다 크게 들리기 시작한 까닭이다.

"많이 신경 쓰이냐?"

비 온다고 간식거리를 잔뜩 만들게 한 슈라가 그의 앞에 뭔가가 수북이 담긴 접시를 내려놓으며 물었다.

"한쪽이 승리하면 다른 쪽은 지게 되어 있는 것이 순리다. 살아남는 자가 있으면 죽는 자도 있고, 내가 죽인 자와 나를 죽이는 자도 있지."

"무슨 말을 하고 싶은 거야?"

"여신은 영웅뿐만 아니라 영웅에게 대항하는 자들 모두에게서 숭배를 받는 존재다. 선과 악의 투쟁에서도 언제나 숭배를 받아 왔지. 그 이유는 그녀가 언제나 공평했기 때문이야."

"……."

"비를 봐라. 어머니께서 내려 주시는 비는 선인이든 악인이든 가리지 않고 공평하게 머리를 적신다. 물은 집착하지 않는다. 그러니 너는 그저 비처럼, 바람처럼, 구름처럼 그리고 때로는 진눈깨비처럼 막힘없이 움직이면 되는 거다."

실실 웃는 얼굴에 어울리지 않게 그는 제법 진지한 충고를 해 주었다. 티르는 다시 비가 내리는 천막 밖으로 시선을 던졌다. 하늘에서 내려온 비는 땅 위를 흐르고 그 위에 선 병사들은 계속 기도를 하고 있었다. 이미 죽은 여신을 향해.

# Spear of Karun

23장

상봉

나는 바라에게 운명, 막시무스에겐 책임.
그렇다면 그들은 나에게 어떤 의미일까?
―위대한 샤 티르의 고백 中―

**쾅!** 번쩍!

무시무시한 번개가 마계의 하늘에서 똑바로 지상으로 강림하고 있었다. 어떤 망설임이나 자비로움이 없는 냉정한 빛이 하얗게 백열하며 복종하지 않는 모든 것을 파괴했다.

땅이 떨어 울리는 굉음과 펑펑 터지는 하얀빛은 잔뜩 움츠린 생명들이 조심스럽게 은신처로 스며드는 것조차도 허락하지 않고 있었다. 마계는 온통 광란의 전쟁에 휩싸여 있는 것만 같았다.

"주군!"

하라가 한쪽 날개를 접어 눈앞에서 터지는 빛을 가리면서 소리쳤다.

"주군, 도전자들은 이미 모두 소멸되었습니다. 이제 그만 진정하십시오! 주군!"

―크아아아……!

"주군, 이성을 잃어서는 안 됩니다. 제발!"

본체의 모습을 하고 있는 루칸은 그야말로 잔인하고 냉정한 학살자였다. 도전을 했다가 허무하게 소멸을 당하고 만 마족들의 힘과 마계에 넘실대는 마기를 무한정으로 흡수하며 급속도로 힘을 키워 가고 있는 중이다.

이대로 간다면 생각보다 더 빨리, 아니 곧 다가올 성년을 맞기도 전에 마지막 각성을 거치게 될지도 모른다. 무엇 때문인지 모르겠지만 그는 서두르고 있었다. 좀 더 빨리 각성의 시기를 맞이하기 위해 학살을 마다하지 않을 정도였다.

"어따, 무시무시하구먼."

저택에서 칩거생활을 하던 스카가 어슬렁어슬렁 기어 나와 하라에게 아는 척을 했다.

"뭐냐, 스카?"

"날카롭기는. 하도 시끄러워서 그냥 한번 나와 본 겨. 도전할 일도 없응께 괜히 신경 곤두세우지 마러라잉. 거참, 무시무시하기도 허지. 돌아온 뒤에 더 세졌잖여? 어이구, 도전이라도 했다가는 저 힘에 그냥 눌려 죽겠구먼."

"흥! 늦게라도 주제를 파악했으니 다행이구나."

하라는 냉정하게 대꾸하며 다시 루칸의 움직임을 따라 분주하게 시선을 옮겼다. 하얗게 작열하는 번개의 장막 안에서 두 팔을 벌리고 무섭게 빠른 속도로 힘을 흡수하고 있는 모습은 흡사 천사의 날갯짓처럼 아름답게만 보였다.

그러나 누구라도 그 장막 가까이 다가간다면 그 즉시 까맣게 타 소멸을 맞이하게 될 것이다. 그만큼 지금 그가 다루고 있는 힘은 산처럼 거대하고 폭풍처럼 위험했다.

"어마어마하구먼. 이대로 가다가는 금방 각성해 버리겠는걸."

멍하니 지켜보던 스카가 걱정스럽다는 듯이 한마디 하자 하라는 당장 도끼눈을 하고 그를 노려보았다.

"그래서? 다시 도전이라도 하겠다는 소리냐?"

"아아, 아니랑께. 아부지야 도전을 해도 상관이 없지만 말여, 나는 아무래도 처지가 다르단 말이지."

"처지?"

"그려. 아, 내 주군이 누구냐? 티르메네스 아니겄어? 그런데 이 마당에 도전이랍시고 해 봐라. 가가 나를 용서하겄어? 아부지도 소멸 직전까지 갔었는디 말여."

그러고 보니 그랬다. 갑자기 나타나 바누를 몰아붙인 건 다름 아닌 티르메네스였다. 어떻게 찾아온 건지, 그때 그는 분명히 바누에게서 루칸을 보호하려고 들었었다. 그리고 결국 그렇게 했다. 그랬는데 오늘은 루칸을 버려두다니!

"그는 함께 오지 않았다. 마지막에 주군의 손을 놓아 버렸지. 마계로 오지 않는 이상, 결국은 신족으로 각성을 하게 되고 말 거다. 너도 각오하고 있는 것이 좋을걸?"

"아아, 뭐…… 기어이 그렇게 된다면 인연이 끊어지는 거겠지. 난 아마 그분께 도전을 하게 될지도 모르겠어. 그것이 주군에게 버림받은 자들의 최후잖여?"

"……그래서 그렇게 기운 빠진 몰골이었던 거냐?"

"당연한 거 아녀? 제길, 처음부터 이렇게 될 줄 알아봤어야 하는 건디. 하필이면 신족이 머여, 신족이! 그 재수 없는 놈들을 꼭 닮아야겄어? 꼭 우리 아부지를 쥐 잡듯이 잡아야 했느냔 말이여."

아무리 생각해 봐도 억울하기 그지없는 일이라며 스카는 가슴팍을 퍽퍽 쳐 댔다. 그러다 또 갑자기 얼굴이 창백해지더니 이렇다 할 말 한 마디 없이 냉큼 사라지는 거다. 하라는 그 뒤꽁무니를 가만히 바라보다 웬일인가 싶어 슬그머니 돌아보았다. 그러자 루칸이 어느새 두 눈을 시퍼렇게 뜨고 서서 그를 노려보고 있었다.

"주, 주군?"

—놈도 도전자인가?

"아닙니다! 그러니까 스카는 티르메네스님의 보호자로서 마지막을 준비하고 있기 때문에……."

—마지막?

"예. 만일, 티르메네스님이 이대로 신족으로 각성을 하시게 된다면 스카는 역시 그분의 손에 소멸되는 길을 선택할 것 같습니다."

―흥!

그거야 당연한 일이다.

보호자의 의무를 가진 주제에 저희들이 이제껏 한 일이 뭐가 있단 말인가. 티르메네스가 마계에서 떠나는 것을 막지도 못했고, 하 투란에서 찾아오지도 못했으며, 나중에는 엘룬에서조차 놓치지 않았던가. 그런 주제에 감히 살기를 바란다는 것 자체가 용서할 수 없는 일이었다.

―만일, 티르메네스에게 조금이라도 해를 끼친다면 살지도, 소멸되지도 못하게 만들어 줄 것이다!

루칸은 굳게 다짐했다. 다음엔, 다음번엔 무슨 일이 있어도 어린 쌍둥이 동생을 반드시 지켜 내고야 말겠다고. 전신을 아우르는 은빛 섬광 속에서 그는 까맣게 눈을 빛내고 있었다. 각성의 시간은 점점 더 빠르게 다가오고 있다.

쾅!

"성문이 열렸다!"

"공격하라!"

"장창 부대 앞으로 전진!"

지루하게 이어질 것 같던 전쟁은 비가 그치는 순간 갑자기 급물살을 타기 시작했다. 협상 결과를 기다리고 있다는 말이

상봉

무색하게 카도니아 군은 단박에 성문을 부수고 안으로 짓쳐 들었다.

동부 투란 제국의 심장이며 신들에게 바쳐진 높은 대지로 불리는 수도 하루나의 관문이 마침내 뚫린 것이다. 커다란 방패와 창으로 무장한 전사들이 백부장들의 지휘 아래 물밀듯이 성문 앞으로 달려 들어갔다.

그 바람에 육중하게 버티고 있던 성문도 어느새 병사들의 발아래에서 무너져 한낱 쓸모없는 나무 쪼가리로 변해 가고 있었다. 그것은 흡사 무너지기 일보 직전인 투란 제국의 미래를 상징하고 있는 듯한 모습이었다.

"공격하라! 왕궁을 함락시켜라!"

"으아악!"

사기가 충천한 병사들의 고함 소리와 미처 달아나지 못한 적들의 비명 소리가 한데 엉키더니 곧 어딘가에서 연기가 피어오르기 시작했다.

"저런! 어떤 놈들인지 참 미련한 짓을 하고 있군."

멀리서 피어오르고 있는 뿌연 연기를 발견한 슈라가 쯧쯧 혀를 차고 있었다.

"내가 이럴 줄 알았어. 저건 틀림없이 투란 놈들의 짓일 거다. 난 절대로 도시에서 불을 지르는 행위는 용납하지 않고 있거든. 아까우니까. 어차피 다 내 것이 될 텐데 굳이 불을 질러서 손실을 유발할 이유가 없잖아?"

척 하니 팔짱까지 끼고서 하는 말에 티르는 문득 방금 전의 일을 생각해 내고 저도 모르게 어처구니없는 표정을 짓고 말았다.

"방금 전에 자기가 무슨 말을 했는지 기억을 못하는 건가?"
"저분은 원래 그런 사소한 건 기억을 잘 안 하시는 분입니다, 티르메네스님."
"못하는 게 아니라 안 한다고?"
"자신에게 좋은 것만 기억하는 특이한 능력을 가지셨거든요."

어쩌면 그건 사실일지도 모른다. 그렇지 않고서야 방금 전에 '저놈의 더런 문 때문에 신경질이 난다. 그냥 확 불을 싸질러 버리자' 라고 한 말을 잊을 수는 없을 테니까. 더구나 표정이 너무 해맑아서 감히 '잊은 척' 하고 있다는 의심을 할 수도 없을 지경이다.

"그나저나 협상을 제의했다더니 이렇게 다짜고짜 공격을 시작해도 되는 건가?"

슈라가 끄는 전차에 올라타며 티르가 물었다.

"적어도 뭔가 원하는 것이 있으니 협상을 제의했을 텐데 말이야."

"아아, 뭐 별것 아니었다. 그저 농담으로 다 늙어 칼이나 제대로 쥘 수 있을지 의심스러운 노인네 하나를 내놓으라고 했었는데 그걸 저놈들이 진심으로 들었지 뭐냐."

상봉 159

"농담이었다고?"

"당연히 농담이었지. 노인네 하나를 얻자고 보름이나 논다는 게 말이 돼? 그것도 수도의 코앞에서? 돈이 썩어 난다면 모를까 어림도 없는 일이지."

"그럼 지금까지 왜 놀고 있었던 거지?"

바로 어제까지만 해도 하는 일 없이 빈둥거리기에 투란 제국 쪽의 결정을 기다리는 건 줄 알았는데 그게 아니었나 보다. 씨익. 음흉 맞은 웃음과 함께 슈라가 말했다.

"그거야 너를 기다리느라 그랬지."

"그냥 놀고 싶었던 게 아니고?"

"그럴 리가! 하하하."

괜히 웃으며 그가 또 손을 뻗어 티르의 머리를 쓰다듬는다. 그는 요즘 꽤 자주 이런 행동을 하고 있었다. 머리 쓰다듬는 일에 재미를 붙인 듯 아무 이유 없이 손을 뻗는 것이다.

"손 치우지 못해에?"

"부끄러워하기는. 귀엽구나, 동생아. 그나저나 오늘은 '그'가 돌아올 텐데……."

"그?"

"아아, 그러니까 이름이 뭐였더라?"

이라즈를 삐죽 돌아보며 묻자 그는 또 체념 어린 한숨을 푹 내쉬더니 잔뜩 찡그린 얼굴로 대답했다.

"막시무스입니다. 제발 이름 좀 외우십시오."

"아아, 막시무스. 그가 돌아올 거다."

"막시무스!"

그가 다니무스와 함께 이쪽으로 왔다는 사실은 티르도 이미 들어 알고 있었다. 정찰을 위해 반대쪽으로 군사를 이끌고 나가는 바람에 아직 만나 보지는 못했지만 이름만 들어도 벌써부터 짠한 감정이 몰려왔다.

"그는 제법 싸움을 잘하더구나. 공이 크다."

"덕분에 반역자로 찍혔겠지."

"오호, 그런 걱정을 하고 있었느냐, 동생아? 그렇다면 쓸데없는 걱정이라고 말해 주고 싶구나."

"……?"

"본래 역사가 승리자들의 기록인 것처럼 우리가 승리하면 그는 영웅이 될 테니까."

"홍! 그렇다고 벌써 승리한 사람처럼 굴다니, 뻔뻔하기도 하지."

승리를 당연시 여기고 있는 그가 얄미워 한마디 해 줬지만 사실 티르도 카도니아의 승리를 의심치 않고 있었다. 성문이 열린 이상, 수도를 점령하는 데는 그리 긴 시간이 걸리지 않을 것이다.

그 외에 아덴부르크만 한 큰 도시가 세 개 더 있었지만 대부분 시민병들이 활동하고 있을 뿐이라 훈련을 받은 카도니아의 정병들과는 처음부터 상대가 될 수 없다. 그런 사실을

상봉 161

찬찬히 생각하다 티르는 또 아덴부르크를 생각했다.

카비아니 가는 아덴부르크의 수호자다. 오래전, 투란이 제국이라고 불리기 전, 아덴부르크는 독립된 작은 왕국이었다. 카비아니 가는 그 왕국의 후손들이 만든 가문이다. 그러니 그 처음의 상태로 되돌려 준다면 바라도 슬퍼하지 않겠지?

"바라! 바라를 찾아야 해. 나리만 놈이 빼돌렸을 테니 놈의 저택을 뒤져 봐야겠어."

티르는 다니무스를 찾아 그 길로 함께 성문을 넘었다. 그리곤 학살이나 다름없는, 일방적인 싸움이 벌어지고 있는 수도 곳곳을 뒤진 끝에 마침내 나리만의 저택을 찾아냈다.

물어물어 찾은 곳은 왕궁과 상당한 거리를 두고 정면으로 마주 보고 있는 거대한 저택이었는데 왕궁을 흉내 낼 작정이었는지 상당부분 왕궁과 닮아 있었다. 그리고 아주 당연하게도 이미 텅 비어 있었다.

"벌써 도망을 쳤군."

횅하니 비어 있는 저택 안을 배회하며 티르는 허탈하게 중얼거렸다. 진즉에 도망을 쳤는지 정말로 의자 하나 남겨 두지 않고 싹싹 쓸어가 버렸다. 그때였다.

"웬 놈들이냐?"

이층으로 이어지는 계단 위에서 버럭 고함을 치며 내려오는 인간이 하나 있었으니······.

"로무네스?"

"어? 로무네스다."

갑작스러운 그의 등장에 티르는 잠시 어안이 벙벙해졌지만 다니무스가 손을 흔드는 것을 보고서 금방 상황을 깨달았다. 그들 무리가 막시무스와 함께 이곳으로 왔다는 사실을 기억해 낸 것이다. 더구나 공짜도 아니라지?

"다니무스! 네가 여긴 어떻게 온 거냐?"

"어떻게긴요? 편하게 왔지요. 자 자, 여길 좀 보세요. 누가 왔는지 좀 보라고요."

"어? 너는…… 누구랑 닮은 것 같은데……?"

"이런, 티르메네스잖아요!"

"아! 네가 바로 그 문제의 꼬맹이구나!"

어슬렁거리며 계단을 내려오다 티르의 정체를 확인하기가 무섭게 그는 갑자기 후다닥 계단을 달려 내려와 티르의 코앞에서 멈추어 섰다.

"호오, 정말로 티르메네스라고?"

"나 말고 다른 놈이 티르메네스라고 주장하던가?"

"그건 아니지만."

"흥! 그럼 내가 티르메네스가 맞다는 소리지. 로무네스, 한 번만 더 꼬맹이라고 불렀다간 뼈 몇 개쯤 부러뜨려 그 좋아하는 판크라티온을 평생 못하게 만들어 주겠어."

꼬질꼬질한 머리를 긁적이다 퍼뜩 어깨를 움츠리는 로무네스의 발을 꾹 밟아 주고 티르는 돌아섰다.

상봉 163

"막시무스는?"

천천히 뒤돌아 나오며 티르가 물었다.

"그도 함께 온 건가?"

"아니. 그는 지금 반대쪽에서 경계를 서고 있지. 휴우, 그 친구 무섭게 싸우고 있다고."

"……그래. 그런데 당신은 왜 여기 있는 거지?"

"왜냐고? 막시무스가 부탁했으니까. 이미 도망쳤겠지만 그래도 좀 살펴달라고 했었지. 돈이나 좀 주고 부려 먹을 것이지 말이야. 지금까지 밀린 돈만 해도 수십 탈란톤은 나오겠구먼, 쳇!"

뒤를 졸졸 따라오며 주절주절 떠드는 말에 다니무스가 티르의 눈치를 살피며 슬며시 말했다.

"아, 전쟁 끝나면 준다고 했잖아요? 계약금도 받아 놓고서는."

"그 쥐꼬리만 한 것도 도로 다 가져다 썼지. 기억 안 나냐? 그것도 모자라 때마다 내 돈까지 죄 빌려다 써 놓고는……."

짤랑!

말을 다 맺기도 전에 그의 발 앞으로 작은 주머니 하나가 떨어졌다. 티르가 던져 준 것이다.

"이, 이게 뭐냐?"

돈주머니라고 하기엔 부피가 너무 작은 것 같았는지 다니무스가 조금 미심쩍은 얼굴로 티르를 바라보았다. 그러더니 조심스럽게 주머니를 열어 안을 들여다보더니 놀라서 눈을 휘둥그렇게 뜨고 다시 그를 바라보았다.
"이, 이건……!"
"뭐, 뭔데 그래요, 다니무스? 어디, 나도 좀 봐요. 헉! 보, 보석이잖아!"
"그동안의 보수야. 그 이상 바랄 생각은 하지 않는 게 좋을 거다."

비상금으로 꿍쳐 놓은 돈을 죄다 털어 줬으니 그도 불만은 없을 거였다. 대체 얼마나 들였는지는 모르겠지만, 절대로 그가 준 주머니 속의 보석보다는 덜 들었을 것이 틀림없으니까.
"이, 이건 너무 많은데?"
"그럼 돌아가는 여비로 쓰든가."
"돌아가? 어, 그럼 해고라는 소리?"
"아니, 계약 끝."
"아직 바라 어르신을 찾지 못했는데?"
"이제부터는 내가 찾아. 그러니 그만 돌아가. 당신은 판크라티온을 하고 있을 때가 제일 괜찮았으니까."

그는 가장 행복했던 시절의 추억 같은 것이었다. 판크라티온 경기장을 돌아다니며 그에게 돈을 걸던 시절엔 바라가 곁에 있었고 막시무스는 대중목욕탕의 그녀들에게 돈을 펑펑 써 댔었지.

다니무스는 역사서 한 권에 감동의 눈물을 흘렸고 나칼은 심술 맞은 얼굴로 사냥꾼들과 돌아다니고 바라는 또 '이 새끼야

상봉 165

하면서 그의 등을 두들겼었다. 그러니까 그 시절의 파편 같은 로무네스가 전쟁터를 전전하는 모습은 보고 싶지 않은 거다.

티르는 그를 남겨 두고 텅 빈 나리만의 저택을 빠져나왔다. 다니무스가 황급히 달려와 어깨를 나란히 하고 걷고 있었다. 광란의 수라장 같은 거리를 걸으면서 말했다.

"너답지 않아, 티르."

"뭐가?"

"뭔지는 모르겠지만 아무튼 너답지 않다고. 마치, 마치 곧 떠날 사람처럼 굴었잖아. 바라를 찾는다면서 곧 모든 것을 정리하고 사라질 사람처럼 굴었다고."

"……"

티르는 퍼뜩 제자리에 멈추어 섰다. 확실히 다니무스는 감이 뛰어난 녀석이었다. 그 짧은 사이, 그것을 느꼈다니……. 전신에 피칠을 한 병사 하나가 도끼를 들고 '크아아' 울부짖으며 달려드는 것을 멍하니 바라보다 티르는 씁쓸하게 웃었다. 그리고 곧 병사를 향해 천천히 손을 뻗었다.

"바라를 만나면……."

"죽어엇!"

"바라가 나를 잡아 줄 거야."

손이 닿자 비명 같은 고함을 내지르며 달려들던 병사가 순간 멈칫하더니 갑자기 유순하게 가라앉은 눈으로 슬며시 손을 내렸다. 그리곤 얌전하게 한쪽으로 물러서서 길을 비켜 주었다. 하나, 둘…… 피와 비명이 난무하는 거리를 뛰어다니며 무기를 휘두르던 자들이 움직임을 멈추고 그들을 향해 길을 열어 주고 있었다.

"여, 여신이여, 저희를 보살피소서."

"무사히 돌아갈 수 있도록……."

누군가의 입에서 시작된 기도가 그들의 뒤를 맹목적으로 쫓아왔다. 어쩐지 눈물이 날 것 같은 기분이었다.

"티르메네스?"

피로 흥건하게 젖은 길 위에 누군가가 우뚝 서 있었다. 발끝부터 더듬어 올라가니 피를 잔뜩 뒤집어쓴 막시무스가 놀란 눈으로 그를 바라보고 있었다. 아름다웠던 금발 끝에서 뚝뚝 떨어지는 피와 여기저기 상처가 난 로리카(갑옷)를 걸친 그는 예의 푸른 눈동자에마저 벌건 핏기가 보일 정도로 변해 있었다.

늘 능글맞은 미소를 머금고 있던 입가는 단단하게 굳었고 지친 듯 마르고 갈라진 입술 끝에는 까맣게 딱지가 앉아 있었다. 울컥! 뜨거운 것이 다시 눈 밖으로 넘치려고 해 티르는 애써 미소를 지어 보았다.

"오랜만이야, 막시무스. 오늘은 몰골이 형편없는걸."

"티르메네스!"

"그래, 나야. 조금 작아졌지? 하하."

"돌아……왔구나!"

상봉 167

잔뜩 놀란 얼굴로 그가 멍하니 소리쳤다. 그러다 변한 티르의 모습을 구석구석 자세히 살피고는 비로소 안심했다는 듯 가만히 고개를 끄덕였다.

"멀쩡해 보여서 다행이다. 이제 어르신만 찾으면……."

"응. 바라만 찾으면 돌아갈 수 있어. 원래대로."

"아, 그거 알아요, 막시무스? 티르메네스는 엄청 대단한 녀석이 되었어요."

안 그래도 입이 간지러웠는지 다니무스가 냉큼 끼어들며 신나게 떠들었다.

"이 녀석, 자그마치 황자 전하가 되었다고요. 알렉산드로스 황태자전하의 동생이 되었다니까요? 믿어져요?"

"아아, 그랬구나."

"상관없어, 그딴 건. 난 아덴부르크로 돌아갈 거니까."

다니무스의 호들갑을 일축하며 티르는 막시무스를 붙잡고 말했다.

"거래를 했어. 아덴부르크를 내게 주기로 했지."

"……!"

"카비아니 가는 제국의 그늘에서 벗어나 다시 본래의 영광을 되찾게 될 거야. 바라가 기뻐하겠지? 그렇지, 막시무스?"

"……그래."

무덤덤하게 서 있던 그가 마침내 희미하게 미소를 지어 준다. 그제야 티르는 조금 안심되어 괜히 히죽 웃어 주었다. 그리곤 물방울들을 움직여 그의 몸을 적시고 있는 핏기를 말끔하게 씻어 내렸다. 다른 사람들이 보기엔 피가 그냥 저절로 녹아 흘러내리는 것처럼 보일 테지만 상관없었다.

'쏴아' 하고 물이 쏟아지는 소리가 들리는 것 같았다. 하지만 어디에도 물은 없다. 막시무스는 발 아래로 주르륵 흘러내리는 핏물에 놀라 저도 모르게 몸을 움찔거리고 말았다. 온몸을 끈적하게 적시고 있던 피가 말끔하게 가시고 시원한 기운이 온몸을 휘감고 있었다. 그리고 곧이어 따스한 바람이 스쳐갔다.

"우와, 신기하다!'

다니무스가 순식간에 말끔해진 그에게 다가와 이리저리 살피며 연방 눈을 빛냈다. 할 수만 있다면 자신도 배우고 싶다는 얼굴이다. 그 모습을 물끄러미 보다 막시무스는 다시 티르에게로 시선을 던졌다.

길어진 은발 머리와 미간의 성화. 아무래도 녀석은 술사가 되어 버렸나 보다. 정말로 엘룬의 후계자쯤 되어서 마침내 각성을 이룬 것인지도 모른다. 처음 그 허허벌판에서 녀석을 주울 때도 '혹시나' 하고 의심을 했었는데 운명이 이끈 것인지…… 결국은 뿌리를 찾은 것이다.

'바라, 티르메네스는 여전히 당신의 운명입니까?'

다시 돌아갔을 때 바라는 녀석을 전처럼 받아 줄 수도 있을 것이다. 그러나 전과 같지 않은 티르메네스가 과연 견딜 수

상봉 169

있을지는 장담할 수 없다.

막시무스가 보기에도 녀석은 너무 위대해져 있었다.

다니무스의 말처럼 황태자의 동생이 되었다거나 술사가 되어서가 아니었다. 방금 전, 이 길 위에서 그를 보았을 때 막시무스는 다른 이들처럼 저도 모르게 기도를 중얼거리고 있었다. 짧은 순간, 그의 눈엔 여신이 보였었다. 그래서 한참을 보고 있었으면서도 티르메네스라고 확신할 수 없었다.

지금만 해도 그렇다.

눈앞에 있는 건 분명히 티르메네스가 맞는데 그는 마치 이 세상 사람이 아니라고 말하듯 때때로 이상한 기운을 뿌리고 있었다. 한없이 따스하고 풍요로우면서도 동시에 두려움을 불러오는 거대한 기운. 두려움 없는 얼굴로 유유히 전쟁터를 거니는 그는 마치, 마치…… 전사들의 기도를 들으러 온 여신의 천사처럼 보였다.

그래서 감히 다가갈 수도, 기쁘게 웃을 수도 없는 것이다. 어쩌면 원래대로 돌아갈 수 없을지도 모른다는 생각이 그를 긴장시키고 있었다. 히죽 웃고 있는 티르메네스의 얼굴을 보며 막시무스는 그렇게 그리 멀지 않은 이별을 예감하고 말았다.

"아, 이곳엔 바라가 없어. 이제 진지하게 찾아볼 생각이야."

티르는 애써 밝게 말하곤 앞장섰다. 막시무스의 몸을 씻어주면서 그는 문득 잊고 있던 한 가지 사실을 깨달았다. 바로 천하의 모든 물이 그를 사랑한다는 것, 그리고 세상 어디에도 물이 없는 곳은 없다는 사실이다.

"물을 통해서라도 쉽게 찾을 수 있을지도 몰라."

바라의 코앞에 물 한 잔만 있어도 찾을 수 있다는 확신이 들었다. 그리하여 티르는 일단 안전한 곳으로 돌아가 진지하게 시도를 해 볼 생각이었다. 이 좋은 생각을 왜 이제야 한 걸까? 바보 같으니라고.

그런 생각과 함께 티르는 막시무스와 다니무스를 이끌고 다시 슈라가 진을 치고 있는 곳으로 돌아왔다. 같이 전차를 타고 나서려다 말고 횅하니 사라진 탓인지 그는 조금 삐쳐 있었다. 딴에는 안 그런 척, 담담한 척 굴고 있었지만 그의 눈매가 조금 가늘어져 있다는 사실을 티르는 단박에 눈치 채 버렸다.

"삐친 거 다 표시 나."

둥그렇게 모여 앉은 그들의 주위를 괜히 오락가락하는 슈라를 향해 티르는 망설임 없이 작살을 꽂았다.

"어린애처럼 뭐하는 짓이지?"

"호오, 지금 그거 나한테 한 말이냐, 꼬맹아? 꼬맹아아?"

"휴우, 왜 삐친 거야?"

"보나마나 안 놀아 줘서 그러시는 겁니다."

"시끄럽다, 이라즈. 넌 입 다물고 있어."

얼굴이 희미하게 붉어지는 것을 보니 사실인가 보다. 온갖 멋진 척은 다 하더니 의외로 철딱서니가 없는 사람이었다, 슈라는.

"크흠, 그러니까 지금은 전쟁 중이 아니냔 말이지."
"그래서?"
"어허, 그래서라니? 이렇게 혼란한 때에 쪼그만 녀석들 둘이서 무턱대고 돌아다니는 게 걱정이었다는 거다, 내 말은. 더구나 너는 이제 내 동생이 된 귀하신 몸인데 적군에게 납치라도 된다면 큰일 아니냐?"

시침 뚝 떼고 하는 변명이란 게 나름 그럴듯하긴 한데 누가 그 말을 믿어 줄 거나. 그런 의미에서 불신이 가득한 얼굴로 바라봐 주자 그는 또 눈썹을 삐죽 치켜올리더니 이번엔 막시무스를 노려보기 시작했다.

"그러니까 네 이름이 막스였지?"
"막시무스입니다."
"그래, 막스. 도시 반대쪽의 상황에 대해서 보고해라."

남의 이름까지 갈아 치워 놓고 그는 뻔뻔하게도 의자에 털썩 주저앉더니 탁자 위에 발까지 턱 걸쳐 놓으며 명령했다. 막시무스의 짧은 보고가 이어졌다. 어차피 성문이 열린 상황이라 앞이나 뒤나 크게 다른 것이 없는 지경이었다.

차이점이라면, 앞쪽에서는 들이닥치는 카도니아 군을 상대로 싸우는 사람이 더 많고, 뒤쪽에선 달아나는 사람이 더 많다는 것뿐. 싸우는 자들은 징집당한 병사들이거나 선택의 여지가 없는 시민병들이 대부분이고, 달아나는 자들 쪽엔 마차까지 소유한 귀족들이 많았다.

그건 어디에나 있는 상황이겠지만 실제로 목격하는 것은 생각보다 훨씬 더 구역질이 났다. 단순히 상황만 살피라는 명령을 받지 않았다면 지금쯤 닥치는 대로 죽이고 있었을지도 모른다. 하지만 어이없게도 그는 달아나는 귀족들이 아닌, 죽어라고 덤벼드는 시민병들을 죽여야 했다.

"흐음, 재미없군."

"확실히 재미없는 일이었습니다."

슈라의 말에 막시무스는 담담히 사실을 인정했다. 그도 전사였다. 시민병으로서 전쟁에 참여할 의무를 가진 전사라는 사실을 한 번도 잊은 적이 없었다. 그리하여 어릴 적엔 전쟁에 나가 공을 세우겠다는 꿈을 꾼 적도 있었다. 물론, 지금은 아니다.

전쟁은 생각보다 훨씬 더 재미없는 일이었다. 노예 사냥과도 다르다. 그것은 모든 것을 변하게 만드는 끔찍하고도 공포스러운 경험이다. 다시 아덴부르크로 돌아가게 된다 해도 그는 꽤 오랫동안 이날의 기억들을 잊지 못할 것이 분명했다.

"재미없군, 재미없어."

아예 두 손으로 턱을 괴고 앉아 슈라가 중얼거렸다.

"알맹이가 쏙 빠진 느낌이란 말이지. 이러면 기분 엿 같아지지 않겠어?"

"무슨 생각을 하고 계시는 겁니까, 주군?"

"흐웅, 제국의 황제 일가가 어디로 도망을 쳤을까?"

"글쎄요, 어디로 갔든 아직은 제국 내에 있겠지요."

이라즈의 대답에 슈라는 또 슬쩍 눈썹을 치켜올렸다. 너무 광범위한 대답이어서 마음에 안 든다는 뜻이다. 그러더니 갑자기 고개를 휙 돌려 티르에게 물었다.

"네가 생각하기에, 제국에서 가장 안전한 곳이 어디지?"

"그야…… 아덴부르크?"

갑작스러운 물음에 티르는 생각할 겨를도 없이 불쑥 대답했다. 자란 곳이라서가 아니었다. 장담하건대, 누구에게 물었어도 같은 대답이 나왔을 것이다.

수도를 제외한 4개의 거대도시 중 가장 안전한 곳을 꼽으라면 제국의 시민들은 주저 없이 아덴부르크를 꼽을 것이다. 노예 거래의 중심지답게 4개의 도시 중 가장 많은 시민병과 당장 보충병으로 쓸 수 있는 많은 사냥꾼들을 보유하고 있는 곳이기 때문이다.

게다가 유일하게 아덴부르크만이 바다를 끼고 있는 데다 무역항이 발달해 끊임없이 배가 드나들고 있기 때문에 여차하면 외국으로 도피할 수도 있었다. 그러니 굳이 도주를 해야 한다면 아덴부르크로 간다는 것이다.

"정답!"

슈라가 히죽 웃었다. 그리고 말했다.

"안 그래도 그쪽을 돌아보았을 때 나 또한 일찌감치 그런 결론을 내렸었지. 그래서…… 추격대를 그쪽으로 보낸다는 거다."

"뭐, 뭣?"

"수도가 함락되었을 경우, 다른 도시들이야 내버려 두어도 알아서 투항을 해 올 테니 그리 신경 쓸 필요가 없어 보였지만, 어쩐지 아덴부르크만은 다를 것 같았거든. 그놈의 바다 때문에 신경이 쓰이더란 말이야."

그 말에 티르는 조금 놀랐다. 오래전, 아덴부르크에서 만났던 그의 모습이 떠올랐기 때문이다. 그때, 그는 이미 전쟁을 생각하고 제국 구석구석을 돌며 그런 점들을 세세히 살피고 있었던 것이다. 용의주도하게도.

"아덴부르크는……."

어쩐지 불안한 생각이 들어 티르는 그가 앉은 의자 가까이 다가가 물었다.

"아덴부르크는 내게 주기로 약속했잖아?"

"그랬지."

"약속을 지키지 않을 생각인가?"

"그럴 리가!"

놀리는 건지 그는 말끔하게 발뺌을 했다. 그러더니 또 손을 뻗어 티르의 머리를 슥슥 쓰다듬으면서 말했다.

"황태자의 약속을 우습게 여기지 마라. 그건 곧 대륙을 지배할 황제의 약속이란다."

"대륙?"

"그래, 대륙. 난 머잖아 제국을 통일할 것이다. 투란 제국은 시작에 불과하지."

엄청난 말을 아무렇지도 않게 중얼거리며 그가 천천히 자리에서 일어섰다.

"너는 그런 나의 아우이니 그깟 작은 도시 하나 주지 못할 이유가 없지 않느냐? 하지만……."

"하지만?"

"투란 제국의 황제까지 준다는 약속은 안 했잖아?"

"……!"

"지금쯤 그곳엔 온갖 벌레들이 득실거리고 있을걸? 집 주인으로서 청소 정도는 해 줄 생각 없느냐?"

그 말에 티르는 저도 모르게 막시무스를 돌아보았다.

"아니면 자네가 해 줄 건가?"

"명령이시라면……."

"안 돼!"

천연덕스럽게 막시무스를 끌어들이는 모습에 티르는 마치 경기를 일으키듯 발작적으로 소리쳤다.

"무슨 생각을 하는 거야? 감히 막시무스를……."

"으응?"

"감히, 감히……."

"계속해 봐. 감히 어쩌려는 것 같으냐?"

무슨 말을 하려는 건지 이미 다 알고 있다는 듯 슈라는 그를 빤히 바라보고 있었다. 입은 웃고 있는데 눈빛만은 서늘하게 빛나고 있다. 짐작하고 있는 그 말이 나오기라도 하면 당장 막시무스를 짓이겨 놓을 태세다.

그런 그와 시선을 마주하며 티르는 이를 악물었다.

방금 전까지만 해도 피에 잔뜩 젖어 있던 막시무스였다. 모든 것을 다 잃고 반역자라는 이름마저 단 채 웃음까지 잃은 그에게 이젠 돌아갈 곳까지 빼앗으라고?

"절대로 안 돼!"

분노를 감추지도 않은 채 티르는 소리쳤다.

"아덴부르크는 카비아니 가의 것이다. 바라의 땅이고 내 것이야! 약속했잖아."

"그랬지. 그렇다면 네가 하면 되겠구나. 네 손으로 아덴부르크를 뒤져 투란 제국의 황제를 넘겨다오. 싫다면…… 내가 직접 병사들을 이끌고 갈 수도 있고."

"흥! 그렇게는 못할걸? 어느 누구도 내 허락 없이는 아덴부르크에 발을 들여놓지 못한다! 아덴부르크의 일에 간섭하지 마. 물 한 방울 구경하지 못하고 가는 동안 말라죽고 싶지 않다면 내 말대로 하는 게 좋을 거야."

"고얀 녀석. 끝까지 저놈을 감싸겠다는 거지?"

기어이 심술이 난 슈라는 입술을 삐죽이며 어깨를 으쓱거리고 말았다. 모처럼 생긴 동생이라는 녀석이 자신의 편은 안 들어주고 고작해야 집안의 무사 노릇이나 하던 놈을 더 아끼

다니. 이래서야 어디 안으로 굽는 팔이라고 할 수가 있나.

"흥! 그 마족 놈의 심정을 이제야 알겠군. 딱 나처럼 열 받았을 거야."

쌍둥이 형이라는 루칸까지 들먹이며 슈라는 쯧쯧 혀를 찼다. 그러면서 또 덧붙이는 말.

"어쨌거나 난 네가 아덴부르크로 가 줬으면 좋겠구나. 가서 직접 겪고 나면 깨닫는 게 있겠지."

"무슨 소리야? 깨닫는 거라니?"

"있단다, 그런 것이. 그리고 장담하겠는데 넌 틀림없이 돌아오게 될 거다."

"……!"

"내기해도 좋아."

자신만만하게 말하며 그는 기어이 티르에게 아덴부르크로 갈 것을 명령했다. 제국의 황제일가와 본보기 삼아 처형할 몇몇 귀족만 넘겨주면 아덴부르크에서 깨끗이 손을 털겠다고 약속했다. 물론, 군사나 막시무스를 데리고 가는 문제에 대해서는 전적으로 티르의 선택에 맡겼다.

열 받은 거 치고는 제법 너그럽게 선심을 쓰자 이라즈가 의심스러운 시선으로 바라봤다. 대체 무슨 꿍꿍이냐고 묻고 싶은 듯한 얼굴이었다.

"곧 알게 될 거다, 이라즈."

안심한 얼굴로 막시무스 일행을 끌고 사라지는 티르를 보며 슈라는 단언했다.

"저 녀석은 아직 어리구나. 스스로가 다르다는 사실을 받아들이려 하지 않고 있어. 마치 내 어린 시절을 보는 것 같다니까."

"그렇게 생각하고 계셨습니까?"

"당연…… 뭐냐, 그 이상한 시선은?"

"제가 알고 있는 주군의 어린 시절 모습은 티르메네스님과는 상당히 거리가 있습니다만."

"어떤 점이?"

"다른 건 둘째 치고, 주군께서는 어렸을 적부터 '나를 제외한 나머지는 모두 미천한 것들'이라고 하셨잖습니까?"

워낙에 자의식이 강하게 태어난 데다 일찌감치 스스로의 특별함에 눈을 뜬 덕분에 자신감만은 늘 하늘을 찌르던 슈라였다. 그러니 점점 더 힘에 눈을 떠 가면서도 스스로를 인간의 껍질에 묶어 두고 있는 티르와는 정반대인 셈이다.

"역시, 내가 더 똑똑하다는 소리군."

슈라는 자신만만하게 고개를 끄덕였다. 이라즈가 뜨악한 시선으로 돌아보았지만 '그까짓 거' 하면서 가볍게 무시해 주었다.

"저 아이는 한낱 인간의 아이로 남아 있어서는 안 된다. 아니, 남고 싶어도 그럴 수 없을 거다. 나무는 흔들리고 싶지 않지만 바람이 그냥 놔두지 않는 것처럼 저 아이도 그렇겠지.

상봉 179

어쩌면 상처를 받게 될지도 모른다."

"알면서도 굳이 아덴부르크로 보내시는 이유는 뭡니까?"

"시련을 넘어서야 진짜 영웅이 될 수 있는 거니까. 카비아니 가의 당주가 정말로 현명한 자라면 올바른 역할을 해 주겠지."

"예? 설마 그가 아덴부르크에 있다는 말씀이십니까?"

"후후, 소랍 장군이 괜히 아덴부르크로 간 건 아니라는 생각이 들어서 말이다. 그는 카비아니 가의 당주와 제법 친했다지?"

이 투란 제국 내에서도 그 사실을 아는 사람은 그리 많지 않았다. 오랜 시간 동안 둘 사이엔 뚜렷한 왕래의 흔적이 없었던 까닭이다. 그럼에도 불구하고 슈라는 그 사실을 잘 알고 있다는 듯 고개를 끄덕이고 있었다.

이라즈의 시선이 저도 모르게 머리 위로 올라갔다. 쨍하니 뜬 태양이 그들의 머리 위에서 빛을 뿌리고 있다. 그제야 이라즈는 어렵게 슈라의 말을 납득했다. 태양이 있을 때 그가 하는 말은 언제나 틀리는 법이 없었으니까.

"그는…… 돌아오겠군요."

"그렇다니까. 후후후."

확신을 담은 그의 시선이 꽤 오랫동안 티르의 뒤꽁무니를 따라다니고 있었다. 그런 것을 아는지 모르는지, 티르는 생각에 잠긴 채 한참이나 잰걸음으로 돌아다니다 마침내 결심을 굳힌 듯 우뚝 멈추어 섰다. 그리곤 곧 자신에게 주어진 천막 안으로 들어가 반듯하게 앉았다.

그런 그의 앞에는 물이 가득 담긴 커다란 대야가 하나 놓여 있었다. 뭘 하려는가 싶어 막시무스와 다니무스는 맞은편에 조용히 앉아 가만히 숨을 죽이고 있었다.

찰랑!

잔잔하던 수면 위로 작은 파문이 번졌다. 티르의 시선이 점점 번져 가는 파문을 따라 움직이다 곧 한 점에 고정되었다. 대야 안은 어느새 새로운 세상이 되어 있었다. 그의 기억 안에서 튀어나온 수없이 많은 풍경들이 수면 위를 획획 비껴갔다.

티르는 바라를 떠올렸다. 아덴부르크를 떠나기 전 마지막으로 보았던 바라의 모습이다. 그 모습을 떠올리자 동시에 그를 잃을지도 모른다는 불안감이 새파랗게 눈을 뜨고 있었다.

"세상의 모든 물방울들아! 대지 위를 스치는 바람아, 하늘을 맴도는 구름아, 그를 찾아."

신들의 언어가 또다시 그의 입에서 새어 나왔다. 그러자 다음 순간, 한가롭게 주위를 맴돌던 투명한 물고기들이 하나 둘 모여들더니 일제히 대야 속으로 뛰어들었다. 그리곤 물을 따라 이동하듯 줄을 지어 한쪽 방향으로 거침없이 헤엄쳐 가기 시작했다.

바람을 타고, 혹은 물길을 따라 눈부신 속도로 움직일 때마다 획획 스쳐가는 풍경은 그가 익히 알고 있는 곳을 가리키고 있었다. 얼마나 지났을까? 갑자기 물고기들이 움직임을 멈추고 천천히 누군가의 주위를 맴돌았다.

티르는 저도 모르게 수면 위로 얼굴을 바짝 가져갔다. 등을 돌리고 선 그는 먼 바다를 바라보고 있었다. 점점 더 하얗게 바래 가고 있는 흐릿한 금발 머리를 휘날리며 뒷짐을 지고 서 있는 모습이 무척 낯익었지만 아직은 확신할 수가 없었다. 티르는 숨까지 죽이고 인내심 있게 그가 돌아서기를 기다렸다.
　돌아서. 돌아서서 나를 바라봐.
　속으로 중얼거리며 티르는 아예 수면에 닿을 듯 고개를 숙이고 눈을 부릅떴다. 그때, 아득한 시선으로 바다만 바라보고 있던 그가 천천히 돌아서고 있었다. 쓸쓸하게 웃고 있는 그는 분명 티르가 아는 사람이었다.
　"바라!"
　출렁!
　감정의 동요를 드러내기가 무섭게 수면이 일그러지더니 바라의 얼굴이 사라졌다. 그를 안내했던 물고기들이 어느새 곁으로 돌아와 있었다. 한 번 더 보기 위해 다시 한참이나 물을 노려보았지만 물고기들은 그의 주위만 맴돌 뿐 더 이상 움직여 주지 않았다.
　"젠장!"
　나직하게 투덜거리며 티르는 간신히 물에서 시선을 떼었다.
　"어르신을 본 거야?"
　가만히 지켜보고 있던 다니무스가 더는 못 기다리겠는지 눈을 동그랗게 뜨고 물었다. 막시무스도 어느새 더 가까이 다가앉아 있었다. 티르는 긴 한숨을 내쉬며 고개를 끄덕였다.
"휴우, 응."
"무사하신 거야?"
"괜찮아 보이긴 했어. 그런데……."
방금 전에 본 풍경을 떠올리다 티르는 조금 자신 없는 목소리로 말했다.
"아무래도 아덴부르크에 있는 것 같아."
"뭐?"
"아덴부르크라고? 어르신이 아덴부르크에 계신단 말이야? 아, 나리만 놈이 끌고 간 건가?"
"바라는 혼자 있었어. 갇혀 있거나 묶여 있지도 않았어. 그보다는 조금…… 어쩐지 화가 난 것처럼 보였어."
티르의 말에 막시무스와 다니무스는 영문을 모르겠다는 듯 잠시 고개를 갸웃거렸다. 문득, 막시무스가 말했다.
"아덴부르크로 가야겠다."
"카도니아 군을 이끌고 가겠다는 생각은 아니겠지?"
"나리만을 상대하려면 필요할 거다. 더구나 황제 일가까지 잡아야 한다면……."
"막시무스! 대체 무슨 생각을 하고 있는 거지? 배신자가 되어 아덴부르크로 가겠다고 하는 거야, 지금?"
저도 모르게 소리치자 막시무스는 입을 꾹 다물었다. 그러자 그 대신 다니무스가 작은 목소리로 말했다.

"이미 다 알려졌을 건데 뭐."

"……!"

"알다시피 거긴 상인들 천지잖아. 정보에 빠른 그들이 이런 소식을 빠뜨릴 리가 있겠어? 더구나 수도에서 피난을 간 사람들이 한둘도 아닐 텐데……."

안 그래도 티르는 이미 후회하고 있었다.

아무리 흥분을 했어도 그런 말을 하는 게 아니었다. 배신자라니, 다른 사람은 몰라도 그만은 그런 말을 해서는 안 되었다. 막시무스를 아덴부르크에서마저 그렇게 불리게 할 수 없다는 생각이 앞서는 바람에 저도 모르게 새어 나온 말이었지만 그래도 해서는 안 되는 말이었다.

"전쟁이 끝나면…… 카도니아가 승리하면, 누구도 그런 말을 할 수 없을 거야."

"그럴까?"

"반드시 그렇게 만들겠어. 적어도 아덴부르크 사람들만은 우리의 뜻을 이해해 줬으면 좋겠어. 진실을 알고 있어야 해."

내내 아덴부르크를 지켜 온 카비아니 가였다. 그런 가문이 하루아침에 무너지는데도 아무도 도와주지 않았다. 한낱 노예 상인 놈의 음모에 속아 가문이 풍비박산 나고 가족들은 뿔뿔이 흩어졌는데도 무심하기 그지없었지.

그런 마당에도 고향이랍시고 아덴부르크를 지키려는 속내를 누가 알까. 아니, 몰라도 좋으니 '배신자'라는 오명만은 가져다 붙이지 말았으면 좋겠다. 적어도 티르에겐 제국보다 더 소중한 가족들이었으니까.

"카도니아 군과 함께 가겠어."

"티, 티르메네스!"

"하지만 군을 이끄는 건 다른 사람에게 맡길 거야. 우리는 따로 조용히 들어간다. 먼저 바라를 만나 보아야 하니까. 바라는 분명히 안전해. 틀림없이 우리를 기다리고 있는 거야."

티르는 확신했다.

조금 화가 난 것처럼 보이긴 했지만 갇혀 있다거나 위험에 처해 있는 것처럼 보이지는 않았다. 용케 탈출을 한 것인지 무사히 아덴부르크로 돌아가 있는 것이다.

"어디에 계신지 짐작은 할 수 있겠나?"

막시무스가 심각한 얼굴로 물었다. 티르는 냉큼 고개를 끄덕였다.

"바다가 보였어. 항구 근처가 틀림없어."

항구는 여전히 바쁘게 돌아가고 있었다.

전쟁 중임에도 불구하고, 아니 전쟁 중이기 때문에 오히려 더 바빠진 것도 같다. 그래 봐야, 실제로 벌어들이는 돈은 거기서 거기였지만.

"그래? 기어이 이쪽으로 기어 들어오고 있단 말이지? 빌어 처먹을 놈들 같으니라고."

상봉 185

바라는 아드득 이를 갈아 댔다.

소랍을 잡아들이라고 난리를 쳐 대더니 그새도 못 버티고 결국 카도니아 군에게 수도를 빼앗겼다지. 덕분에 수도에서 도망친 귀족들이 속속 이곳 아덴부르크로 찾아들고 있었다. 그러더니 오늘은 드디어 황제 일가까지 오고 있단다.

"흥! 그래서 내 저택을 내놓으라고?"

"어차피 지금은 안 쓰고 있잖아?"

"그거야 티르메네스 녀석이 아직 안 돌아왔으니까 그런 거지. 곧 그쪽으로 이사를 할 거였어! 그런데 뭐? 이제 막 단장을 끝내 놓으니까 떡 나타나서 내놓으라고? 그것도 맨입으로? 기가 막혀서, 강도도 이런 강도가 없구나."

"황제폐하의 명령이시다."

"아, 그깟 황제가 무슨 대수야? 카도니아의 그 애송이 황태자에게 패하고 도망쳐 온 주제에!"

"이 새끼야, 말조심해라!"

그깟 황제 욕 좀 했다고 소랍은 금방 낯빛을 굳히고 있었다. 이 마당에도 신하랍시고 충성을 부르짖고 있는 걸 보니 아직 정신을 덜 차렸구나 싶었다. 바라는 으드득 이를 갈았다.

"너도 집 뺏겨 봐라, 이 새끼야. 이런 소리가 안 나오나."

"아, 너 돈 많잖아. 새로 하나 사. 그리고 누가 아주 빼앗겠대? 전쟁 끝나면 다시 궁으로 돌아가시겠지."

"돌아갈지 안 돌아갈지 네가 어떻게 알아? 카도니아가 수도까지 내놓고 순순히 물러가 줄 것 같아? 결국은, 이대로 아덴부르크에 눌러 앉을 확률이 더 크다는 소리지."

"끄응. 그러게 고만들 좀 놀라고 했더니……. 젠장헐!"

재직하는 내내 소랍은 끊임없이 병사들을 양병하는 문제에 대해서 건의를 올렸었다. 이제라도 훈련을 재개하고 더 많은 병사들을 모아 전쟁에 대비해야 한다고 주장하기를 멈추지 않았었는데 그때마다 보기 좋게 무시를 당했다.

이 태평성대에 웬 전쟁준비이며, 노예가 있는데 뭐하러 돈을 써 가며 병사들을 모으겠냐는 소리도 들었다. 카도니아 군이 단 하루도 쉬지 않고 훈련하고 있을 때 황제는 오히려 있던 병사들의 수마저 줄이고 노예들의 검투를 즐겼을 정도였다. 한마디로, 오늘날의 이런 결과는 자업자득이라고밖에 할 수 없는 것이다.

"휴우, 이제 와 병사들을 모으고 훈련을 한다고 해서 이길 수 있는 상대가 아니지. 카도니아는 지난 십 년간 단단히 준비를 했을 테니……. 허허, 내 눈으로 제국의 마지막을 보게 되려나."

소랍은 허탈하게 웃었다. 평생을 전쟁터에서 살았으니 전쟁터에서 죽는 것쯤은 새삼 억울하지 않았다. 그러나 이것이 정녕 제국의 마지막이라면 어찌 편히 눈을 감을 수 있을까.

"노예들의 검투를 즐기던 사람들이 이제는 반대로 노예가 되어 목숨을 걸고 싸우게 되겠지."

"흥! 어차피 너 죽고 난 뒤의 일일 텐데 뭐하러 벌써부터 신경을 쓰고 그러냐?"

"어, 나 죽게 내버려 둘 거냐, 바라?"

"그럼 내가 무슨 힘이 있어 널 구해? 만사브들에게도 미운털이 콱 박힌 너를 무슨 수로 구하라고? 노예로 팔려 간 내 손자 놈 찾기도 벅찬데."

아닌 게 아니라, 도둑놈에게 전 재산을(?) 빼앗긴 것으로도 모자라 졸지에 반역자로 몰릴 뻔도 했기에 천하의 바라도 움직임이 조심스러울 수밖에 없었다. 더구나 그의 정신은 이미 잃어버린 티르메네스를 찾는 일에 온통 쏠려 있었다.

"휴우, 조금 어렵긴 하겠지만 어련히 알아서 돌아올까 생각했는데 이제껏 소식이 없는 것을 보면…… 아무래도 뭔 일이 생기긴 한 게야."

바라의 한숨이 저절로 길어졌다. 설마하니 죽었을 리는 없겠지만 미치도록 불안한 것만은 사실이었다. 간신히 성년을 넘긴 어린 녀석이 노예로 팔려 사막을 건넜으니 어찌 걱정이 되지 않을까.

그간 내색은 하지 않았지만 '만의 하나라도'라는 생각을 할 때마다 문득 서늘한 냉기가 등골을 타고 오르기도 했었다. 그러던 것이 점점 커져 이제는 가끔 밤잠을 설칠 정도의 커다란 근심거리가 되고 말았다.

"나칼 놈도 무사하니 이젠 녀석만 무사히 돌아오면 다 되는 것인데……. 대체 어디에서 뭘 하고 있는 것인지. 휴우, 참으로 내 말년이 고달프구나."

평생 할 고생을 요 몇 달 동안 다 겪은 기분이었다. 아무리 생각해 봐도 살아생전 이보다 더 큰 위기는 없었던 것 같으니까 말이다. 그나저나 이 녀석을 어디 가서 찾아야 한단 말인가.

"하 투란에 물난리가 나서 사람도 여럿 죽었다는데 아직도 그곳에 있는 것은 아니겠지?"

"그럴 리가! 네 말처럼 고 녀석이 제법 영리하다면 진즉에 빠져나와 살 길을 도모하고 있을걸?"

"허기는. 누구 손자인데 맥없이 나자빠질까. 어떻게 가르친 놈인데. 휴우, 그런데 어디서 뭘 하느라 안 돌아오고 있느냔 말이지."

"곧 돌아오겠지. 그나저나 저 나칼이란 녀석도 제법 기특하네. 저렇게 열심히 훈련을 받고 있다니 말이야."

점점 어려워지고 있는 상황을 감지하고 소랍은 직접 시민병들을 모아 훈련을 시키고 있었다. 기존에 모인 사람들만으로는 부족해 건장한 사냥꾼들까지 고용해 작전을 짜고 있는 중이다. 그 일에 누구보다 적극적으로 나선 것이 바로 나칼이었다.

그는 데리고 있던 사냥꾼들은 물론이고 시민들을 설득해 훈련에 함께 참여하고 있었다. 그리고 소랍의 지시를 따라 누구보다 열심히 아덴부르크 곳곳을 무장시켰다. 밤잠을 줄이고 휴식 시간도 없이 끊임없이 움직이는 모습이 제법 기특해 늘

철딱서니 없다 구박하던 바라도 최근엔 거의 잔소리를 하지 않을 정도였다.

"아직 한참은 부족해."

바라가 애써 퉁명스러운 목소리로 중얼거렸다.

"티르메네스였다면, 그 녀석이었다면 놈보다 몇 배는 더 잘했을 거다. 네놈도 그 아이를 보면 생각이 달라질걸?"

"허어, 네놈의 팔은 어째서 안이 아닌 밖으로 굽는 거냐?"

"뭣? 밖이라니? 어째서 밖이라는 거냐? 티르메네스도 내 손자이거늘! 내 손으로 키운 내 손자다."

"그래 봐야 핏줄은 못 속이는 법이지. 너 하는 꼬라지를 보니 저 녀석이 얼마나 외로웠을지 짐작이 가는구먼. 하나뿐인 할아비라는 인간이 다른 녀석에게만 신경을 쏟고 있으니 이 세상에 혈혈단신으로 떨어져 기댈 곳 하나 없다고 여겼겠지. 쯧쯧, 딱하기도 하지."

"흥! 뭘 안다고 지껄이는 거냐? 나라고 이런 소리를 하고 싶겠냐? 너도 저놈에게 도끼질을 당하고 나면 생각이 달라질 거다."

생각만 해도 뒷골이 당기고 속이 뒤집어진다는 사실을 어느 누가 짐작이나 할까. 바라는 울컥 치솟는 분노를 애써 삼키고 긴 한숨을 내쉬었다. 똑같은 것을 해 주어도 받아들이는 놈이 삐딱하면 결국 삐딱한 결과가 나올 수밖에 없는 법이다, 나칼이 그랬다.

같은 돈을 주어도 티르는 누군가를 위해 그 돈을 썼는데 나칼은 자신을 위해서도 아닌 누군가를 해치기 위해 돈을 쓰고는 했었다. 그러고선 티르메네스 같은 결과가 나오지 않았다고 화를 내곤 했다. 그러니 그의 입에서 늘 바보라는 소리가 나오는 거다.

"지금이야 제법 기특한 짓을 하고 있지만, 난 어쩐지 그것도 당최 믿음이 안 간다. 아무래도 저놈 머리에서 나온 일이 아닌 것 같단 말이지."

그의 예리한 시선이 훈련을 하고 있는 나칼에게서 벗어나 저만치 떨어진 언덕 쪽으로 돌아갔다. 그곳에 불처럼 빨간 머리를 한 '놈'이 서 있었다. 후샹이라고 했던가?

무슨 은혜인지는 모르겠지만, 그리 대단치 않은 일로 나칼의 수하가 되었다는 놈이었는데 바라는 아무래도 그가 의심스러워 견딜 수가 없었다. 나칼에게 해가 되는 일을 하는 것도 아닌데, 아니 어찌 보면 삐뚤어졌던 놈을 바른 길로 인도하고 있는 것처럼 보이는데도 놈에게선 종종 뜻 모를 악의가 느껴지곤 했다.

"수상하단 말이야. 대체 어디에서 나타난 놈이지?"

그를 볼 때마다 바라는 번번이 좋지 않은 예감을 느끼고 있었다. 수십 년 동안 장사치 노릇을 하면서 수많은 사람들을 관찰해 왔다. 그런 그가 보기에도 후샹은 보통 놈이 아니었다. 나칼보다 훨씬 더 잘났다는 수준을 넘어서서 그와는 완전히 다른 종족처럼 느껴질 지경이다.

그런 놈이 뭐가 아쉬워서 나칼의 수하 노릇을 하고 있단 말인가. 후샹이 카비아니 가의 숨겨진 재산을 노린다거나 무언가 다른 것을 원하는 기색이 확연했더라면 애초에 이런 불안도 없었을 거였다.

"분명히 뭔가를 바라고 있긴 한 것 같은데 어쩐지 그걸 확인하기가 두렵단 말이다."

이제껏 잃은 것보다 더 엄청난 것을 빼앗길 것만 같은 예감에 바라는 저도 모르게 부르르 몸을 떨었다. 그러면서도 그는 멀리 떨어진 후샹에게서 쉽게 시선을 떼지 못했다.

"후후후."

후샹은 웃고 있었다. 바라의 집요한 시선이 자신에게 집중되고 있다는 사실을 알고 있었지만 상관없었다. 어차피 나약한 인간이 아닌가. 티르메네스를 키워 냈다고 하기에 조금쯤은 기대를 했었는데 아무리 봐도 그냥 힘없는 노인네처럼 여겨져 적잖이 실망하고 말았다.

"하지만 상관없는 일이겠지. 어차피 내 목표는 네놈들이 아니니까 말이야."

그의 목표는 어디까지나 티르메네스였다. 이미 '도전자의 밤'까지 선포된 마당이었다. 여기서 티르메네스를 죽인다고 해도 전혀 문제가 되지 않는 것이다. 이미 '푸른 밤'이 찾아오면 광란의 사냥이 시작될 터였다. 그날, 모두가 보는 앞에서 루칸의 손에 죽는 것보다 자신의 손에 죽는 게 그나마 덜 처참할지도 모른다.

"쓰읍. 먹어 버릴까?"

그는 남몰래 슬그머니 입맛을 다셔 보았다. 비록 티르메네스가 신족의 힘을 가지고 있긴 하지만 샤나메가 있는 이상 그의 힘을 흡수하는 데에는 큰 문제가 없을 거였다.

티르메네스를 해치운 후, 진짜 문제가 되는 것은 바로 루칸이다. 후샹은 티르메네스에 대한 그의 집착을 이미 잘 알고 있었다. 모르긴 해도 티르메네스를 잃는다면 그는 푸른 밤이 오기도 전에 미쳐 버릴 것이다.

"그리고 왕의 손에 소멸하게 되겠지."

그렇게 중얼거리다 후샹은 문득 자하크를 떠올렸다.

돌아온 왕은 어쩐지 예전 같지 않은 모습이었다. 기억을 잃은 것치고는 무언가 꿍꿍이가 많아 보이기도 하고 쌍둥이를 아끼는 듯하면서도 어쩐지 아닌 듯한 느낌도 들었었다.

"게다가 갑작스럽게 도전자의 밤까지 선포하셨단 말이지? 아무래도 이상하군, 이상해."

같은 말을 중얼거리며 그는 몇 번이나 고개를 갸웃거렸다. 두 쌍둥이가 아직 성년을 맞지 못한 상태임을 잘 알면서도 도전자의 밤을 선포했다는 것은, 곧 그들을 죽이겠다는 말이나 다름없는 것이었다.

혹은, 혹은…… 그들이 이미 그럴 만한 힘을 갖추었다고 판단했거나. 하지만 그 경우는 도리어 위협이 될 수도 있었다. 만의 하나라도 그들이 푸른 밤에 마지막 각성을 치르기라도 한다면 가장 강력한 도전자들이 될 것이기 때문이다.

"아니야. 아직은 왕께 도전할 만한 힘을 갖추지는 못했어. 모습을 감추기 전 왕께선 이미 마신에 가까운 힘을 지니고 계셨으니까."

다른 이들은 몰라도 후샹은 알고 있었다. 왕은 이미 마왕으로서의 경지를 뛰어넘어 신에 필적할 만한 힘을 얻었음을. 그래서 쌍둥이를 얻었다고 했을 때도 결코 의심하지 않은 것이다. 창조의 힘을 갖지 못한 마족의 한계를 마침내 그가 뛰어넘었다고 생각했으니까.

"쌍둥이를 없애기로 결심하신 걸까?"

어쩌면 그럴지도 모른다. 사실, 그들로 인해 마계의 질서가 어지러워지고 있는 것은 사실이었으니까. 하지만 단정을 짓는 것은 역시 티르메네스를 만나 본 후가 될 것이다. 그가 얼마나 성장했는지에 따라 왕의 생각을 가늠해 볼 수 있을 것이기에.

두두두두……!

두 마리 말이 끄는 전투용 전차들이 줄을 지어 이동하는 모습은 그야말로 장관이었다. 바람에 펄럭이는 끝없는 깃발의 행진, 지축을 울리는 말발굽 소리와 사기가 충천한 병사들의 고함 소리가 하늘을 쟁쟁 울리고 있었다.

무섭게 질주하는 전차들을 선두로 장창부대와 보급병들의 수레가 뒤를 이었다. 그리고 다시 그 뒤를 엄호를 맡은 전차들이 따르고 있었는데 티르 일행도 그쪽에 끼어 가고 있는 중이었다. 뿌연 먼지를 일으키며 행진하고 있는 앞쪽의 긴 행렬을 지켜보며 티르는 만족스럽게 고개를 끄덕였다.

"그런데 꼭 직접 가야겠어?"

어깨를 나란히 하고 서 있는 슈라를 향해 그가 물었다. 군사들은 아덴부르크로 향하고 있었다. 티르의 계획을 들은 슈라가 흔쾌히 허락을 해 준 것이다. 그런데 뜬금없이 직접 따라나서겠다고 하는 거다.

"후후후, 재미있는 장면을 놓칠 수는 없지."

"시원스러운 전투가 될 것 같지는 않은데?"

"칼 꼬나들고 치고받는 것만이 전투는 아니지. 후후후, 더구나 황제 일가를 일개 병사들의 손으로 잡아들이게 한다는 건 예의가 아니지 않겠느냐?"

"핑계도 좋으십니다. 그냥 구경 간다고 하십시오."

여유 만만한 슈라를 보며 이라즈가 노골적으로 투덜거렸다. 혹시나 하는 마음에 다른 도시를 향해 군사를 보내 놓은 것이 참으로 다행스러웠다. 아덴부르크를 제외하고 아직 두어 개의 큰 도시가 더 남아 있었기 때문에 방심할 수는 없었다.

만의 하나라도 그들이 연합하게 된다면 퍽이나 길고 지루

상봉 195

한 전쟁이 될 수도 있으니까 말이다. 그래서 이라즈는 미리 군사를 보내 두 도시를 잇는 모든 길을 차단하고 동시에 공격 명령을 내려놓은 참이었다.

"전쟁은 아직 끝나지 않았습니다. 이제부터가 중요한데 벌써부터 이렇게 놀러 다닐 생각만 하시니 참 큰일입니다."

"아아, 잔소리는 거기까지. 황제 일가를 잡아들이는 일이 얼마나 중요한지 몰라서 그러는 거냐, 이라즈?"

"중요하기야 하지요. 그런데 그들이 궁금해서 직접 움직이시는 게 아니지 않습니까?"

"어허, 아니다. 황제 일가를 직접 넘겨받으러 가는 길이라니까."

"어련하시겠습니까."

그가 황제 일가에게 전혀 관심이 없다는 사실은 하늘도 알고, 땅도 알고, 이라즈도 잘 알고 있었다. 저 심술 맞은 양반은 단지 결과가 궁금한 것뿐이다. 아니, 어쩌면 다시 돌아올 수밖에 없는 티르메네스를 놓치고 싶지 않은 것인지도 모른다.

어쨌거나 확실한 건, 지금 그의 흥미를 끌고 있는 것은 전쟁이 아니라 티르메네스의 행보라는 것. 이라즈는 폭 한숨을 내쉬고 말았다. 그런 그에게 슈라가 나직한 목소리로 속삭였다.

"그거 아나, 이라즈?"

"……?"

"곧 푸른 밤이 시작된다는 사실."

"아! 그러고 보니 올해가……."

이라즈는 저도 모르게 하늘을 바라보았다. 아직 밤이 되려면 멀었지만 마치 그 자리에 태양 대신 달이 있기라도 한 듯 적잖이 놀란 얼굴이었다.

푸른 밤은, 푸른 달 아나히타와 황금빛 달 타후티가 자리를 바꾸기 위해 움직이는 날을 말한다. 언제나 인간계를 맴도는 타후티와 내내 마계를 비추던 아나히타가 18년에 한 번씩 자리를 바꾸는데 올해가 바로 그 해다.

자리를 바꾸는 날 전후로 거의 사흘 동안 아니히타와 타후티는 인간계와 마계의 하늘에 동시에 떠 있게 된다. 그러면 세상은 온통 엷은 푸른빛 혹은 초록빛으로 물들고 짧은 순간일망정 인간계와 마계가 연결되기도 한다.

그 시기에 대해 혹자는 마계의 밤이라고도 하고 또 누군가는 여신의 밤이라고도 부른다. 하지만 역시 '푸른 밤'이라고 부르는 자들이 대부분이며 그 시기에 인간들은 가급적 외출을 삼가고 기도를 하면서 지내곤 한다. 마계에서 돌아오는 여신을 인간이 보아서는 안 된다는 미신 때문이다.

더구나 그 시기엔 아무리 메마른 곳이라도 반드시 비가 내려 그런 미신에 더욱 힘을 실어 주고 있었다. 슈라는 바로 그 푸른 밤이 곧 시작된다고 말하고 있는 것이다.

"마왕도 곧 푸른 밤이 시작된다는 걸 알고 있겠지. 그런데도 도전자의 밤을 선포하다니……. 그가 무슨 생각을 하고 있는지 알 수가 없단 말이다."

티르메네스나 그나 신족의 기운이 강하다 보니 어지간한 마족들은 아예 접근을 하지 못하고 있었다. 제법 자신이 있는 놈들이나 간신히 주변을 맴돌며 기회를 노리는 게 고작이었다. 슈라는 끊임없이 주변을 맴돌고 있는 그들을 진즉부터 느끼고 있던 참이었다.

티르메네스의 등장과 함께 나타난 그들 덕분에 도전자의 밤이 선포되었다는 사실도 알게 되었다. 후계자의 주위에 마족들이 들끓는 경우는 공식적으로 그를 노리고 있을 때뿐이니까.

"어디까지 쫓아오는지 두고 볼까나?"

자신의 전차에 오르며 슈라는 히죽 웃었다. 그 모습이 어찌나 사악해 보이던지 그의 뒤를 따라 같은 전차에 오르던 티르가 순간 오싹한 한기를 느낄 정도였다.

"어쩐지 따로 노리는 게 있는 것 같은 느낌을 지울 수가 없단 말이야."

어쩐지 꿍꿍이가 많아 보이는 얼굴을 흘깃 노려보며 티르는 저도 모르게 미간을 좁혔다.

"출발하십시오."

이라즈가 자신의 전차에 화룬을 태우면서 소리쳤다. 황태자를 수호하는 친위대의 전차들이 뒤를 따르고 있었다. 그중에서 막시무스와 다니무스를 발견하고 잠시 시선을 주다 티르는 곧 슈라의 전차에 올라탔다.

"전원 출발!"

슈라는 길게 외치며 채찍을 휘둘렀다. 세 마리 말이 앞발을 들고 긴 울음을 터뜨리더니 곧 미친 듯이 달리기 시작했다. 티르는 연방 채찍을 휘두르는 슈라의 곁에 서서 획획 스쳐가는 풍경들을 유심히 지켜보고 있었다.

먼 하늘 위를 맴돌던 투명한 물고기들이 우르르 그를 따라 움직이고 있다. 고여 있던 물이 이제 막 흐르기 시작한 듯 물고기들이 일제히 한 방향으로 움직이고 있는 것이다. 하늘로 올라가는 수천억 개의 물방울 사이를 유연하게 헤엄칠 때마다 가벼운 바람이 일어나 머리칼을 흔들고 있었다.

그 소리 없는 풍경을 잔잔한 눈길로 바라보다 티르는 입가에 씁쓸한 미소를 머금었다. 솟구치는 물방울 사이를 헤엄치는 물고기들의 모습이 마치 물길을 거슬러 오르는 연어 떼처럼 보였다. 지금 수도를 거쳐 아덴부르크로 돌아가는 자신처럼.

'곧 만나게 될 거야, 바라. 그러니까 그 자리에서 날 기다려 줘.'

물고기들이 몰려가고 있는 방향을 가늠하며 티르는 조용히 눈을 빛냈다. 한번 연습을 한 덕분인지 이젠 바라를 찾는 일이 그리 어렵지 않았다. 굳이 물을 찾을 필요도 없이 이렇게 사방에 넘치는 물방울들을 조금 움직이기만 하면 그런 일쯤은 얼마든지 가능하다는 사실을 알아낸 것이다.

"응? 뭘 보고 있는 거지?"

물속에 잠긴 듯한 예의 풍경을 한 번씩 주욱 돌아보고 있자 문득 슈라가 볼을 쿡쿡 찌르면서 물었다.

"네가 보는 세상은 온통 물뿐이냐?"

"비슷해. 세상이 통째로 물속에 잠겨 있는 것처럼 보인다는 게 더 정확한 표현인 것 같지만 일단은 그래. 그런데 당신이 보는 세상은 어때?"

"밝다."

"밝아?"

"응. 세상천지가 다 밝지. 하하, 그렇게만 알아 둬라."

어차피 훤한 대낮이니 밝은 건 밝은 건데, 그러고도 모자라 세상천지가 다 밝다니, 갑자기 그게 어떤 것인지 상상이 가지 않는다. 건성으로 하는 말 같으면서도 그게 또 아닌 것 같아 아리송하다고나 할까?

티르는 히죽 웃는 얼굴로 전차를 모는 슈라의 뒤통수를 물끄러미 바라보다 뒤를 돌아보았다. 저만치 떨어진 곳에서 이라즈의 전차가 달리고 있었다. 화룬은 그의 뒤에 서 있었는데 달리는 전차가 조금 무서운 듯 두 손으로 손잡이를 꽉 움켜쥐고 있었다.

그런 그의 주변으로 자잘한 물방울들이 모였다가 흩어지는 것이 보였다. 간간이 갈증이 찾아올 때마다 남몰래 조금씩 물을 마시고 있는 것이다. 그래 봤자 아무 소용이 없다는 사실을 잘 알면서. 그냥 물은 오히려 더 큰 갈증을 불러온다는 걸 알고 있으면서!

"저 멍청이!"

참고 견딘다고 해서 해결될 문제가 아니라는 사실을 알면서도 자신에게 말하지 않고 안간힘을 다해 그저 견디기만 하는 그가 티르는 참 답답했다. 누가 봐도 무의미한 행동이었다. 그러다 죽는 게 대체 무슨 의미가 있다는 건가.

미간을 찌푸리고 혀를 차다 티르는 슬그머니 물고기 한 마리를 그에게 보내 주었다. 그러자 물고기는 순식간에 그의 주위를 맴돌며 반짝이는 물방울들을 토해 내었다. 그것을 화룬은 자연스럽게 받아 몇 모금이나 들이켠 후에야 살았다는 듯 긴 한숨을 내쉬었다. 그리고 티르를 향해 고개를 끄덕여 보였다.

보지는 못하지만 그가 도와주었다는 사실을 눈치 챘다는 뜻이다. 그러면서 뭘 잘했다고 또 히죽 웃는다. 못 말린다. 티르는 절레절레 고개를 저으며 다시 돌아섰다.

"그나저나 이상하네. 요즘은 왜 보이지 않지?"

전차가 속도를 줄이고 장창부대의 양쪽으로 갈라져 달리기 시작하자 조금 여유가 생겼다. 티르의 시선이 자연스럽게 먼 곳으로 향했다. 엘룬을 벗어나면서부터 끊임없이 주변을 맴돌기 시작한 마족들의 기척을 찾았다.

슈라가 곁에 있기 때문인지 형편없이 약한 녀석들은 이제 보이지 않았다. 다만, 조금 멀리 떨어진 곳에서 강한 기운 몇 개가 느껴질 뿐이었다. 그들조차도 선뜻 가까이 다가오지 않고 있었다. 하지만 언젠가 작은 틈을 보인다면 어느새 다가와 가차 없이 공격할 것이라는 사실을 알았다.

'루칸은 어떻게 하고 있을까?'

티르는 문득 루칸을 떠올렸다. 자신이야 인간계에 있으니 그나마 이런 여유라도 있지만 그는 천지사방이 죄다 마족으로 둘러싸인 마계에서 지내고 있지 않은가.

도전자들이 주위에서 들끓을 거라고 생각하니 안 그러는 척해도 자꾸만 걱정이 되려고 한다. 그가 강하다는 사실을 알고 있긴 하지만 한 손이 열 손을 감당할 수 없는 것처럼 그도 끊이지 않는 도전자들 때문에 뜻하지 않게 어려운 상황을 겪고 있을지 모르니까 말이다.

'설마 맥없이 나자빠지진 않겠지. 마족들이 움직이지 않고 있는 걸 보면 아직은 무사한 거야.'

루칸이 무사하다는 사실은 그가 가장 잘 알고 있었다. 심장이 두근거리는 것만큼이나 자연스럽게. 떨어져 있지만 그가 이 세상 어딘가에 존재하고 있다는 사실만큼은 확실하게 느끼고 있었다. 상황이 상황인 만큼 함께 있다면 더 안심이겠지만 다르다는 사실을 확실하게 깨달은 이상은 그럴 수 없었다.

그는 문득 아나히타와 타후티를 떠올렸다.

언제나 인간계에 머무는 타후티와 언제나 마계에 머무는 아나히타처럼 루칸과 티르도 각자의 세계에 떨어져 있을 수밖에 없다. 그러다 '푸른 밤' 처럼 세계가 연결되는 날에야 가끔씩 만날 수 있겠지. 살아남는다면. 그 '푸른 밤'에 모든 도전자들로부터 무사히 살아남는다면.

전차가 달리는 동안 티르는 계속 그런 생각들을 하고 있었다. 그 생각에서 빠져나온 건 이틀 밤, 이틀 낮을 달려 마침내 그들, 카도니아의 군대가 아덴부르크의 초입에 도착했을 때였다.

동서남북, 사방으로 난 네 개의 관문이 모두 굳게 닫혀 있었다. 동쪽, 바다로 난 항구가 뚫려 있었지만 바다를 통하지 않고서는 접근할 방법이 없다. 아덴부르크는 그야말로 빈틈없는 요새로 변해 있는 것이다.

"휴우, 누가 보면 여기가 수도인 줄 알겠군."

수도보다 더 철통같은 경비를 보며 슈라가 가볍게 휘파람을 불었다. 굳게 닫힌 관문과 층층이 돌을 쌓아 만든 성벽, 그리고 높은 탑 위에 주르륵 늘어서서 활을 겨누고 있는 병사들을 발견한 것이다. 그것만으로도 그들은 상황을 충분히 이해했다.

"소랍이군."

슈라가 유쾌하게 중얼거렸다. 이제까지 내내 지루한 표정이더니 이제야 조금 재미있다는 표정이다. 그 모습을 가만히 바라보다 티르는 높은 탑 위로 시선을 던졌다.

"웃을 때가 아닌 것 같은데? 아덴부르크는 수도랑 달라. 바다가 있는 이상, 이대로 몇십 년 동안 문을 닫고 있어도 굶어 죽을 일이 없다고."

"그렇겠지."

"그렇게 잘 알면서 뭘 믿고 그리 여유 만만이야?"

"내가 믿는 건 당연히…… 너다, 티르메네스."

"흥!"

"난 분명히 아덴부르크를 너한테 줬으니 여기서 손 놓고 구경만 할란다. 불만 없겠지?"

방글방글 웃으며 묻는 말에 티르는 울컥 화가 치밀었다. 뻔뻔하기도 하지. 그냥 조용히 오겠다는 사람 기어이 따라나서는 괜히 긴장감만 더 부추겨 놓은 주제에 마치 큰 은혜를 베풀었다는 표정이라니……. 어찌나 얄미운지 마음 같아서는 한 대 칵 때려 주고 싶을 정도였다.

"젠장, 웃지 마. 멍청해 보여."

"멋있어 보이는 거겠지. 자자, 이제 어쩔 거냐, 꼬맹아?"

"어쩌긴? 들어가야지."

티르는 천연덕스럽게 고개를 끄덕였다.

어렵게 찾아온 고향이니 들어가긴 해야 했다. 하지만 관문을 통해서는 아니다. 하필이면 관문 앞에 진을 치기 시작한 카도니아 군 때문에 관문을 통하는 것은 사실상 어렵게 되어 버렸다. 슈라의 말처럼 지금 아덴부르크의 수비대를 지휘하고 있는 것이 소랍 장군이라면 관문은 절대로 열리지 않을 것이니까.

"역시 항구로 가야 해."

바라가 항구 쪽에 있다는 사실을 상기하며 티르는 단호하게 중얼거렸다. 그리곤 막 다가와 서는 막시무스를 돌아보았다.

"바다로 가는 길을 알고 있겠지, 막시무스?"

"당연하지. 군대가 움직이기는 어렵지만 몇몇이 몰래 빠져나가기엔 충분할 거다."

"하지만 바보가 아닌 이상 그쪽도 경비를 서고 있을 텐데……. 어쩔 생각이야, 티르?"

다니무스가 걱정스러운 얼굴로 물었다.

아덴부르크에서 나고 자란 그들이기에 바다로 가는 지름길 하나쯤은 당연히 알고 있었다. 집안에 개구멍을 만들기 시작했을 때부터 아주 자연스럽게 가까운 항구로 향하는 길도 닦아놓은 것이다. 이후, 항구는 그들의 또 다른 놀이터가 되었다.

그러나 그 길을 통한다고 해도 항구에서의 검문을 무시로 통과할 수는 없을 거였다. 평소라면 모를까, 이런 전쟁 때엔 항구의 검문이 더 강화되는 건 당연한 일이었다. 바다와 면해 유일하게 트여 있는 곳인 데다 여차하면 그쪽으로 대피를 해야 하니 당연한 일이다.

그렇다고 해서 항구로 가는 길이 아주 막혀 있지도 않을 것이다. 어떤 경우에도 그런 일은 없었다. 아덴부르크가 상업도시이기 때문이다. 장사꾼이 가장 바쁜 때가 언제이던가. 바로 전쟁이 났을 때다.

노예를 거래하는 상인들과 무기를 다루는 상인들이 하루가 멀다 하고 드나드는 건 불을 보듯 뻔한 일이었다. 뿐만 아니라, 항구로도 끊임없이 배가 들어오고 있을 거다. 다른 곳이 막힌 덕분에 이제 거래 통로는 오직 바다밖에 없을 테니까.

"우리를 금방 알아볼 거야. 속임수 같은 건 통하지 않을 거라고."

불안한 듯 다니무스가 소리쳤다.

"더구나 막시무스는 현상금까지 붙어 있는걸! 여기저기 얼굴 그림이 안 붙은 곳이 없을 거야."

"괜찮아. 변장을 좀 하면 되니까."

"어, 어떻게?"

"여기가 어디야? 아덴부르크잖아. 상인들의 도시!"

눈이 휘둥그레지는 다니무스를 보며 티르는 히죽 웃었다. 그리곤 아주 가뿐하게 그들을 노예로 변장시켜 버렸다. 머리를 산발하고 누더기 같은 옷만 덜렁 걸치게 만들고는 정작 자기는 말끔한 모습으로 화룬과 함께 가마까지 탔다.

"노예라고 해서 다 같은 가격을 받는 건 아니잖아? 우린 제법 비싸다고."

"흥! 좋기도 하겠다. 그런데 이라즈님은 제법 잘 어울리시네요?"

그 말에 이번엔 모두의 시선이 이라즈를 향해 돌아갔다.

그는 색 바랜 퀴레스를 걸친 노예 사냥꾼으로 변신해 있었다. 머리에 투구를 쓰고 눈 밑에 검은 칠까지 하고 보니 그야말로 피도 눈물도 없는 노예 사냥꾼처럼 보였다. 그 옆에선 사신으로 왔었던 다쿠가 화려하기 짝이 없는 옷을 어설프게 걸친 채 멍하니 서 있었다.

가장 중요한 노예상인 역할이다. 순전히 말을 잘한다는 이유만으로 상인 역할을 꿰어 찬 그는 아까부터 슈라의 눈치를 살피고 있었다. 자신이 가겠다며 날치다 모두의 반대로 밀려나자 이번엔 그를 죽일 듯이 노려보기 시작한 탓이다.

"흥! 어설프기 그지없구먼. 상인이라면 무엇보다 외모에서부터 딱 감이 와야 하는데 넌 아무리 봐도 빈곤스럽지 않으냐?"

"그, 그, 그게…… 화, 황공하옵니다, 전하."

"저거 봐. 말도 더듬어. 대체 그 솜씨로 어떻게 사신 노릇을 해 온 것이냐? 아무래도 안 되겠다. 그 옷 이리 내라. 내가 가겠다!"

"안 돼에! 꿈도 꾸지 마."

어떻게 해서든 끼어들지 못해 괜히 생트집까지 잡고 늘어지는 그를 발로 걷어차고 티르는 냉큼 일행을 출발시켰다. 그러면서도 다시 한 번 단단히 주의를 주는 것을 잊지 않았다.

"내가 신호를 보낼 때까지 절대로 군사를 움직여서는 안 돼. 알겠지?"

"오냐. 내 손 끝 하나 움직이지 않으마. 흥, 이 자리에 잔치라도 벌려 놓을까 보다."

끝까지 투덜대는 그에게 감자주먹을 먹여 주고 티르는 곧 기다란 천을 뒤집어썼다. 머리칼을 내려 이마와 미간을 가리고 천을 뒤집어써 머리부터 발끝까지 전부 다 가린 다음, 거의 같은 모습으로 앉아 있는 화륜의 곁으로 가 주저앉았다.

"가자!"

그가 신호를 보내자 멍청하게 서 있던 다쿠가 화들짝 놀라 냉큼 말에 올랐다. 그의 곁으로 역시 말을 탄 이라즈와 함께 사냥꾼으로 변장한 병사들 서넛이 따라붙었고 가마의 뒤로는 막시무스와 다니무스를 비롯해 노예로 변장한 몇몇의 병사들이 따르고 있었다.

겉으로만 보면 영락없는 노예상인의 행차였다. 그것도 어쩌다 값비싼 노예를 수확한 운 좋은 신출내기 상인처럼 보인다. 그것은 일부러 의도한 바였다.

아무리 사신 노릇을 해 봤다지만 다쿠가 시장바닥에서 닳고 닳은 상인 노릇을 해내기란 거의 불가능에 가까웠다. 그보다는 어쩌다 타지에서 운 좋게 비싼 엘룬인 노예를 구한 신출내기 상인이 큰맘 먹고 큰 시장으로 나섰다고 하는 편이 더 어울린다.

예리한 상인들의 눈을 속이기 위해 애쓰느니 차라리 아예 어설픈 장사꾼 노릇을 하는 게 더 속 편하기도 했다. 노예의 가격도 제대로 모르는 신출내기라면 그에 대해 자세히 알아내기 위해서가 아니라 어떻게든 노예들을 가로채기 위해 달려들 테니까 말이다.

"휴우, 이런 역할은 하고 싶지 않았는데……."

천 자락을 만지작거리며 화룬이 조그맣게 중얼거렸다.

"후후, 이 모습을 보면 장로들도 다들 뒤로 넘어갈 거다."

"걱정 마. 이제는 그럴 정신도 없을 테니까."

"하긴, 후계자가 둘 다 사라졌으니 망연자실해 있겠지. 그런데 말이다……."

"……?"

"이 일이 끝난 뒤에도 넌 돌아가지 않을 생각이겠지?"

"아마도."

엘룬에 머물고 싶다는 생각은 해 본 적이 없었다. 그래서 떠나오면서도 미련 한 점 없었다. 그곳의 지하에 자하크가 있고 여신이 있긴 하지만 그리워할지언정 스스로도 이상할 만큼 그곳에 머물고 싶었던 적은 없었다.

"돌아오고 싶다는 생각을 늘 하고 있었던 탓일까? 그곳에 머물고 싶다는 생각은 미처 할 틈도 없었어."

"그럼 이제부터라도 해 봐."

"뭐?"

"난 네가 머물 곳은 엘룬이어야 한다고 생각하거든. 어쩐지 넌 그곳이 어울린다. 네가 그곳을 지켜 줬으면 좋겠어. 샤 가에서는 이제 더 이상 술사가 태어나지 않을 거라고 했었지? 난 네가 샤 가의 마지막을 지켜봐 주었으면 좋겠다."

생각지도 못했던 말에 티르는 잠시 어안이 벙벙해지고 말았다. 엘룬은 처음부터 그에게 낯선 타지에 불과했다. 더구나 자신은 샤 가의 마지막 술사가 사라질 때까지 기다려 줄 만큼 인내심이 깊지도 못하다. 물론 그래야 할 이유도 없고.

그런 그에게 화룬은 엘룬으로 돌아가라고 말하고 있었다. 아직 아무것도 선택하지 않았는데…….

"내 가족은 모두 이곳에 있어."

어림없다고 말하듯 티르는 고개를 저었다.

"이곳으로 내내 돌아오고 싶었지."

"앞으로도 계속 머물고 싶어질지 어떨지는 모르는 거니까."

"무슨 소리야?"

"가족은 둘째 치고 이곳의 사람들이 널 그냥 너로 봐 줄 수 있을까? 그냥 내버려 둬 줄까?"

오싹 소름이 돋았다. 안 그래도 티르는 그 부분에 대해 조금 두려워하고 있는 중이었다. 그를 티르메네스가 아닌 엘룬인 노예쯤으로만 여기던 과거의 경험이 누군가에 의해서 다시 재현될까 봐, 그 속에 바라가 있을까 봐 두려웠다.

그럼에도 불구하고 돌아오고 싶었던 것은, 적어도 바라라면 그를 붙잡아 줄 수 있을 거라고 생각했기 때문이다. 그를 키워 낸 사람이니까.

"평범하게 살아갈 수 없다는 걸 너도 잘 알고 있을 거다."

마치 예언처럼 화룬이 말했다.

"처음엔 놀라고, 신기해 하고, 존경하다 점점 더 두려워하게 되겠지. 자신들과 다른 너를 무서워하다 누군가는 너를 공격하게 될지도 모른다."

"그만! 그런 이야기 듣고 싶지 않아."

"선택을 해야 한다면, 누군가를 위해서가 아니라 너 자신을 위해서였으면 좋겠다. 그러면 적어도 덜 외로워질 테니까. ……네 바람처럼 네 가족은 내가 기억해 줄 테니까."

두 개의 천을 사이에 두고 화룬이 미소 지었다. 조금은 슬픈 듯한 그 미소를 보자 문득 울컥 눈물이 솟을 것만 같았다. 세상 모두로부터 떨어져 혼자가 될지도 모른다는 두려움이 현실로 나타날 것만 같은 기분.

루칸이나 슈라의 곁에 있을 때는 느끼지 못했던 그 아찔한 고독감이 뼈에 새겨지듯 날아와 부딪쳤다. 티르는 고개를 들어 하늘을 보았다. 반투명한 천 자락 너머로 보이는 세상은 여전히 푸른 물속인 듯 색색의 물방울과 유연하게 헤엄치는 물고기 떼에 점령되어 있었다.

먼 하늘 위의 구름과 별처럼 반짝이는 얼음의 결정, 그 사이를 스치는 바람과 하늘로 올라가는 수천억 개의 물방울이 위로하듯 그를 향해 모여들었다. 그 속에서 안락함마저 느끼게 된 건 언제부터였을까.

"원래대로 돌아갈 수 있을까?"

하늘을 보며 티르는 멍하니 중얼거렸다.

"마치 아무 일도 없었다는 듯 그렇게 처음으로 돌아갈 수 있다면……."

'열여섯 번째 생일날로 돌아갈 수 있다면.' 하고 중얼거리다 그는 쓸쓸하게 웃으면서 고개를 젓고 말았다. 무의미한 짓이었다. 이렇게 시간을 되새김질한다고 해서 달라지는 건 없다.

허탈하게 웃다 티르는 팔뚝을 내려다보았다. 칠색으로 빛나는 샤나메와 자연스럽게 팔뚝을 휘감고 있는 카룬의 창이 가만히 그를 지켜보고 있었다. 아직도 움직이지 않는 것이 더 수상하고 불안한 느낌. 어쩌면 마지막 각성보다 그것을 떼어내는 일이 더 급할지도 모른다.

"슈라한테 물어볼 걸 그랬나?"

카룬의 창은 본래 마계의 물건이라고 했으니 슈라가 만졌다면 무언가 반응을 보이지 않았을까?

"바보같이. 진즉에 생각해 냈어야 하는 건데."

바라를 찾으러 가는 일에 신경을 온통 빼앗기고 있었던 탓에 다른 건 돌아볼 여유가 없었다. 그러고 보니 내내 조급하게 굴었던 것도 같다. 티르는 긴 한숨을 내쉬었다. 심호흡을 하고 자세를 바로 잡았다. 자고로, 모든 거래에서는 인내심이 강한 자가 승리하는 법이다. 그러니 복잡한 생각들은 잠시 미뤄 두어야 한다.

"이놈들아, 부지런히 움직여라!"

사냥꾼으로 변장한 이라즈가 제법 노련하게 채찍을 휘둘렀다. 그러자 노예로 변장한 자들이 어깨를 더 움츠리며 걸음을 빨리하기 시작했다. 그 모습을 본 티르가 문득 화룬에게 말했다.

"그거 알아?"

"……?"

"난 5탈란톤에 팔린 적이 있어. 어린 노예 중에서는 최고가였다고."

"……그, 그래서 기뻤다는 거냐?"

"그냥 그랬다는 거야. 아무리 연기라지만 적어도 그 정도 가격은 불러야 하지 않을까 해서."

"각성을 거친 샤 가의 술사들은 10탈란톤 이상으로 거래된다."

"우와, 비싸잖아?"

암암리에 거래되고 있다는 소리는 들었지만 설마하니 그렇게 비싼 가격에 거래되고 있을 줄은 몰랐다. 가격을 듣고 보니 나리만이 그렇게 욕심을 부려 댈 만하다는 생각이 들었다. 그놈이야 뭐든 돈이 되는 것을 좋아했으니까.

행렬은 이제 관문을 빙 돌아 인적이 뜸한 숲을 가로지르고 있었다. 바닷바람 때문에 모두 한쪽 방향으로 기울어서 자라는 나무 사이를 지나자 구불구불한 흙길이 나타났다. 길은 도시 외곽으로 이어져 있었다.

항구로 가는 상인들을 위한 작은 쉼터 같은 마을과 검문을 하는 곳이 있고, 일자리를 구하는 용병들이나 사냥꾼들이 들락거리는 원형 경기장이 있는 곳이다. 그곳을 지나면 바람에

서 본격적으로 바다냄새가 나기 시작한다.

일행은 떠들썩한 예의 마을을 그냥 지났다. 그곳에서 조금만 더 가면 온갖 상인들이 뒤섞여 다니는 항구가 나오기 때문이다. 혹시 검문을 당하게 될까 봐 걱정했는데 다행히 검문관의 모습은 보이지 않았다.

"항구로 옮겼답니다."

사냥꾼들에게 다가가 괜히 아는 척을 하던 이라즈가 금방 돌아와 말했다.

"황제가 아덴부르크로 내려와 임시 궁전을 정하고 비상시국을 선포했다고 합니다. 병사들을 모으고 있어서 자신들도 곧 그곳으로 간다고 하더군요."

"흐응, 머릿수만 늘린다고 해서 유리해지는 건 아닐 텐데. 훈련도 없이 뭘 어쩌겠다는 걸까?"

"소랍 장군 쪽으로 가겠다는 사람도 있었습니다."

"뭐? 그게 무슨 소리야?"

"아무래도 세력이 둘로 나뉜 것 같습니다."

"……!"

소랍은 먼 곳에서 불어오는 바닷바람을 맞고 있었다.

나고 자란 고향이랍시고 그래도 다른 곳보다는 마음이 조금 더 편하긴 하다.

"좋구나. 나고 자란 곳에서 죽는 것도 괜찮지. 퍽 괜찮아."

한가한 전원생활을 하는 사람처럼 느긋하게 고개까지 끄덕이며 중얼거리다 그는 삐죽 뒤를 돌아보았다. 잔뜩 굳은 얼굴을 한, 젊은 장교 하나가 그를 노려보고 있었다.

"폐하의 명령에 따르십시오, 장군!"

"늙으니 삭신이 쑤신다. 움직이기가 고단해."

"지금 장군의 행동은 반역자나 다름이 없으십니다. 폐하의 명령을 거부하고 수도로 귀환하지 않은 것도 큰 죄이거늘, 이제는 전쟁에 참여하라는 명령마저 거부하실 작정이십니까?"

"흥! 야, 이 새끼야. 네 눈엔 우리가 노는 걸로 보이냐? 엉?"

보다 못한 바라가 발칵 성질을 내며 달려들었다.

"저기 훈련하고 있는 놈들 보이냐? 늙은이가 뼈 빠지게 움직이고 있는 것도 모르고 뭐가 어쩌고 어째? 전쟁에 참여해? 나가서 싸우라는 거라면 얼마든지 그렇게 해 주겠다. 그런데 네놈들의 요구는 그게 아니잖아?"

"폐하께서는 장군께서 시간을 벌어 주길 바라고 계십니다. 제국을 위해 목숨을 바치는 것이 두려우십니까?"

"……"

그 말에 소랍은 완전히 돌아서서 새파랗게 어린 장교를 가만히 바라보았다. 그리고 말했다.

"두렵다."

"자, 장군! 이렇게 비겁하신 분이었습니까?"

"비겁? 글쎄, 뭐가 비겁인지 모르겠다만 두려운 게 사실이다. 나는 죽음이 두렵다. 하지만 그보다 더 두려운 건, 내 죽음 뒤에 찾아올 제국의 마지막이다."

"장군! 그 무슨 말도 안 되는……."

"말해 봐라. 내가 죽어 시간을 벌어 준다면 승리할 자신이 있느냐? 적들로부터 제국을 지켜 낼 수 있겠느냐? 그럴 수 있다면 나는 백 번이라도 죽어 줄 수 있다. 하지만 그게 아니라면…… 나라도 남아 싸워야 하지 않겠느냐?"

수도를 빼앗기고 이곳 아덴부르크까지 쫓겨 온 만사브들은 아직도 정신을 차리지 못했다. 비상시국을 선포하고 시민병들과 사냥꾼, 그리고 용병까지 끌어 모으고 있긴 하지만 그게 다였다. 체계적인 훈련이나 무기를 마련하는 것보다 당장 들어갈 돈이 아까워 서로 눈치만 보고 있었다.

각종 관직을 내걸고 아덴부르크 상인들의 주머니만 바라보고 있는 실정이었다. 누구라도 거금을 기부하기만 하면 급조된 이런저런 관직을 내어주는 바람에 자고 일어나면 이름도 들어 보지 못한 새로운 귀족이 생겨나 있는 실정이었다.

그러면서 한편으로는 소랍에게 투항을 요구하고 있었다.

직접 맡아 훈련을 시키고 있는 시민병들을 황제의 군대로 편입시키고 그는 카도니아 군과 협상을 하라며 등을 떠미는 것이다. 말이 협상이지 그냥 죽어달라는 말이나 다름없었다.

지난번에 그를 내어주면 보름간 공격을 하지 않겠다는 약속을 했다면서 그 약속의 이행을 요구하라고 등을 떠밀다니

말 다했지 뭔가. 멍청하고 추접스럽긴 하지만 그렇게 해서 승리할 수 있다면, 아니 뭔가 방법을 찾아낼 수 있다면 더럽고 치사하더라도 소랍은 기꺼이 명령을 따랐을 것이다. 그러나 누구도 차후의 일에 대해서는 말이 없었다.

"저 어중이떠중이 모여든 사냥꾼들과 평생 단 한 번도 제대로 싸워 보지 못한 시민들을 이끌고 나가 같이 죽는 것 말고 무언가 다른 방법을 생각해 둔 것이 있다면 말을 해 다오."

"……."

"내가 죽어서 지켜질 수 있는 것들이 있다면 말을 해라. 나는 고작 바닷길로 도망칠 만사브들을 위해 죽고 싶지 않다. 그러느니 차라리 저들과 함께 이 자리에서 싸우다 죽겠다."

"하, 하지만 폐하께서……."

"폐하께 그대로 전하거라. 그 말을 듣고도, 그래도 나의 죽음을 원하신다면 그땐 내 발로 카도니아 군 앞에 서겠다고 전하라."

절절한 소랍의 말에 젊은 장교는 눈가를 벌겋게 물들인 채 그냥 돌아섰다. 하지만 소랍은 알고 있었다. 얼마 지나지 않아 그가 같은 명령을 안고 다시 오게 될 것임을.

"그나마 다행이구나. 내 눈으로 제국의 마지막을 보지 않아도 되려나 보다."

"미친놈. 이런 마당에 그런 소리가 나오냐? 더 볼 거 없다. 배를 타라, 소랍."

"배라니?"

"설마하니 내가 네놈을 죽게 그냥 내버려 둘 줄 알았냐? 쥐도 새도 모르게 배를 하나 준비했다. 저놈들 데리고 같이 배를 타라. 나도 손자 놈만 찾으면 곧 뒤따라가마."

"허! 네가 이 아덴부르크를 버리겠다고? 천하의 카비아니 가의 당주가?"

비아냥이 아니었다. 좌절이고 절망이었다. 그러나 바라는 일그러진 소랍의 얼굴을 보면서도 당당했다.

"장난하냐? 버리긴 누가 버려? 카비아니 가는 아덴부르크의 수호자다. 지금은 물러나지만 곧 다시 돌아와 이 땅을 되찾을 거다. 무슨 수를 써서라도!"

벌겋게 핏줄이 선 눈으로 바라가 소리쳤다.

"나는 카비아니 왕가의 후손이다. 제국이 서기 전부터 이 땅은 우리의 것이었다. 내가 죽는다 해도 이 땅을 포기하는 일은 없다. 내가 죽는다면 내 손자들이 지켜 줄 것이고 그놈들마저 죽는다면 그 후손들이 지켜 줄 것이다."

"……."

"어느 제국, 어느 황제의 치하이건 상관없다. 왕조가 멸망할 때 우리의 선조께서는 맹세하셨다. 이 땅에서 죽은 모든 백성의 피가 지워질 때까지 이곳을 떠나지 않겠다고. 나 또한 그 맹세를 지킬 것이다."

어느 누구와 협상을 해서라도 바라는 반드시 아덴부르크를 지켜 낼 생각이었다. 그것은 빚이었다. 그 옛날 왕을 지키기 위해 맨손으로 왕궁 앞을 막아섰던 백성들에게 진 빚이다. 그러니 제국 따위는 알 바 아니었다.

"이곳을 지킬 수 있다면 나는 마왕에게 영혼이라도 팔겠다."

절절한 바라의 외침이 멀리까지 퍼져 나가고 있었다.

문밖에서 그 소리를 들은 나칼이 불끈 주먹을 움켜쥐었다. 바라의 말이 옳다. 이 아덴부르크는 반드시 자신들의 손으로 지켜 내야만 한다.

"역시, 죽어야 한다면 이 자리다. 카비아니 가의 당주들은 모두 아덴부르크에서 나고 죽었다."

이를 악물고 다짐하며 나칼은 돌아섰다.

"어디로 가십니까, 주군?"

후샹이 재빨리 따라붙으며 물었다.

"병사들을 모아 다시 한 번 시내를 돌아보아야겠다. 황제의 군사들이 들이닥치기 전에 방법을 찾아 둬야지."

"위험할 텐데요."

"상관없다. 나도 카비아니 가의 사내다. 아덴부르크를 버리는 짓은 하지 않아. 내가 그 추한 몰골을 하고서도 이곳을 떠나지 못했던 이유라고."

비록 못난 손자에 결렬한 망나니 노릇밖에 못했지만 그래도 자신은 카비아니 가의 사람이었다. 나칼은 아덴부르크를 떠날 생각 같은 건 단 한 번도 해 본 적이 없었다. 언제나 이곳을 지켜야 한다는 생각뿐이었다.

그는 병사들을 이끌고 소란스러운 거리로 나섰다.

전쟁 중인 데다 패배가 눈앞에 보이는 상황이라 급속하게 무법천지로 변해 가는 거리를 단속하고 질서를 잡았다. 혼란을 틈타 적의 간첩이 스며들지는 않았는지, 폭리를 취하려는 암상인들이 다툼을 벌이고 있지는 않은지 단속을 해야 한다.

무엇보다 그는 요즘 노예들이 반란을 일으키지 않도록 주의를 기울이고 있었다. 혼란한 상황을 노려 한꺼번에 도주를 감행한다면 그보다 큰일이 없을 것이니까 말이다.

"음? 저긴 왜 저렇게 소란스러운 거지?"

노예 시장께로 막 접어들었을 때였다.

한 무리의 상인들이 모여 왁자지껄 떠들고 있는 것이 보였다. 한둘도 아니고 수십 명의 상인들이 단출한 일행을 둘러싸고 거의 싸우듯이 소리치며 흥정을 벌이고 있었다.

"12탈란톤!"

"나는 13탈란톤을 내겠다!"

"둘 다 준다면 30탈란톤을 부르지! 우리 쪽에 넘겨라!"

"무슨 소리야? 우리가 먼저 왔어. 흥정도 우리가 우선이다!"

"어림없는 소리. 더 좋은 가격을 부르는 자가 차지하는 게 당연하지. 우리 사냥꾼들이 무섭지 않은가 보지?"

분위기는 점점 더 험악해져 가고 있었다. 상인들끼리 소리치고 싸우던 것이 커져 어느새 그들이 거느린 사냥꾼들까지 합세하고 있다. 보아하니 노예를 거래하고 있는 것 같은데 대체 어떤 노예이기에 30탈란톤이나 한다는 걸까? 그 돈이면 관직도 살 수 있을 텐데 말이다.

"이상하군. 대체 뭐지?"

의문마저 느끼며 나칼은 점점 더 난장판으로 변해 가고 있는 시장 안으로 뛰어들었다. 그리곤 병사들을 시켜 주위를 정리하도록 하고는 무리의 한가운데에 오도카니 서 있는 상인에게로 다가갔다.

"여어, 꽤 비싼 노예를 거래하고 계시군요."

"아하하하, 운이 좋았습니다. 무사님께서도 구경을 좀 해 보시겠습니까?"

장사꾼이라고 하기엔 어쩐지 빈틈이 많아 보이는 중년사내가 사람 좋은 얼굴로 웃고 있었다. 그런 그를 힐끗 보다 나칼은 곧 그가 거느린 사냥꾼 무리를 훑었다. 제법 단련이 된 것인지 사냥꾼임에도 불구하고 제대로 훈련 받은 전사의 분위기가 느껴졌다.

'처음 보는 자들인데……. 이런 자들이 사냥꾼이란 말인가?'

사냥꾼 무리 속에서 자라다시피 한 그인지라 금방 이질감을 느꼈다. 노예를 사냥하는 자들에게서는 특유의 냄새가 난다. 코로 맡을 수 있는 것이 아닌 사람을 두렵게 만드는 저들만의 기운 같은 것이 있는 것이다.

그런데 지금 눈앞에 있는 이자들에게선 그런 것이 느껴지지 않았다. 허름한 갑옷을 걸치고 있긴 했지만 이상하게도 그들은 오히려 너무 고급스러워 보였다. 카비아니 가에서 거느리던 사냥꾼들과도 달랐다.

사냥꾼들보다는 오히려 무사들과 흡사한 기운이 느껴지고 있었다. 그 사실을 깨닫자마자 나칼은 저도 모르게 허리춤의 검으로 손을 가져갔다. 그때였다.

"오랜만이야."

"어? 누, 누구냐?"

낮지만 낯익은 목소리가 그의 귀를 찔렀다. 나칼은 거의 발작을 일으키듯 휙 고개를 들었다. 한쪽에 세워진 가마 안에서 노예처럼 보이는, 하얀 천을 뒤집어쓴 작은 그림자가 그를 바라보고 있었다.

"누, 누구냐?"

두려움을 떨치듯 크게 소리치자 그림자는 곧 손을 들어 천천히 천을 걷어올렸다. 하얀 천 사이로 아름답게 빛나는 은발 머리가 보이고 있었다. 그것을 본 나칼의 눈이 점점 더 휘둥그렇게 커지고 마침내 작은 얼굴이 드러나자 저도 모르게 숨이 멎었다.

"티, 티르메네스?"

# Spear of Karun

24장

푸른 밤

두 개의 달처럼 우리는 서로 다르면서도 같았다.
그 사실을 자하크는 너무 잘 알고 있었다.
그가 우리를 속였다.
―위대한 샤 티르의 고백 中―

"어, 어떻게?"

나칼은 종잇장처럼 하얗게 질린 얼굴로 떨고 있었다. 귀신을 만났다고 해도 이보다 더 떨리고 두렵지는 않을 것 같았다. 덜덜 떨리는 손으로 그는 조심스럽게 천 자락을 잡아챘다. 그리곤 저도 모르게 또 그대로 굳어 버렸다.

"티르……메네스?"

"맞아."

"헉!"

"이봐, 너무 그렇게 노골적으로 놀랄 건 없잖아? 오랜만에 보는 건데 말이지."

"너, 너, 너어……."

"말 더듬는 버릇은 언제부터 생긴 거지? 아아, 그만 하고 바라한테 가자."

"뭐?"

"바라하고 함께 있잖아, 너. 그러니까 안내하라고."

황금빛이 도는 푸른 눈동자를 스산하게 빛내며 그가 명령했다. 분명히 명령이었다. 덕분에 나칼은 또 당황하고 말았다. 그 모습이 너무 자연스러워 저도 모르게 고개를 조아릴 뻔했던 것이다. 대체 왜? 차림새만 보면 딱 엘룬인 노예처럼 보이는데 오히려 명령을 하고 있는 것도 이상했다.

나칼은 황급히 주위를 둘러싸고 있는 사람들을 돌아보았다. 이들은 노예를 거래하러 온 노예 상인이 아닌 것인가? 어딘지 어설픈 노예 상인과 분위기가 이상한 사냥꾼들, 그리고 팔려 가는 놈들답지 않게 담담한 표정을 한 노예들을 차례로 돌아보다 그는 다시 티르메네스를 바라보았다.

다른 사람들은 다 그렇다 치더라도 역시 녀석이 끼어 있는 이상은 절대로 평범하다고 볼 수 없었다. 아니, 이 정도면 대단히 수상해진다. 문득, 막시무스에 대한 소문이 떠올랐다. 살인죄를 뒤집어쓰고 감옥에 갇혔다가 탈옥을 해 카도니아로 갔다는 소식을 그도 듣고 있었다.

아예 반역자로 나서서 카도니아 군의 선봉에 섰다는 소리도 들었다. 그 때문에 한때 그의 배후에 카비아니 가가 연루되어 있는 것이 아니냐는 소문도 조심스럽게 돌았었다. 후샹의 조언대로 그가 직접 움직이지 않았다면 기정사실처럼 여겨졌을지도 모를 일이다.

그 생각만 하면 지금도 아찔해질 만큼 아슬아슬한 순간이었다. 그런데 이번엔 정체 모를 사람들과 함께 나타난 티르메네스다. 지난번에 잠시 들렀다가 다시 사라진 이후, 녀석의 행적에 대해서 그는 아직 어떤 소문도 들어 보지 못했다. 그래서 더 두려웠다. 그가 아는 티르메네스는 절대로 보통 녀석이 아니니까.

"어, 어떻게 된 거지? 이 사람들은 또 누구고?"

"알 거 없어."

"뭐, 뭐라고?"

"괜히 쓸데없는 데 신경 쓰지 말고 바라에게나 안내해. 너한테는 볼일 없으니까."

"이 자식이! 말 다했냐?"

모처럼 진지하게 묻는데 삐딱하기 이를 데 없는 대답이 날아오자 나칼은 순간 울컥해 다시 검으로 손을 가져갔다. 둘 사이의 해묵은 감정이 되살아나면서 저 버르장머리 없는 녀석에게 본때를 보여 주고 싶은 생각이 뭉클뭉클 샘솟고 있었다.

막말로, 제가 한 것이 뭐가 있느냔 말이다.

바라를 찾는답시고 휑하니 떠나더니 결국은 빈손으로 돌아온 꼴이지 않은가. 바라의 곁을 지킨 건 바로 자신이었다. 아

푸른 밤

덴부르크를 지키기 위해 동분서주한 것도 바로 자신이다. 그런데 뒤늦게 나타난 주제에 왜 이리 당당한 것이란 말인가.

나칼은 녀석이 또다시 모든 것을 독차지하게 될까 봐 조금 겁이 났다. 다른 것들은 둘째 치고, 당장 바라의 관심을 독차지할 것이 뻔해 보여 더 그랬다. 이제야 간신히 바라의 관심을 받게 되었는데 다시 원래대로 돌아가고 말 것이라는 생각을 하니 가슴이 서늘해지고 눈앞이 캄캄해졌다.

'이대로 쫓아 버릴까? 다시는 돌아오지 못하게…….'

안 그래도 수상한 일행을 끌고 왔으니 핑계거리는 얼마든지 만들 수 있었다. 아무리 봐도 저들은 노예 상인도, 사냥꾼도 아니었다. 어딘가에서 무사들을 이끌고 온 것이 틀림없었다. 그 사실을 빌미로 삼는다면 얼마든지…….

"허튼 생각하는 거 다 보여."

"뭐, 뭣?"

짜증이 가득한 시선을 보내며 퉁명스럽게 투덜거리는 티르의 말에 나칼은 또 흠칫 놀라 몸을 떨었다.

"내가 무슨 생각을 한다는 거냐?"

"의심하고 있잖아. 이대로 쫓아 버릴까 말까 그런 생각을 하고 있는 거겠지."

"……."

"허튼 생각하지 말고 바라에게나 안내해. 여기서 널 죽여 버리고 싶지 않으니까."

티르는 진심으로 경고를 하고 있었다.

저 망할 놈은 그간의 실수로도 모자라 또다시 살기를 품으려 하고 있다. 갑자기 나타난 그가 그리 반갑지만은 않다는 생각을 아예 노골적으로 드러내고 있는 것이다. 그러거나 말거나 상관없는 일이었다.

사실, 티르는 그의 생각 같은 건 전혀 관심이 없었다. 그래서 무엇을 두려워하는지, 무슨 생각을 하고 있는지 충분히 짐작하고 있으면서도 아예 내색을 하지 않았다. 말했다시피, 이 자리에서 죽이지 않는 것만도 티르는 충분히 인내심을 발휘하고 있는 편이었으니까.

"조용히 앞장서."

티르가 명령했다. 그러자 화가 나는지 나칼은 금방 얼굴을 붉히더니 곧 어쩔 수 없다는 듯 고개를 저으며 미적미적 돌아섰다. 꾹 움켜쥔 그의 손이 가늘게 떨리고 있었다. 그걸 분명히 보았으면서도 티르는 애써 무시해 버렸다. 한쪽에서 고개를 푹 숙이고 있던 막시무스와 다니무스가 시선을 교환하면서 고개를 젓고 있었다.

"이 사람들은 안 돼. 너만 가."

성큼 앞장서면서 나칼이 말했다.

"안 그래도 위험한 때에 수상한 자들을 들여놓을 순 없어."

"시끄러워. 그건 바라가 판단할 일이야. 넌 그냥 안내만 하라고."

푸른 밤 229

"근데 이 자식이……!"

"바라는 용서했는지 몰라도 나는 아니야."

"뭐?"

"노예로 팔아 버리기 전에 입 다물고 조용히 가라고. 무슨 말인지 알아들었어?"

 짧은 경고와 함께 티르는 다시 천을 뒤집어썼다. 동시에 노예로 변장한 자들이 가마를 들어 올렸다. 그리곤 창백한 얼굴로 서 있는 나칼을 재촉해 천천히 뒤를 따르기 시작했다.

 물을 통해 본 것처럼 나칼은 그들을 항구 쪽으로 이끌고 있었다.

 도시 한복판에서 조금 더 안쪽에 위치한 카비아니 가의 저택에서 보자면 거의 반대 방향이 되는 셈이다. 얼마 걷지 않아 그들은 훈련을 받고 있는 시민병들을 발견했다. 생각보다 가까운 거리였다.

 게다가 역시 바라는 소랍 장군과 함께 있는 것이 틀림없었다. 몇몇 병사가 갑자기 나타난 그들을 보고 경계의 시선을 보내다 앞에 선 나칼을 발견하고는 순순히 길을 비켜 주고 있었다. 그 모습을 물끄러미 바라보다 티르는 아까부터 집요하게 따라붙는 시선을 느끼고 그쪽으로 고개를 돌렸다.

 불타는 빨간 머리를 가진 사내가 싱글싱글 웃는 얼굴로 그를 바라보고 있었다. 나칼과 잘 아는 사이인지 그는 아주 자연스럽게 놈의 곁에 서 있었다. 티르는 저도 모르게 미간을 구기고 말았다.

'후샹! 네놈이 왜 여기에?'

당연한 이야기지만 티르는 그를 한눈에 알아보았다. 그리고 가슴 한쪽을 섬뜩하게 만드는 불안을 느꼈다. 어떻게 알고 여기에서 기다리고 있는 걸까. 말도 없이 사라져 내내 보이지 않더니 왜 나칼의 곁에서 모습을 드러내는 거지?

'무슨 짓을 꾸미고 있는 거냐. 네놈도 도전자인가?'

무언가 꿍꿍이가 있지 않고서는 이럴 수가 없는 일이었다. 후샹은 절대로 그의 편이 아니었다. 확실한 루칸의 수족인 하라와는 달리 그는 딱히 루칸을 지지하고 있는 것도 아니다. 무엇보다 티르가 아는 후샹은 퍽이나 교활한 마족이었다.

속을 전혀 알 수 없는 데다 얼마나 강한지도 짐작할 수 없고, 무엇을 노리고 있는지도 알 수 없다. 내내 그랬는데, 이런 곳에서 마주하고 보니 전에는 몰랐던 많은 것들이 한꺼번에 깨달아졌다. 놈은 바로 그를 노리고 있는 것이다.

"내 가족은 건드리지 않는 것이 좋아."

가마가 한쪽으로 비껴 선 그의 곁을 스쳐 갈 때 티르는 낮은 목소리로 말했다.

"후후, 소멸이라도 시키시려고요?"

"천만에. 영원히 살게 해 줄 거다. 고통이란 것이 어떤 것인지 영원히 겪게 해 주지."

"후후후."

진심 어린 티르의 경고를 듣고도 후샹은 그저 웃기만 했다. 그 모습에 불안이 더 커지는 것을 느끼며 티르는 조용히 이를 깨물었다. 미간의 성화가 당장이라도 뛰쳐나갈 듯 꿈틀거리고 있었다.

죽 늘어선 하얀 건물들 사이를 지나 나칼은 원형의 파란 지붕을 얹은 저택으로 그들을 이끌었다. 갑옷까지 차려입은 병사들이 겹겹이 늘어서서 그곳을 지키고 있었다.

"누구냐!"

"아아, 그럴 것 없어. 아는 사람들이다."

"나칼님!"

"반갑지는 않지만 어쨌거나 바라가 기다리고 있는 녀석이지."

잘난 척하듯 어깨를 으쓱해 보이자 병사들은 어쩔 수 없다는 듯 검은 쇠로 만든 대문을 열어 주었다. 조금 긴장이 되는지 다니무스가 가마 곁으로 바짝 따라붙었다.

"우리 아버지는 어디에 계실까?"

"시청에서 일하고 있겠지."

"내가 카도니아로 간 건 아직도 모르시겠지? 누님은 무사한지 모르겠다."

"곧 만날 수 있을 테니까 직접 확인해 봐."

"으응."

저택의 기둥이나 탑, 혹은 지붕 근처에 몸을 숨긴 채 활을 겨누고 있는 병사들을 흘깃거리며 다니무스는 태평하게 고개를 끄덕이고 있었다. 생각해 보니 서기관의 아들치고는 대단한 모험을 한 녀석이다. 간만 커진 게 아니라 배짱도 두둑해졌는지 이런 상황에서도 한가롭기만 했다.

친구랍시고 데리고 다니면서 철딱서니 없는 인생 하나, 무작정 간만 키워 놓은 것 같아 티르는 조금 죄책감을 느꼈다. 그나마 머리는 좋은 녀석이니 다행이라고나 할까.

"무슨 일이냐?"

저택 안에서 커다란 덩치를 가진 웬 노인네가 걸어 나왔다. 나이답지 않게 단단한 체구를 가진 그는 그 존재만으로도 충분히 위력적으로 보이게 만드는 이상한 사람이었다. 그런 그가 아주 자연스럽게 그들의 앞을 막아서면서 물었다.

"둘러보러 나간다더니 벌써 오는 게냐?"

예리한 눈으로 일행과 노예들이(?) 짊어지고 있는 가마 쪽을 살피면서 그는 나칼을 향해 묻고 있었다.

"보통 놈들처럼 보이지는 않는다만. 저건 뭐지? 저 가마 안에 앉은 놈들 말이다. 노예냐?"

"휴우, 그게······."

나칼이 대답을 하기도 전에 티르는 가마의 휘장을 홱 걷어치우고 이라즈에게 손짓을 했다. 무슨 뜻인지 금방 알아들은 그가 고갯짓을 하자 가마를 짊어지고 있던 자들이 조심스럽게 그들을 땅에 내려놓았다.

푸른 밤 233

발끝까지 천을 뒤집어쓴 채 티르는 가마 안에서 몸을 일으켜 밖으로 걸어 나왔다. 그가 움직이자 화룬과 사냥꾼으로 변장한 병사들이 그들을 보호하듯 순식간에 곁으로 모여들었다. 그 일사불란한 움직임에 노인은 굵은 눈썹을 꿈틀거리더니 놀란 눈으로 그를 노려보기 시작했다.

"제대로 된 설명을 해야 할 거다, 나칼."

"그 설명은 나에게서 듣는 게 나을 거야, 소랍 장군. 나중에."

"응? 나를 아느냐?"

"조금."

담담히 대꾸하며 티르는 일행을 이끌고 그의 앞을 무심히 스쳤다. 불쑥 나타난 긴 팔이 그의 앞을 막아서지 않았다면 그냥 스쳐 지났을 것이다.

"나에게 볼일이라도 있어?"

마치 제가 저택의 주인이라도 된 것처럼 묻자 소랍은 잠시 어처구니없는 표정을 지었다. 그러더니 또 물었다.

"뭐하는 녀석이냐? 그 천 쪼가리는 또 뭐고?"

"저 녀석에게 물어, 그딴 건."

"뭐라?"

"난 당신이 반갑지 않아. 덕분에 바라가 좀 더 위험해진 것 같으니까 말이야. 그 나이가 되어서도 자기 앞가림을 못하는 건 바보밖에 없지."

"그 싸가지 없는 말투는 바라 놈과 똑같은데……. 네, 네놈이 설마 티르메네스?"

"흥! 아주 바보는 아니니 다행이군."

당황하는 그를 가차 없이 내버려 두고 티르는 당당하게 저택 안으로 들어섰다. 안쪽에서 누군가가 걸어 나오고 있었다. 갑자기 시끄러워진 밖의 일이 궁금했던 모양이다.

천천히 걸어오고 있는 그를 발견하기가 무섭게 티르는 제자리에 우뚝 멈추어 섰다. 어느새 하얗게 바랜 머리칼이 제일 먼저 눈에 들어왔다. 그리고 조금 홀쭉해 보이는 얼굴과 무언가가 마음에 들지 않는 듯 찌푸린 미간을 차례로 훑었다.

그 사이 나칼과 소랍 장군이 쫓아 들어와 한쪽에 서서 그들을 지켜보고 있었다. 갑자기 눈가가 뜨거워지려 한다. 그것을 꾹 참고 있는데 바라가 고개를 갸웃거리며 물었다.

"누구냐? 무슨 일이지?"

"……."

"나를 찾아온 거냐?"

"어, 어르신!"

뒤에 있던 막시무스가 더 참지 못하고 달려 나와 바라 앞에 털썩 무릎을 꿇었다.

"어? 너, 너……."

"접니다, 어르신! 막시무스입니다."

"네가, 네가 어떻게…… 무사했구나, 무사했어!"

푸른 밤 235

갑자기 나타난 막시무스를 바라는 한눈에 알아보았다. 그간 고생이 많았는지 볼이 홀쭉해져 있었지만 그렇다고 못 알아볼 만큼 망가진 것이 아니어서 그는 단번에 막시무스임을 알았다.

둔한 충격이 그의 몸을 덮쳤다. 그리고 다음 순간, 바라는 팔을 벌려 그를 덥석 끌어안았다. 울컥 뜨거운 것이 치솟고 눈가가 뜨거워진다. 안 그래도 애타게 찾고 있었는데 힘든 상황에서도 포기하지 않고 제 발로 찾아와 주었다고 생각하니 만감이 교차했다.

"티르메네스는? 그놈은?"

두 손으로 그의 얼굴을 움켜쥐고 부랴부랴 묻자 막시무스는 울 듯한 얼굴로 천을 뒤집어쓰고 있는 작은 녀석을 돌아보았다.

"티, 티르메네스?"

아무 말 않고 그저 우두커니 서 있기만 하는 녀석을 향해 바라는 의아한 시선을 던졌다. 작다. 티르메네스에 비해 지나치게 작다. 하지만 막시무스는 바로 그가 티르메네스라고 말하고 있었다. 아니, 그전에 그 스스로가 티르메네스임을 알아보고 말았다.

본능적으로 바라는 그 작은 녀석이 티르메네스임을 느끼고 있었다. 그렇지 않고서야 이렇게 가슴이 먹먹해지는 일은 없을 테니까. 바라는 몸을 반듯하게 펴고 서서 그를 가만히 바라보았다. 그러다 천천히 다가가 녀석이 뒤집어쓰고 있는 천을 스르르 잡아당겼다.

툭!

긴 천이 떨어지자 찬란하게 빛나는 은빛 머리칼이 드러났다. 그리고 금청색 눈동자와 여전히 아름다운 작은 얼굴이 보였다. 미간에 이상한 불꽃 문양이 생겨나 있고, 드러난 두 손엔 황금빛으로 빛나는 넝쿨 문양이 새겨져 있었지만 녀석은 틀림없는 티르메네스였다.

표정 하나 변하지 않은 채 뚝뚝 눈물을 흘리며 소리 없이 울고 있는 녀석을 가만히 바라보다 바라는 참지 못하고 팔을 뻗어 그를 꽉 끌어안았다.

"이제야 돌아왔구나. 이 새끼야, 어딜 그렇게 싸돌아다녔기에 이제야 돌아와? 얼마나 걱정했는데……. 네놈 때문에 내가 더 늙었다."

"바라, 바라……."

"오냐. 할아비는 알아보는 거냐? 이 고얀 녀석아!"

일부러 고약하게 투덜거리며 바라가 '퍽' 하고 등짝을 후려쳤다. 눈물이 쏙 들어가게 아팠다. 그리고 눈물이 쏟아질 만큼 안심이 되었다. 티르는 맞고서도 히죽 웃었다. 다행이었다. 그가 변하지 않아서, 자신이 여전히 티르메네스일 수 있어서. 그는 눈가를 슥 닦아 내고 애써 입술을 삐죽거렸다.

"그런데 집까지 빼앗기고 여기서 뭘 하는 거야? 다 늙어 싸움질이라도 하려고?"

"흥, 손자 놈들이 부실하니 하는 수 있느냐? 나라도 나서서 지킬 건 지켜야지."

"지키는 게 집이 아니라 왜 저 늙은이야?"

"엉? 너도 저놈을 아는구나. 젠장, 그놈의 더러운 정이 뭔지 그냥 팍 내버릴 수가 없더라. 그래도 친구랍시고 나대니 어쩔 수 없지. 맥없이 죽는 꼴은 보기 싫으니 나라도 건사할 수밖에."

멍청하게 서 있는 소랍을 가리키며 바라는 가차 없이 독설을 퍼부었다. 아침까지만 해도 비실비실하던 그가 갑자기 기가 살아났는지 더욱 오만방자해져 있었다. 그 꼴을 뜨악한 시선으로 바라보다 소랍은 냉큼 꼬마 녀석을 노려보았다.

생긴 건 분명히 딴판인데 하는 짓은 어쩌면 그렇게 판박이인지 천하의 바라 카비아니가 둘로 나뉜 듯한 느낌이었다. 뿐만 아니라, 척 보니 저 꼬맹이 녀석은 제가 한 말만큼이나 아무래도 그를 그리 마음에 들어 하지 않는 것 같았다.

'내가 뭘 어쨌다고?'

어쩐지 억울한 생각이 들어 따지려다가 그는 퍼뜩 생각을 멈췄다. 그런 그의 시선은 어느새 아직도 주저앉아 있는 막시무스를 향해 있었다. 저놈은 틀림없이 카도니아 쪽으로 붙었다고 하지 않았던가?

깨닫는 순간, 그의 날카로운 시선이 사냥꾼 차림을 한 놈의 일행에게로 돌아갔다. 제법 그럴듯하게 변장을 하고 있었지만 그의 눈을 속일 수는 없었다.

"카도니아 군인가?"

갑자기 주위가 조용해졌다.

"네놈들, 카도니아 군을 이끌고 온 거냐?"

"그러면 안 돼?"

"뭐, 뭐라? 이놈! 지금 그걸 말이라고 하는 거냐?"

너무도 태연한 티르의 반응에 소랍은 얼굴까지 벌겋게 붉히며 씩씩거렸다. 아무리 어린 녀석이라지만 반역은 장난이 아니었다. 이건 뒤통수를 치는 일이나 다름없다. 속았다는 생각에 소랍은 더 화가 났다.

저 멍청한 바라 놈이 철석같이 믿고 있는 녀석이라기에 어떤 놈인가 했더니 결국은 멍청한 어린 녀석이었을 뿐이다. 결국은 그도 속고 바라도 속은 것이다.

"죽고 싶지 않다면 당장 사라져라!"

"내가 왜?"

"이놈이 그래도!"

"그쯤에서 멈추시지요, 장군."

당장 칼이라도 뽑아 들려는데 언제 움직인 건지 서늘한 눈을 한 전사 하나가 그의 등에 칼을 겨누고 있었다.

"무례한 언사는 그쯤에서 그만 두시는 게 좋습니다. 당신이 함부로 대할 수 있는 분이 아니십니다."

푸른 밤 239

"무, 무슨 소리냐?"

"딱히 공격할 생각 같은 건 없다는 뜻입니다. 굳이 이런 방법을 쓰지 않아도 우리의 승리는 거의 확실하니까요. 그럼에도 불구하고 이렇게 찾아온 것은 순전히 가족을 염려하신 저 분의 뜻이었습니다."

이라즈의 말에 주위가 다시 조용해졌다. 소랍과 나칼이 새삼스러운 시선으로 그를 바라보고 있었다. 대체 정체가 뭐냐고 묻는 듯한 얼굴들이었다. 그때였다. 눈만 데굴데굴 굴리고 있던 다니무스가 이때다 싶었는지 냉큼 끼어들었다.

"티르메네스는 굉장한 녀석이 되었어요. 자그마치 알렉산드로스 황태자전하의 동생이라고요."

"헉!"

"뿐만 아니라, 엘룬의 후계자이기도 합니다."

"흐억!"

화룬까지 거들고 나서자 이제 장내엔 숨 막히는 경악이 내려앉았다.

"카도니아에서 구했다는 술사가 너였단 말이냐?"

어처구니가 없다는 듯 소랍이 물었다.

"비를 내리게 한 게 네놈이었어?"

"그렇다면?"

"이런 반역자 놈 같으니라고!"

"반역자?"

티르는 소리 나게 이를 갈았다. 반역자라니? 어디서 감히 그런 이름을 붙인단 말인가. 제국을 배신했다고?

"닥쳐! 배신이라고? 반역? 어디서 그런 개소리를 하는 거지?"

버럭 소리치며 티르는 망설임 없이 손을 휘둘렀다. 그러자 팡 하는 굉음이 터지면서 멀쩡히 서 있던 소랍이 한참이나 날아가 벽에 처박혔다.

"하루아침에 모든 것을 잃고 가문이 몰락했을 때 제국은 누구 편에 섰었지? 막시무스가 살인죄를 뒤집어쓰고, 감옥에 갇히고, 내가 노예로 팔릴 때 도둑놈에게 힘을 실어 준 게 누구였나?"

"크윽, 고작 그런 이유 때문에……."

"고작? 너희에게는 고작일지 모르겠지만 나에겐 전부였어. 바라가 살아 있다는 사실에 감사해라. 그러지 않았다면 제국은 진즉에 물에 잠겼어!"

제국 따위는 그에게 아무런 의미가 되지 못한다.

애초에 충성심이라거나 애착이라는 게 있을 수 없었다. 그의 관심과 애정은 언제나 가족과 아덴부르크에 한했다. 카비아니 가는 아덴부르크의 수호자이지 제국의 수호자가 아니었으니까. 그리고 그를 아덴부르크에 묶어 둘 수 있는 건 가족뿐이었다. 티르는 바라를 돌아보았다. 그리고 단호한 목소리로 물었다.

"말해 봐, 바라. 내가 제국을 위해 싸워야 해?"

"……."

"난 아덴부르크를 지켰어. 황태자와 거래를 했지. 카도니아가 승리하면 아덴부르크는 카비아니 가의 것이 돼. 왕국으로 선포해도 된다고."

"헉!"

"제국 따위 어떻게 되든 알 바 아니야. 카비아니 가는 아덴부르크의 수호자이지 제국의 수호자가 아니니까. 내게 충성 따위를 요구하지 마."

"충성을 해서도 안 되는 일이지요."

이라즈가 냉큼 말을 받았다.

"감히 어느 누구도 당신께 복종을 요구할 수는 없습니다, 티르메네스님. 우리 카도니아조차도 당신을 경애하고 있는 것을요."

"크윽. 그게 무슨 뜻이냐?"

"이분을 제국의 일개 시민으로 여기는 건 어리석은 일이라는 뜻입니다, 소랍 장군. 어느 제국도, 어느 황제도 이분을 신하로 거느릴 수 없습니다. 명심하십시오. 꽉 막힌 당신의 사고로 이분을 재단해서는 안 됩니다."

이라즈의 선언에 장내엔 다시 무거운 침묵이 내려앉았다. 그런 상황에서 갑자기 바라가 티르의 등짝을 후려쳤다. 퍽 하는 소리가 제법 컸다.

"크윽. 왜, 왜 때려?"

"이 새끼야, 누가 너한테 그런 위험한 짓을 하라던? 냉큼 돌아와서 다 죽어 가는 할아비 병간호나 할 것이지."

"흥! 집까지 빼앗긴 주제에 그런 소리가 나와? 저택에 웅크리고 있는 황제는 어쩔 거야?"

"뭐, 갈 때까지 내버려 둬야지. 설마 평생 들어앉아 있겠냐?"

"그러지 말라는 법도 없잖아? 수도까지 빼앗겼는데 달리 갈 데가 어디 있다고. 그리고 좀 살 만해지면 그놈들이 가만히 있을 것 같아? 당장 나리만 놈부터 또 지랄을 할걸?"

그러고 보니 나리만 놈을 깜빡 잊고 있었다. 다른 놈은 몰라도 그 인간만은 반드시 찾아내 그간 당한 일을 톡톡히 갚아 줘야 하는데 말이다.

"털린 돈이 어디 한두 푼이어야 말이지. 그 돈 다 어떻게 채워 넣을 거야?"

장사꾼의 손자답게 티르가 투덜거리자 바라는 씩씩대는 소랍도 무시하고 히죽 웃었다.

"나는 환자니까 이젠 일 못한다. 그러니 이제부터는 너들 둘이 일해서 채워 넣어야지."

"흥! 저 멍청한 놈이 제대로 돈벌이를 할 수 있을 것 같아? 또 털리지나 않으면 다행이지."

"뭐, 뭐라고? 너 이 자식……."

티르의 말에 나칼이 발칵 성질을 내며 달려들었다. 그 모습을 보면서도 바라는 그저 껄껄 웃기만 했다. 이제야 모든 것이 원래대로 돌아간 듯 편해 보이기까지 한다. 그런 그를 따라 웃다가 티르는 남몰래 후상을 찾았다.
　여유만만하게 웃고 있는 그를 보자 갑자기 밑바닥에서부터 시커먼 불안이 밀려왔다. 왜 저렇게 웃고 있는 걸까. 의심은 불안을 낳고, 불안은 그를 자꾸만 초조하게 만들고 있었다.

"뭐, 뭐라고? 누가 돌아와?"
나리만이 몸을 덜덜 떨며 물었다.
"티르메네스까지 돌아왔다고 합니다요."
"그놈이 어떻게 돌아와? 노예로 팔려 사막을 건넜는데 어떻게? 헛소문이겠지."
"그, 그게 아닌 것 같은데……. 장안에 파다하게 소문이 돌고 있는 데다 누군가가 봤다고……. 마, 막시무스까지 봤다고 합니다요. 참말입니다요, 주인님."
"막시무스! 그 반역자 놈도 봤다고?"
"틀림없습니다요. 서기관의 아들놈이랑 셋이서 돌아다니는 걸 분명히 봤다고 했습니다요."
　그쯤에서 나리만은 딱 감을 잡았다. 봤다고? 그러면 된 거다. 사실이든 아니든 상관이 없었다. 본 사람이 있다면 공격할 명분도 생긴 것이다. 어쨌거나 막시무스는 카도니아에 붙은 반역자고 소랍 장군도 뭐 그리 다른 처지는 아니었으니까.

"좋아. 이 사실을 다른 만사브들에게도 알려야 한다. 아니, 폐하께 알리고 공격을 해야 해. 그놈들이 반란을 모의하고 있는 거야. 카도니아 군을 몰래 끌어들여 안에서부터 공격을 하려는 수작인 거지."

사실이야 뭐가 되었든 그의 귀엔 그렇게 들렸다. 막시무스만 잡는다면 다른 증명 따위도 다 필요 없으리라.

"이로써 카비아니 가는 완전히 몰락하는 거다. 크흐흐흐, 천하의 바라 영감도 이젠 끝장이야."

득의만만하게 웃으며 나리만은 당장 외출 준비를 서둘렀다. 카도니아의 공격이 시작되기 전에 저들을 잡는 데 성공한다면 적어도 한 번쯤은 인질로 쓸 수 있을지도 모른다. 게다가 소랍 장군까지 있으니 아무리 못해도 얼마간의 시간을 벌 수 있을 것이다.

"어차피 제국은 승리하지 못해. 놈들을 처리하는 건 황제에게 맡기고 그 틈을 타 카도니아로 가야 한다."

나리만은 벌써 완벽한 탈출 계획까지 세워 놓고 있었다. 그동안 카도니아 군에 적지 않은 돈도 보냈고 협력과 충성을 약속하는 편지도 썼다. 그러니 저들이 눈엣가시처럼 여기는 소랍 장군을 처리하고 그쪽으로 합류한다면 나름대로 환영을 받을 수 있을 것이다.

겸사겸사 막시무스를 비롯해서 카비아니 가를 완전히 뭉갤 수도 있으니 누이 좋고 매부 좋은 격이다. 거기다 티르메네스까지 차지할 수 있다면 더 좋을 것이고.

"카도니아에 사람을 보내라. 이번 일이 마무리되면 곧 그쪽으로 투항하고 싶다고 전해야겠다."

"예에? 저, 정말로……."

"흥! 어차피 제국은 오래가지 못한다. 이렇게 버티고 앉아 있어 봐야 아무 소용이 없지. 안 그래도 몇몇 귀족들은 벌써 배를 구해 달아나고 있잖느냐? 살아남으려면 카도니아로 가야 한다."

나리만은 완전히 결정을 내렸다. 어차피 더 버티고 있어 봐야 이제 더 이상은 얻을 것이 없었다. 아덴부르크는 곧 함락될 것이고 황제는 공개 처형될 것이다. 그리고 그는 카도니아에서 잘 먹고 잘 살겠지.

"크흐흐흐. 난 정말 머리가 좋단 말이지."

만족스러운 웃음소리가 쩌렁쩌렁 저택을 울리고 있었다.

해가 기울고 있었다.

슈라는 희미하게 사라지는 붉은 해를 바라보며 무언가를 중얼거리다 다시 굳게 닫힌 관문을 바라보았다. 벌써 며칠째 놀고 있으려니 몸이 슬슬 근질거렸다.

가족들인지 뭔지를 만난다고 몰래 숨어 들어간 놈들은 아직도 돌아올 생각을 않고 기분만 우울해지게 아침부터 이슬

비가 내리고 있었다. 티르메네스가 만드는 비와는 질적으로 다른 느낌을 주는 비였다.

먼 곳을 맴돌던 마족들이 슬금슬금 다가오고 있는 것이 느껴졌다. 해가 기울고 밤을 틈 타 조심스럽게 움직이던 놈들이 전과 다르게 점점 더 대범해지고 있었다. 그리고 오늘 아침부터 시작된, 어딘지 음습한 기운을 풍기는 비가 그의 신경을 건드렸다.

"때가 된 건가?"

푸른 밤이 찾아오는 건 언제나 갑작스러웠다. 18년이라는 시기만 정확할 뿐, 언제부터 시작되는 것인지에 대해서는 아는 이가 없다. 그도 그럴 것이 계절로 치자면 봄이나 겨울이었을 때도 있고, 날짜로 치자면 달의 초였다가도 다음엔 중간쯤에 걸리기도 했었다.

뿐만 아니라, 훤한 대낮에 갑자기 해가 사라지면서 두 개의 달이 생긴 적도 있었고, 어느 때엔 예고도 없이 보통보다 훨씬 더 밝은 밤이 시작된 적도 있었다. 그렇다고 해서 아주 예측이 불가능한 것도 아니다.

푸른 밤이 시작되기 전엔 반드시 비가 내렸으니까 잘만 관찰하면 며칠 전에 알아챌 수도 있으니 말이다. 그래서 오늘 아침부터 내리기 시작한 이 음습한 이슬비가 슈라는 새삼 남다르게 느껴지고 있었다.

"때가 된 거라면 아무래도 교묘한걸. 하필이면 녀석이 가족에게로 돌아간 날을 고를 건 또 뭔가."

부슬부슬 내리는 이슬비를 보며 슈라는 나직하게 투덜거렸다. 하지만 딱히 큰 걱정은 하지 않고 있었다. 인간계에서 머무는 동안 푸른 밤을 맞이한다면 티르메네스는 의심의 여지 없이 신족으로 각성을 하게 될 테니까 말이다.

물의 여신을 상징하는 아나히타가 드디어 인간계로 돌아오는 때이니 틀림없이 그 영향을 받게 되리라. 때가 때인 만큼 간혹 마계의 영향을 받기도 하지만 자신이 있는 이상은 그럴 일도 없다. 도전자의 의식을 치르고 있는 저 망할 마족 놈들이 방해만 하지 않는다면.

"그러니 이제 그만 돌아오라고. 아나히타가 뜨면 아무래도 영향을 받게 될 텐데 그렇게 태평하게 굴다가 모두에게 정체를 발각당할라."

엘룬의 후예라거나 물의 술사라거나 하는 따위의 모든 사소한 것들을 넘어서는 변신을 누군가가 목격하게 된다면 티르메네스는 더 이상 이곳에 머물 수 없게 될 것이었다. 더구나 신족의 각성은 화려해서 감출 수도 없다.

존재감이 희미한 여신을 대신해 당장 일을 시작해야 하는 티르메네스의 경우는 더 그렇다. 본인만 모를 뿐 이미 다른 신족들은 그의 각성을 목 빠지게 기다리고 있는 중이었다. 물론 슈라 자신을 포함해서다.

이 세계의 균형과 안정을 위해서라도 물은 절실하게 필요했다. 계절에 맞게 비가 와야 하고, 바람이 불어야 하고, 눈이 내려야 한다. 그 당연한 순리가 벌써 오랫동안 뒤틀린 채 한 곳에 고여 있었다. 저 추잡하기 이를 데 없는 엘룬에.

"진즉에 알아보았어야 했는데……. 사막을 건너기 전에 알아보고 잡았어야 했는데."

특유의 모호한 빛깔 때문에 잠시 헷갈린 게 문제였다. 아직 각성을 거치지 않은 설익은 녀석만 보고 섣불리 판단을 내린 것도 문제거니와 게으르기 짝이 없게도 마계로 보내 놓고 그저 올 때만 기다린 것도 문제였다.

"곁에 두었다면 일찌감치 신족으로 각성을 했을 텐데……. 아니, 차라리 잘된 건가? 그래도 운명인 줄은 알았는지 제 길을 제대로 찾아왔잖아."

완전히 모습을 감춘 태양의 자취를 더듬으며 슈라는 고개를 끄덕였다. 해가 사라지기가 무섭게 빗줄기가 점점 더 굵어지기 시작했다. 아무래도 정말로 때가 된 건지 싶다.

"어쩐다? 그냥 두고 봐야 하나, 아니면 움직여야 하나?"

퍼석!

잠시 생각에 잠긴 사이, 순식간에 코앞까지 다가온 마족 하나를 간단히 태워 버리고 슈라는 한숨을 푹 내쉬었다. 이렇게 되면 움직이지 않았다고도 할 수 없게 되는데 말이다.

"도전자의 의식이라……. 다른 놈들은 괜찮은데 저 안에 있는 놈이 걱정이군. 우리 꼬맹이도 놈을 알고 있으려나?"

푸른 밤 249

어느새 돋아난 뿔을 벅벅 긁으며 그는 또 멍하니 중얼거리고 있었다.

모든 것이 예전과 같았다.
이렇게 말하면 예전처럼 즐겁기 이를 데 없는 일상이 다시 시작되고 있겠거니 여기겠지만 어이없게도 그 반대였다. 바라도 예전 그대로고, 막시무스나 다니무스도 예전처럼 행동했다. 물론, 나칼도 그대로다. 복잡한 상황이긴 했지만 가족이 다 모였으니 어떤 때보다 안정적이어야 했다. 그런데 이상하게도 모든 것이 어긋나고 있었다.
적어도 겉으로 보기엔 예전과 다름이 없어 보이긴 하지만 마주 앉아 조금만 시간을 보내도 금방 문제가 생겼다. 소랍은 막시무스와 티르가 마음에 들지 않았고 나칼도 그랬다. 바라는 그런 나칼을 다시 못마땅하게 여기기 시작했고, 그런 사실에 대해 때마다 소랍에게 잔소리를 듣고 있었다.
티르는 후샹이 신경 쓰여 그에게서 시선을 떼지 않고 있었고, 막시무스는 반역자로 이름이 높아 가는 곳마다 수군대는 소리를 들어야 했다. 자세히 말은 안 하지만 때때로 칼을 맞대는 상황까지 겪고 있는 것 같다. 게다가 다니무스도 아버지에게 끌려가 감금되다시피 해 요즘은 얼굴을 보는 것도 힘들다. 그런 때에 황제가 보낸 군사가 저택으로 들이닥쳤다.
"반역의 무리는 지금 당장 항복하라. 무기를 버리고 투항한다면 목숨은 살려 주겠다."

부슬부슬 비가 내리는 날, 아침부터 몰려온 군사들과 소랍 장군의 병사들이 해가 지는 지금까지 저택 앞에서 팽팽하게 대치하고 있었다.

"젠장! 계속 조심했는데 어떻게 눈치 챈 거지?"

"아무래도 우리 중에 입이 싼 놈이 있는 모양이다."

조심하느라 계속 저택에만 처박혀 있다시피 한 막시무스의 이름이 저들의 입에서 나오자 소랍은 생각할 것도 없다는 듯 그렇게 단정 지었다.

"너희들이 돌아왔다는 사실은 이 저택 내에서도 몇몇 말고는 알지 못하는 일이다. 그런데 그 사실이 벌써 황제의 귀까지 들어갔다는 건 역시……."

"흥! 황제도 참 할 일 없는 양반이구나. 카도니아 군과의 싸움에만 집중해도 모자란 때에 이곳까지 친히 군사를 보내시고 말이야."

"휴우, 밖은 둘째 치고 안에서 공격해 오면 그 길로 끝장이니까. 어떤 놈인지 아주 제대로 찔렀어."

"그러게 왜 네 발로 걸어 나간다는 소리를 한 거냐, 너는? 이 새끼야, 말이 씨가 된다는 말도 못 들어 봤어?"

속이 답답했는지 바라는 엄한 소랍을 붙잡고 미친 듯이 닦달을 해 댔다. 그러나 그 또한 가능한 한 빠른 시간 내에 결정을 내려야 한다는 사실을 잘 알고 있었다.

"어쩔 거냐, 이제? 정말로 죽으러 나갈래? 그놈의 충성심인지 뭔지 때문에? 네놈이 죽으면 가뜩이나 희망 없는 네 부하 놈들도 따라서 죽으려고 들 거다. 차라리 싸워라, 소랍."

"미친놈. 진짜 반란을 일으키란 말이냐?"

"아무 죄도 없이 그냥 죽는 거보단 낫지."

두 사람이 팽팽히 맞서고 있는 것을 보다 나칼은 슬그머니 자리에서 일어섰다. 그리곤 서둘러 후상을 찾았다.

"이제 어떻게 해야 하지? 네 말대로 나리만의 귀에 들어가도록 소문을 내는 바람에 일이 더 커져 버렸어. 이 일이 들통나면 바리는 날 죽이려고 할 거야."

"걱정 마십시오, 주군. 설마하니 하나뿐인 손자를 죽이기야 하겠습니까?"

"하지만 티르메네스가 있잖아?"

"둘 중 하나를 선택하라고 하십시오."

"뭐, 뭣?"

"티르메네스는 사실 카비아니 가의 핏줄이 아니지 않습니까? 그는 제국을 배신하고 카도니아 황태자의 아우가 되었습니다. 뿐만 아니라, 엘룬의 후계자이기도 하다지요?"

"그, 그래서?"

"억울하지 않으십니까? 주군께서는 몇 달 동안 죽을힘을 다했어도 아직까지 어르신께 잘했다는 소리 한 번 들어 보지 못했는데 그는 아무것도 한 것 없이 아덴부르크와 모두의 관심을 차지하게 되었으니……."

후샹의 말에 나칼은 새삼 분노가 치솟는 것을 느끼며 입술을 질끈 깨물었다.

"나쁜 새끼, 그놈이 문제야. 항상 내 앞을 가로막는다고. 다시 돌아오지만 않았어도 이런 일은 없었을 텐데!"

"맞습니다. 항상 그가 문제이지요. 그러니 어르신께 둘 중 하나를 선택하라고 강하게 요구하십시오. 그러면 그분도 어쩔 수 없이 주군을 선택하게 되실 겁니다."

"그, 그럴까?"

"틀림없습니다. 그러니 그 뒤에 주군의 손으로 직접 그들을 잡아 황제께 넘겨주십시오. 이번에 공을 세우게 되면 관직도 얻을 수 있을 겁니다. 카비아니 가는 주군의 손으로 지키게 되는 것이지요."

후샹의 속삭임에 나칼은 귀가 솔깃해져 금방 고개를 끄덕이고 말았다. 그는 언제나 옳았다. 그러니 이번에도 옳을 게 틀림없다. 하기야, 아무리 밉다 해도 설마하니 하나뿐인 손자를 포기하기야 할까.

그렇게 생각하고 보니 갑자기 없던 자신감도 생겨나기 시작했다. 나칼은 팽팽하게 대치하고 있는 밖의 상황을 흘깃 바라본 다음 단호하게 고개를 끄덕였다. 그리고 잠시 후, 아직도 설전이 오가는 서재로 들어와 조용히 티르메네스의 곁에 주저앉았다.

푸른 밤 253

그런 그를 물끄러미 바라보다 티르는 길게 하품을 했다.

이상한 일이었다. 웬일인지 자꾸만 잠이 쏟아지고 있었다. 분명히 밤에도 잘 잔 것 같은데 눈을 뜨고도 정신이 가물가물 멀어지려 한다.

'이상하다. 왜 이렇게 졸리지?'

안간힘을 다해 정신을 차려 보려고 노력을 했지만 소용이 없었다. 몸은 점점 더 늘어지고 정신은 다시 무거운 잠 속으로 빠르게 침몰했다. 물방울들이 이상하게 움직이고 있었다.

아침부터 내리기 시작한 비 때문이다. 그것은…… 그가 원한 것이 아니었다. 아무리 원해도 그치지 않았다. 비가 내리기 시작하자 물방울들이 갑자기 움직임을 멈추었다. 물고기들도 사라지고 구름도 자취를 감춘 지 오래다. 그리고 티르는 졸렸다. 미친 듯이 조느라 하루 종일 아무것도 하지 못했을 정도다.

"화룬, 당신도 졸려?"

창가에 앉아 있는 화룬을 돌아보며 간신히 묻자 그는 조용히 고개를 저었다. 그때였다. 힘겹게 버티고 앉아 있는 그의 반개한 눈에 문득 이상한 것이 보였다. 화룬이 앉아 있는 창의 유리 너머가 온통 파랗게 물들어 있었다. 그리고 보이는 것은…… 커다랗게 떠 있는 두 개의 달.

"어, 어어…… 다알……."

황금빛 달의 맞은편, 커다랗게 떠 있는 푸른 달을 발견하자

마자 티르는 갑자기 온몸에서 힘이 빠지는 것을 느꼈다. 그리고 다음 순간, 의자에서 미끄러지듯 떨어지며 털썩 쓰러졌다.

"티르메네스?"

"티르메네스님!

길게 엎어진 그를 이라즈가 잽싸게 안아 들었다. 짧은 사이, 정신을 완전히 잃은 듯 그는 숨소리도 거의 들리지 않을 만큼 깊게 잠들어 있었다. 뿐만 아니라, 몸이 이상하리만치 찼다. 이상을 알아차리기가 무섭게 이라즈는 당장 티르메네스를 등에 업고 수하들에게 떠날 준비를 하라고 명령했다.

"무, 무슨 일이냐? 그 아이를 데리고 어디를 간다는 거야?"

크게 놀란 바라가 빠른 걸음으로 다가와 티르메네스를 잡아챘다.

"말해라. 내 손자를 어디로 데려가는 거냐?"

"관문 밖에 계신 제 주군께로 갑니다. 자세한 말씀을 드릴 수는 없지만 한시라도 빨리 가야 합니다. 그래야만 무사히 고비를 넘기실 수 있습니다."

"고비? 고비라니? 이 녀석이 어디 아프기라도 한다는 뜻이냐? 그런 게야?"

"말씀드릴 수 없습니다. 그저 각성의 때가 왔다고만 알고 계십시오. 이 시기만 무사히 넘기면 곧 괜찮아지실 겁니다."

빠르게 말하며 이라즈는 등에 업은 티르를 자신의 몸과 함께 끈으로 단단히 동여맸다. 그리고 쉽게 손을 놓지 못하는

푸른 밤 255

바라를 뿌리치고 허겁지겁 문을 열고 밖으로 뛰쳐나갔다. 후샹이 문밖에 서 있었다.

"그냥 들어가시지요."

담담한 목소리로 그가 말했다. 그런 그의 등 뒤엔 병사들이 겹겹이 늘어서서 그들을 향해 칼을 겨누고 있었다.

"뭐, 뭐하는 짓이냐?"

뒤늦게 후샹을 발견한 바라가 버럭 소리치며 나칼을 돌아보았다. 그러자 굳은 얼굴로 앉아 있던 그가 천천히 일어서더니 바라를 똑바로 마주 보고 섰다. 그리고 말했다.

"막시무스와 저 카도니아의 전사들을 내어주십시오."

"뭐, 뭐라고? 네가 지금 무슨 소리를 하고 있는 거냐?"

"어차피 티르메네스와 막시무스는 반역을 저질렀습니다. 가문의 앞날을 위해서라도 폐하께 넘겨 주는 것이 좋습니다."

"미친놈! 어디서 감히 가문 운운하는 것이냐? 누굴 넘겨? 이 새끼야, 그럼 나도 같이 넘기지 그러냐, 어엉?"

"할아버님!"

버럭 소리쳐 부르는 낯선 소리에 바라가 퍼뜩 입을 다물었다. 그는 벌써부터 분노로 가늘게 몸을 떨고 있었다. 갑자기 두려움이 밀려왔다. 그러나 여기서 포기할 수는 없었다. 나칼은 심호흡을 한 후 다시 입을 열었다.

"가문에 배신자를 들일 수는 없습니다. 티르메네스도 막시무스도 이미 카도니아의 첩자일 뿐입니다. 넘겨주지 않으면 가문이 위태로워질 겁니다."

"멍청한 새끼, 나무만 보고 숲은 보지 않겠다는 뜻이냐?"

"무슨 말씀을 하셔도 소용없습니다. 카비아니 가는 제국과 운명을 함께 할 것입니다. 그것이 진정으로 아덴부르크와 가문을 수호하는 길입니다."

짝!

갑자기 한쪽 뺨이 화끈거렸다. 바라가 더 참지 못하고 손을 휘두른 것이다. 나칼은 충격을 받은 얼굴로 조금 휘청거렸다. 갖은 구박을 다 당했지만 그래도 바라는 이제껏 단 한 번도 그를 때린 적이 없었다. 그런 그가 손찌검을 하다니…….

나칼은 정말로 화가 나 버렸다. 당장이라도 쏟아질 것 같은 눈물을 꾹 참으며 소리쳤다.

"선택하세요. 저입니까, 티르메네스입니까?"

"닥쳐라! 아우를 팔아 황제에게 아부를 하겠다는 놈이 무슨 소리를 더 하고 싶다는 것이야?"

"어째서 티르메네스가 제 아우입니까?"

"뭐라?"

"피 한 방울 섞이지 않은 남입니다. 그런데 친손자인 저보다 항상 녀석을 더 아끼셨지요. 마지막입니다. 선택하십시오. 원하지 않으신다면 떠나 드리겠습니다. 티르메네스입니까, 저입니까?"

벌겋게 핏발이 선 눈에 그렁그렁 물까지 매달고 나칼은 피를 토하듯 소리쳤다.

"저희는 절대로 함께 살지 못합니다. 그러니 둘 중 하나만 선택하시라고요."

"······못난 놈."

"할아버님!"

"참으로 못나고도 못난 놈. 어쩌다 너 같은 게 내 피를 받았을꼬. 아니다. 내 탓이겠지. 그래, 다 내 탓이다. 애초에 오냐오냐 키우는 게 아니었다. 가차 없이 매를 들었어야 했어. 아비 잃은 불쌍한 것이라 여기기 전에 혼자서도 살아갈 수 있게 가르쳤어야 했는데······."

바라는 진심으로 후회하고 있었다.

너무 일찍 아비를 잃은 녀석이라 불쌍하다며 차마 매 한 번 대지 못하고 조심조심 키운 게 실수였다. 한숨을 내쉴 게 아니라 차라리 매를 들고 냉정하게 키웠다면 이렇게 멍청한 짓까지는 하지 않았을 텐데······.

"대체 뭐가 잘못인지도 모르겠지. 그저 모든 게 남의 탓이겠지. 허허, 못난 놈."

바라는 허탈하게 웃었다. 대체 뭣 때문에 기를 쓰고 살아난 것일까. 그냥 콱 죽어 버렸다면 이런 더러운 꼴은 안 보아도 되었을 텐데 말이다. 그는 씁쓸한 눈빛으로 씩씩대는 나칼을 잠시 바라보았다. 그러다 이라즈의 등에 업힌 티르에게로 다가가 조심스럽게 축 늘어져 있는 작은 손을 잡았다.

"어쩌겠느냐. 저 못난 놈, 나마저 버리면 태어난 보람도 없이 멍청한 짓만 일삼다 갈 것 같은데······."

"······."

"너는 걱정 없다. 어디에 떨어져도 멀쩡히 살아갈 녀석이니까. 그렇게 믿고 있으니까. 티르메네스, 잊지 말거라. 그래도 넌 내 아이란다. 저 불쌍한 녀석을 부디 용서하거라."

심장이 찢어진다고 해도 이보다 더 아플까.

바라는 잠든 티르메네스의 얼굴을 쓰다듬다 결국 눈을 질끈 감고 돌아섰다. 그리고 이라즈를 향해 말했다.

"그 녀석, 잘 살펴 주게."

"예."

"모두 비켜서라. 막아서는 놈은 내 손으로 쳐 죽이겠다."

"할아버님!"

짝!

나칼이 다시 나서자 바라는 가차 없이 손을 휘둘러 그의 뺨을 후려쳤다.

"이 새끼야, 나서지 말라는 말 못 들었어? 감히 당주의 말을 거역할 셈이냐? 네놈이 몽둥이찜질을 당하고 싶은 게지?"

손발 가릴 것 없이 사정없이 때리고 걷어차자 나칼은 정신이 쏙 빠져 한쪽으로 물러섰다. 얼굴이 벌써 퉁퉁 부어오르고 있었다. 그런 것을 무시하고 바라는 아직도 버티고 서 있는 병사들을 향해 고함을 내질렀다.

"당장 비켜서라는 말 못 들었냐? 내 손자를 다치게 하는 놈은 내 죽어서라도 용서하지 않을 테다! 길을 열어라!"

발광에 가깝게 난리를 치자 질린 병사들이 하나 둘 물러섰다. 그러다 보다 못한 소랍이 나서서 손짓하자 결국은 모두 무기를 내리고 길을 열어 주었다. 그때까지도 후샹은 문 한가운데 떡 버티고 서서 꼼짝을 않고 있었다.

"죽고 싶은 게냐?"

"글쎄, 죽고 싶은가, 늙은이?"

"뭐, 뭐라?"

"후샹!"

난데없는 후샹의 변화에 나칼조차도 놀라 눈을 둥그렇게 떴다.

"뭘 하는 거냐, 후샹? 어서 비켜라."

"후후후. 멍청한 애송이 같으니라고. 모르겠느냐, 이제 장난은 끝났다는 것을?"

"자, 장난이라고? 대체 무슨 소리를 하는 거지?"

후샹의 갑작스러운 변화에 나칼은 정신을 차리지 못할 지경이었다. 바라던 대로, 바라가 자신을 선택했다. 비록 화를 내고 때리긴 했지만 결국은 그를 선택했다는 사실이 기뻤다. 그런데 후샹의 태도가 이상했다.

처음부터 그는 이런 결과를 바라지 않았다는 뜻일까?

두려움마저 느끼며 나칼은 티르메네스와 후샹을 번갈아 바라보았다. 후샹의 시선이 이라즈의 등에 업힌 티르에게서 떨어지지 않고 있었다.

"눈을 떠라, 티르메네스."

축 늘어진 티르를 향해 후샹이 명령했다.

"이런 순간에 잠들어서는 안 되지. 자, 보아라. 지금 네가 믿고 있던 인간이 너를 배신하고 제 핏줄을 선택했다. 이 재미있는 순간에 눈을 감아서는 안 되지. 후후후."

"……"

"이래도 인간계에 머물고 싶은가? 왕과 네 쌍둥이 형마저 버리고? 다행히 아직 시간은 있다. 눈을 뜨고 내게 손을 내밀어라. 그러면 지금 당장 마계로 데려다 주마."

"마, 마계!"

마계라는 말에 이라즈는 재빨리 뒤로 물러섰다. 떠나기 전 슈라가 당부하던 말이 떠올랐다. 혹시라도 중간에 푸른 밤이 시작되거든 지체 말고 돌아오라고 했었지. 뿐만 아니라, 마족을 만나면 뒤돌아보지 말고 도망치라고도 했었다. 설마 했는데 정말로 마족이 나타날 줄이야.

"네, 네가 마족이었단 말이냐, 후샹?"

아직도 상황을 파악하지 못한 나칼이 경악 어린 얼굴로 물었다. 그러나 후샹은 그런 그를 무시하고 천천히 물러서는 이라즈를 향해 다가가고 있었다.

"물러서라, 마족!"

"후후후, 티르메네스를 내놓는 것이 좋을 것이다, 인간. 그놈은 마계로 가야 한다. 어서 깨워라."

"어림없다. 신족의 각성을 막을 수 있을 것 같은가!"

"마족의 각성도 막을 수 없지. 꼬맹이는 아직 어떤 선택도 하지 않았으니까."

이제야 때가 왔다. 후샹은 히죽 웃으며 억눌러 두었던 힘을 서서히 풀어놓았다. 푸른 밤이 시작된 이상, 더 이상은 망설일 필요가 없었다. 마족에게 푸른 밤은 기회의 시기다. 더 큰 힘을 얻을 수 있는 기회!

'알에서 막 깨어난 놈을 먹어 치울까? 아니면 그냥 이 자리에서?'

아니, 그 전에 티르메네스를 깨워 이 절망스러운 상황을 직접 보게 해야 한다. 그토록 믿어 의심치 않았던 인간의 배신에 대해 가르쳐 준다면 틀림없이 미쳐 날뛰겠지. 후샹은 오래 전의 어떤 사건을 떠올렸다.

백 년하고도 더 오래된 과거. 자하크가 지상에서 폭주를 한 적이 있었다. 완전히 이성을 잃고 미쳐 날뛰던 모습을 그는 선명하게 기억하고 있다. 그때의 폭주로 대륙의 절반이 황폐화되고 셀 수도 없는 많은 생명들이 죽었다. 그때, 왕이 폭주를 한 이유를 그는 알고 있었다.

"집착의 대상을 잃었을 때 왕은 완전히 미쳤었는데 넌 어떨까, 꼬맹이?"

그때는 그가 무엇에 집착을 하고 있는지 알지 못했지만 이제는 알 것 같았다. 쌍둥이, 특히 티르메네스의 존재가 그 사실을 일깨우고 있었다. 왕은 여신에게 집착하고 있었음이 틀림없다. 그리고 저 꼬맹이는 부질없는 인간에게 집착하고 있을 것이다.

고작 백 년도 살지 못하는 인간에게. 이 얼마나 어리석은 선택이란 말인가. 티르메네스에게 집착하고 있는 루칸은 오히려 양반이었다. 적어도 마지막이 예정되어 있지는 않으니까.

"눈을 떠라. 그리고 보아라. 너의 마지막이다!"

버럭 소리치며 후샹은 소용돌이치는 힘을 한꺼번에 확 풀어놓았다. 거대한 힘의 파동이 파도처럼 나칼과 바라를 향해 퍼져 가고 있었다. 닿기만 해도 사라지리라. 티르메네스의 눈앞에서 산산이 부서져 죽음을 맞겠지. 씨익. 쾌락과도 같은 즐거움이 온몸을 맴돌며 전율을 일으키고 있었다. 그때였다.

막 인간들을 덮치려던 힘의 파도가 갑자기 무언가에 딱 가로막히더니 다음 순간 미친 듯한 속도로 되돌아왔다. '쐐액' 하고 공기를 가르는 소리가 날카롭게 귀를 찌른다. 후샹은 재빨리 물러서면서 두 손으로 돌아온 힘을 받아 내었다.

퍼석!

딛고 있던 발아래의 대리석이 깨져 나갔다. 둔하고 강하게 압박해 오는 힘을 아래로 흘려보낸 탓이다. 동시에 등 뒤에서 눈부신 빛이 한꺼번에 터져 나왔다.

"크흑! 뭐, 뭐지?"

마치 태양이 지상으로 강림한 듯 눈조차 뜨기 힘든 강렬한 빛이 사방을 비추고 있었다. 고통마저 느끼며 후상은 옷자락으로 눈을 가리고 저도 모르게 주춤주춤 물러서고 말았다.

"주군!"

빛의 정체를 가장 먼저 알아본 이라즈가 반가움이 철철 흘러넘치는 목소리로 외쳤다. 전차를 탄 슈라가 머리 위에 있었다. 그렇다. 머리 위였다. 멋지게 돋아난 뿔과 아름다운 머리칼을 휘날리며 푸른 밤하늘을 가로질러 달려온 그는 환한 빛에 감싸여 있어 마치 작은 태양처럼 보였다.

빛 속에 선 그가 담담한 얼굴로 이라즈를 향해 손을 내밀었다. 말은 없었지만 이라즈는 그가 원하는 것을 단박에 알아차렸다. 그리하여 조심스러운 동작으로 등에 업고 있던 티르메네스를 안아 건넸던 것이다.

"어림없다!"

빛을 피해 잠시 몸을 움츠렸던 후상이 그 모습을 목격하고 크게 고함을 내질렀다. 그러자 지옥의 염화 같은 커다란 불덩어리가 그의 전신에서 화악 쏟아지면서 그 자리에 있는 모든 것들을 집어삼키기 시작하는 것이다.

태연하게 티르를 받아 안던 슈라조차도 당황해 황급히 빛을 거두었다. 그러나 마계의 불꽃은 이미 사방으로 폭사하고 있었고 그것이 뿜어내는 열기는 곧 모든 것을 녹여 버릴 것만 같았다. 그것을 막을 수 있는 자는 어디에도 없는 듯했다.

 그런 때에 바라는 문득 이상한 것을 발견하고 저도 모르게 눈을 크게 치떴다. 잠든 듯 축 늘어져 있는 티르의 손에서 황금빛 넝쿨이 반짝이고 있었다. 그냥 반짝이기만 하는 게 아니라 점점 더 빠르게 자라면서 영역을 넓혀 가고 있었다.

 그것은 정말로 순식간에 벌어진 일이었다. 마계의 불꽃이 터져 나오고, 눈 한 번 깜빡하는 사이 황금빛이 번쩍하더니 다음 순간, 주변이 벌써 서늘하게 식어 버린 것이다. 활활 타고 있는 불에 찬물을 끼얹어도 이보다는 훨씬 더 요란하게 식을 텐데 작은 소음 하나 없다니.

 그의 눈에 경악이 어리는 순간, 이번엔 모두가 알아차릴 뚜렷한 움직임을 보이기 시작했다. 전차를 끌고 막 땅 위로 내려선, 슈라의 품에 죽은 듯이 늘어져 있던 티르가 마치 빛에 이끌리듯 스르르 몸을 일으키고 있었다.

 슈라의 빛을 이어받은 듯 뿌옇게 빛나는 몸으로 땅 위에 내려서더니 천천히 바라를 향해 걸어왔다. 휘날리는 은발 머리와 끝없이 솟아오르는 물방울들, 그리고 어디에서 나타난 것인지 알 길 없는 투명한 물고기 떼들을 거느리고 다가와 가만히 그를 올려다봤다.

 반개한 눈꺼풀 사이로 금청색으로 빛나는 눈동자가 깊게 가라앉아 있었다. 너무 깊어 뜻 모를 공포까지 느끼게 하는 눈동자와 시선이 마주치자 바라는 흠칫 놀라 가볍게 몸을 떨었다. 그러다 곧 그는 그 깊은 눈동자에서 고통에 가까운 진한 슬픔을 읽고 말았다.

"티르메네스?"

눈물은 보이지 않았지만 어쩐지 하염없이 흐느끼고 있는 듯한 느낌에 가슴이 아리고 쓰라렸다. 모두 듣고 있었던 걸까? 바라의 눈에도 눈물이 고였다. 선택은 자신이 했지만 어쩌면 티르메네스는 처음부터 이런 결과를 예상하고 있었을지도 모른다.

어쩐지 곁에 머물고 있어도 자꾸만 불안하더라니. 결국은 보내 달라는 뜻이었나 보다. 티르메네스는 그의 바람보다 더 대단한 존재가 되려나 보다. 바라는 눈물을 뚝뚝 흘리며 그의 팔뚝 즈음을 바라보았다. 샤나메가 요요한 빛을 뿌리며 당당하게 자리를 잡고 있었다. 언젠가 왕이 될지도 모른다며 넙죽 구해다 줬었지.

그저 왕이 될 만큼만 대단해졌더라면 좋았을 텐데 녀석은 그것을 뛰어넘어 버렸다. 샤 가의 술사보다, 인간들의 왕보다 더 대단한 무언가가 되려는 순간에도 녀석은 망설이고 있었다. 그 망설임의 이유가 바로 자신이라는 것을 바라는 분명하게 느낄 수 있다.

그를 이 땅에 묶어 놓고 있는 족쇄라는 사실이 기쁘면서도 슬펐다. 그래서 쏟아지는 눈물을 쉬이 멈출 수가 없는 것이다.

"이, 이 새끼야……."

철철 울면서 바라는 말했다.

"내 손자라면, 이 바라 카비아니의 손자라면 더 대단한 놈이 되어야지. ……착한 녀석, 너는 늘 착한 녀석이었지. 우리는 걱정 마라. 늘 이곳에 있겠다."

그 말에 티르는 희미하게 미소를 지었다. 기쁜 듯 슬픈 듯, 웃으면서 울고 있는 듯 아픈 미소를 짓다가 천천히 돌아섰다. 그리곤 슈라를 향해 고개를 끄덕여 보이더니 곧 눈을 감았다.

"피해! 모두 밖으로 나가라! 죽고 싶지 않으면 서둘러!"

슈라가 큰소리로 외치자 이라즈가 제일 먼저 수하들을 이끌고 밖으로 뛰쳐나갔다. 그러자 멍하니 서 있던 사람들도 일제히 앞 다투어 도망치기 시작했고 그것으로도 모자라 소랍이 달려 나가 병사들을 저택에서 멀찍이 철수시켰다. 그 또한 본능적으로 위험을 감지한 것이다.

마지막까지 자리를 지키고 있던 막시무스와 다니무스가 철철 우는 바라와 나칼을 끌고 밖으로 모습을 감추고 나서야 티르의 얼굴에서 미소가 사라졌다. 다시 눈을 뜬 그의 표정은 오히려 시리도록 서늘해 무서울 정도였다.

"망설이지 말고 날아올라라."

슈라가 전차에 오르며 말했다. 그러자 후샹이 다시 앞을 가로막더니 땅을 박차고 길게 몸을 일으켰다. 이젠 굳이 인간 흉내를 낼 필요가 없었다. 몸집이 쭉쭉 커지면서 다시 사방에서 불꽃이 일고 있었다.

후샹은 본체를 완전히 드러내며 크게 몸을 털었다. 천장이 높은 저택 안을 꽉 채우며 거대한 몸을 펴고는 다시 쿵 발을 굴렀다. 대리석 바닥이 굉음을 내지르며 부서져 나가고 사방에서 불길이 치솟았다.

―후후후, 마족으로 완전히 각성을 할 때까지 기다려 주려 했는데 더는 안 되겠다. 이 자리에서 흡수해 주마.

―도전자인가?

―후후후, 오너라!

불꽃의 폭풍이 휘몰아치고 있었다. 그 속에서 후샹은 '크하하' 웃으며 마음껏 힘을 개방하고 있었다. 거대한 열기와 후끈한 바람을 맞은 대리석이 서서히 녹아내리고 있는 것이 보였다. 티르는 반개한 눈을 들어 그런 후샹을 바라보다 천천히 움직이기 시작했다.

어느새 맨발이 되어 뜨겁게 달아오른 땅을 디디고 한 발 한 발 후샹에게 다가가고 있었다. 그가 걸음을 옮길 때마다 그 뜨겁던 열기가 순식간에 가라앉으면서 뿌연 서리가 내렸다. 푸른 밤, 푸른 달이 그의 머리 위에 있었다.

이제 곧 마계로 돌아갈, 황금빛 달 타후티는 샤나메를 비추고 막 지상으로 올라온 아나히타는 티르의 머리 위를 맴돈다. 세상이 그를 중심으로 돌고 있었다. 바람이 스치고, 물이 흐르고, 구름이 맴돌고, 진눈깨비가 쏟아진다.

태양과 달이 회전하고 별은 검은 하늘을 운행하고 있다. 그 사이에도 바람은 불고, 물은 흐르고, 구름은 맴돌고, 진눈깨비가 휘몰아친다. 티르는 점점 더 자유로워지는 스스로를 느끼고 있었다. 세상 모든 물의 움직임이 어느 때보다 생생하고 세상 모든 생물들의 기도가 발치에 차곡차곡 쌓인다.

그 모든 것들을 여과 없이 받아들이며 티르는 활활 타오르는 불길을 뚫고 후샹 앞에 섰다. 그리고 아무 말 없이 천천히 손을 뻗었다. 샤나메가 뛰쳐나오려는 듯 사납게 꿈틀거리고 있었다.

—어림없다!

후샹이 훌쩍 뒤로 물러서면서 검은 날개를 펼쳐 앞을 막았다. 그리곤 길게 삐져나온 손톱을 땅에 박자 곧 새빨갛게 끓어오르는 용암 덩어리가 솟구쳐 올라왔다. 그 속에 손을 넣어 검고 긴 창을 꺼내 잡고 크게 휘둘렀다.

—크하하하!

광폭한 웃음소리가 하늘을 울리고 있었다. 그가 휘두른 창끝이 천장을 스치자 순식간에 허물어지면서 대리석 조각이 먼 곳까지 터져 나갔다.

—드디어 때가 왔다. 네놈의 힘을 흡수한 뒤 나는 왕께 도전할 것이다.

후샹은 자신만만했다. 아직 완전한 각성을 이루지 못한 꼬맹이쯤은 문제가 아니었다. 순전히 심술로 시작한 일이었지만 이젠 진심이 되어 버렸다. 티르메네스의 변화를 본 순간, 집착의 대상을 잃은 왕이 어떤 생각을 하고 있는지 깨달았기 때문이다.

왕은 처음부터 쌍둥이에게 무언가를 기대한 것이 아니었다. 그는 단순히 그들이 필요했던 것뿐이다. 그 단 한 번의 필요를 위해 힘의 절반을 소진할 만큼 그는 제정신이 아니었던 것이다.

―이제, 너희들은 더 이상 필요하지 않다. 내가 왕의 뜻을 이루어 줄 테니까. 크하하하!

건물을 쩌렁쩌렁 울리는 그 득의만만한 웃음소리를 들으며 티르는 가만히 눈을 감았다. 하늘에서부터 모여든 부드러운 힘이 그의 전신을 차곡차곡 감싸고 있었다. 그것을 직접 느끼고서야 이제껏 그 힘을 막기 위해 안간힘을 써 왔다는 사실을 깨달았다.

'엘룬의 지하에서, 여신의 품에서 나는 이 모든 것들을 허락해야 했었던 거야.'

다시 돌아와야 한다는 생각에 모든 것을 미루고, 뿌리치고, 막아 놓았다. 이제는 그만 해야 한다. 여기서 다른 무언가가 된다 해도 상관이 없을 것 같았다. 바라도 말하지 않았던가.

'그래도 나는 바라의 아이야. 여신과 자하크의 아이. 세상 모든 물의 주인. 전사들의 수호자. 나는, 나는…… 샤다!'

존재에 대한 깨달음은 딛고 있던 땅에서 발을 떼는 것과 같았다. 인간 티르메네스의 발목에 채워져 있던 족쇄는 바라가 풀어 주었다. 버림 받은 것이 아니다. 하나를 버리고 남은 하나를 선택한 것도 아니다.

바라는 있는 그대로의 그들을 받아들였고 이제 티르메네스는 자신의 길을 가야 한다. 길은 이미 예정되어 있었고 두려움은 사라졌다. 티르는 고개를 들어 머리 위를 맴도는 푸른 달을 바라보았다. 여신이다.

―아르드비 수라 아나히타. 어머니.

바람이 불었다. 물방울들은 미친 듯이 춤을 추고 구름이 모였다 흩어진다. 성근 그물 같은 얼음 결정들이 반짝이고 그 속에서 티르메네스는 빠르게 깨어지고 있었다.

비늘 같은 얼음이 깨어지듯 발끝에서부터 일어나 사방으로 튕겨져 나간다. 티르메네스의 모습을 하고 있던 얼음조각이 완전히 깨어져 나가자 그 자리엔 다시 물이 모여들었다. 푸른 물이 공중에서 저절로 생겨나 투명하고 단단한 알을 만들었다.

슈라는 그 물속에서 유영하는 아름다운 생명을 보았다. 단단한 몸을 은빛 머리칼로 휘감은 새로운 물의 신이 이제 막 깨어나려 하고 있었다.

―가라, 화염의 창이여!

위기감을 느낀 후샹이 당장 화염의 창을 휘두르며 달려들었다. 이 상태로 흡수하지 않으면 더 좋은 기회가 찾아올 것 같지 않았다. 지켜보고 있던 슈라가 그를 향해 빛의 채찍을 휘둘렀다.

"멈춰라!"

―흥! 반쪽짜리 신족 주제에 건방지구나! 네놈부터 없애 주마.

쾅! 창이 바닥을 내리찍자 땅이 갈라지면서 다시 건물이 크게 흔들렸다. 생각보다 더 엄청난 힘을 느끼며 슈라는 재빨리 전차를 타고 날아올랐다. 어지간한 마족이라면 빛의 채찍에 닿는 것만으로도 타 버릴 테지만 상대는 마왕의 자리를 노릴 만큼 강한 자였다.

정신없이 화염이 퍼부어지고 발밑에서는 용암이 부글부글 끓고 있었다. 간간이 빛의 채찍을 휘둘러 날아오는 불덩어리를 쳐 내고 있었지만 온전한 신족이 아닌 그로서는 역시 오래 버티기가 힘들었다. 차츰차츰 뒤로 밀려나면서 불길에 데는 횟수가 많아지고 있었다.

티르메네스의 각성이 빠르게 진행되고 있긴 했지만 알은 아직 깨어지지 않았다. 이제야 간신히 몸을 완성하고 천년화의 넝쿨과 성화를 흡수하고 있는 상태였다. 미친 듯이 날뛰던 샤나메도 이 순간만큼은 죽은 듯이 잠잠하기만 했다.

'큰일이다. 젠장! 여기서 끝장이란 말인가.'

천하의 슈라 알렉산드로스가 개처럼 두들겨 맞고 쫓겨나게 되는 건가 싶어 울컥 분노가 치솟았다. 그러나 채찍을 휘두르는 팔에 아무리 힘을 줘 봐도 소용이 없는 일이었다. 전차를 끌던 말들이 하나 둘 타 죽고 있었다. 어쩔 수 없이 슈라는 불길이 이글거리는 땅으로 내려서야 했다.

―크하하하! 끝이다. 네놈도 같이 삼켜 주마.

승리를 예감한 후샹이 불타는 창을 앞세우고 그 거대한 날개를 펄럭이며 날아들었다. 순간, 슈라는 저도 모르게 질끈 눈을 감고 말았다.

우르르릉…… 번쩍! 쾅!

갑자기 폭발하는 듯한 굉음이 터져 나오고 눈앞이 아찔해질 정도의 시퍼런 빛도 번뜩였다. 그러고도 고통이 없어 슈라는 조심스럽게 눈을 떠 보았다.

그나마 아슬아슬하게 버티고 있던 저택의 건물이 흔적도 없이 파괴되어 있었다. 바닥은 유성을 맞은 듯 움푹 파여 커다란 분지를 이루고 있었고 화염으로 이글거리던 주위는 까맣게 그을린 흔적과 뿌연 연기만을 남기고 싸늘하게 식어 있다.

"뭐, 뭐지?"

영문을 몰라 슈라는 허겁지겁 티르메네스를 찾았다. 다행히 알은 무사했다. 그런데 그 앞에 낯선 그림자가 하나 서 있는 것이다. 후샹 놈인가 싶어 죽일 듯이 노려보자 문득 팔 하나가 불쑥 튀어나와 그를 가로막았다.

"누, 누구냐?"

"방해하지 마십시오."

휘날리는 붉은 머리칼을 보고 후샹을 떠올렸다가 곧 그가 아니라는 사실을 깨달았다. 그는 언젠가 본 적이 있는 미족이었다. 바로 티르메네스를 데리고 사막을 건넜던 하라쿠스다. 그저 곱상하기만 하던 예전과 많이 달라졌지만 틀림없이 그였다.

오른쪽 눈 밑에서부터 콧잔등을 지나 반대편 뺨까지 이어진 붉은 상처는 생긴 지 얼마 되지 않은 것이었다. 그 또한 도전자의 의식을 치르고 있다는 사실이 확실하게 와 닿고 있었다. 그의 등장에 조금은 안도하면서도 또 한편으로는 불안해하며 슈라는 후샹을 찾아 주위를 두리번거렸다.

"네놈도 도전자냐?"

"그럴 리가."

"후샹은 어디 있지? 어떻게 된 거냐? 저놈은 또 누구야?"

티르메네스의 앞에 우뚝 서 있는 커다란 그림자를 가리키며 그가 소리쳤다. 검은 머리칼을 늘어뜨린 사내는 지극히 고요해 보이고 있었다.

갑자기 소리가 사라지고, 바람이 멈추고, 물기가 타 버린 것처럼 메마른 고요함을 갑옷처럼 두르고 서서 하염없이 티르메네스를 바라보고 있다.

"다가가지 마십시오. 아직 흥분을 다 가라앉히지 못하셨습니다."

주춤주춤 다가가려 하자 하라가 다시 그를 막아섰다. 그리 곧 손을 들어 한쪽을 가리켰다.

"헉! 저, 저건……."

하얗게 타 버린 커다란 덩어리 하나가 움푹 파인 분지 안에서 파들파들 떨고 있는 것이 보였다. 당장 부서져도 이상하지 않은, 재처럼 하얗게 타 버렸으면서도 아직 죽지 않은 것이다.

"주군께서 원하실 때까지는 죽지도 못할 겁니다. 마족은 생명을 창조하지는 못하지만 파괴하고 서서히 소멸시키는 건 아주 잘한답니다."

끔찍한 몰골을 무미건조한 시선으로 바라보며 그가 덧붙였다.

"아버지께서는 실수하셨습니다. 적어도 제 주군의 자리를 노리는 짓은 하지 말았어야 했습니다."

아버지? 뜻밖의 말에 경악을 금치 못하며 슈라가 눈을 부릅떴다. 아버지가 저 꼴이 되었는데도 어째서 이 마족은 아무렇지도 않을 수 있는 건가. 마족들에겐 부모나 형제도 아무런 의미가 되지 못한다는 것일까?

―끄으으…… 끄륵…….

하얗게 타서 바짝 오그라든 모습의 후샹이 마치 애원하듯 가늘게 몸을 떨고 있었다. 그러나 하라는 그런 모습조차도 냉정하게 무시하고 서서히 열기를 식히고 있는 루칸을 바라보았다.

그는 마계에서 마침내 성년을 맞이했다. 그리고 피로 가득한 대지 위에서 완전한 각성을 끝내고 새로운 몸을 얻었다. 그가 깨어나자 마계의 모든 종족들은 스스로 그 앞에 엎드려 복종을 맹세했다. 그만큼 그가 가진 힘은 엄청났다.

하늘을 가르는 번개를 다스리고 땅 밑을 흐르는 불길을 아우르며 그 사이에 존재하는 살아 있는 모든 것들의 최후를 손에 쥐었다. 그들에게 그는 이미 왕이었다. 하라의 왕이다. 그를 지키기 위해 몇 번이나 소멸의 위기를 겪었지만 하라는 후회하지 않았다. 오히려 얼굴에 난 상처를 자랑스럽게 여기고 있었다. 그들은 함께 죽음을 헤쳐 온 동지였다.

고비를 넘을 때마다 그들은 더 강해졌고 그 강함으로 여기까지 올 수 있었다. 힘에 대한 것은 더 이상 근심거리가 되지 못한다. 지금, 그의 근심은 단 하나뿐이다. 바로 끊을 수 없는 그의 집착.

강해진 힘만큼이나 루칸의 집착도 강해졌다는 사실을 하라는 인정하고 싶지 않았다. 그러나 어쩔 수 없다는 사실도 안다. 힘을 얻기가 무섭게 티르메네스의 위기를 감지하고 이렇게 달려온 루칸을 보며 하라는 결국 한숨을 내쉬고 말았다.

그러거나 말거나 루칸은 신경도 쓰지 않았다. 원래, 티르메네스를 제외한 다른 존재에 대해서는 민망할 정도로 관심이 없는 그였다. 그는 더 깊어진 까만 눈동자를 빛내며 그 안에 오롯이 서 있는 티르메네스의 변화를 기록하고 있었다.

그런 그의 눈동자가 이미 자하크의 눈동자와 똑같은 빛을 담고 있다는 사실을 그는 아직 깨닫지 못하고 있다. 아니, 어쩌면 상관없다고 여기고 있을지도 모른다. 하기야, 무슨 상관일까. 그와 자하크는 같지 않은데.

─어서 깨어나라. 눈을 뜨고 나를 봐.

투명한 물속에서 유영하는 티르메네스를 향해 루칸은 손을 뻗었다. 그러나 차마 닿지는 못하고 그저 부드럽게 알의 표면을 닿을 듯 말듯 쓰다듬을 뿐이었다. 순간, 물속에 잠겨 있던 티르메네스가 번쩍 눈을 뜨고 그를 바라봤다.

─티르메네스?

반가움에 소리쳐 불렀지만 티르는 다시 눈을 감았다. 거의 동시에 완벽한 구를 이루고 있던 물의 알이 서서히 그 크기를 줄이기 시작했다. 깨어지는 것도 아니고 증발하는 것도 아닌, 그저 본래 있던 곳으로 스며들듯 그렇게 빠르게 모습을 감추었다.

물기가 사라지고 난 자리엔 각성을 마친 티르메네스가 완벽한 모습으로 서 있었다. 육 척이 넘는 키에 단단한 근육으로 감싸인 몸과 긴 은발 머리에서 빛이 난다. 미간에 자리 잡은 황금빛 성화와 천년화로 만들어진 황금 왕관을 쓰고 전사를 상징하는 황금 갑옷을 걸쳤다.

여전히 아름다운 얼굴을 제외한 거의 모든 것이 달라진 것처럼 보였다. 그러나 다른 무엇보다 큰 변화는 바로 눈동자에 있었다. 티르메네스는 한없이 깊고 푸른 눈동자와 순수한 황금빛 눈동자를 동시에 가지게 되었다.

양쪽 눈의 색깔이 다르긴 했지만 어쩐지 그것조차 너무 잘 어울려 누구도 이상함을 느끼지 못할 정도였다. 티르메네스는 가만히 손을 들어 바라보다 곧 휘휘 흔들어 눈앞으로 잔뜩 몰려든 물고기들을 흩어지게 했다.

푸른 물에 잠긴 듯하던 것이 말끔히 맑아져 이제는 보통 사람의 시선과 그리 차이가 없었다. 여전히 물방울들이 보인다거나 바람의 궤적과 진눈깨비의 결정과 커다란 강을 따라 이동하는 물고기 떼를 느끼는 것은 여전했지만 크게 불편하지도 않았다.

그런 스스로의 몸 상태를 확인한 후에야 티르메네스는 고개를 들었다. 그리고 그 못지않게 완전해 보이는 루칸을 향해 물었다.

―바라는?

―……죽었다.

물론 사실이 아니다. 금방 들통 날 유치한 거짓말이었지만 루칸은 눈 하나 깜짝 않고 그렇게 말하고 있었다. 더 놀라운 것은 티르의 반응이었다.

―그랬구나. 그럼 막시무스나 다른 사람들은?

―죽었다.

―저런. 안식을 빌어 주어야겠군.

―그러든지.

태평하기 이를 데 없는 대화에 누가 더 놀랐는지는 그리 중요하지 않았다. 중요한 건, 슈라도 하라도 입을 쩍 벌리고 있었지만 루칸만은 슬그머니 웃었다는 사실이다. 티도 안 나게 희미한 미소였지만 분명히 웃었다.

순간, 하라는 의문을 갖지 않을 수 없었다. 티르메네스가 집착하는 대상은 그가 가족이라 여기고 있는 저 밖의 인간들이 아니란 말인가? 특히 바라라고 불리는 노인이 틀림없다고 믿고 있었는데 지금 티르메네스의 반응은 전혀 그렇게 보이지 않고 있었다.

"각성만 한 게 아니라 머리까지 이상해진 건가?"

곁에 선 슈라가 멍하니 중얼거리고 있었다. 하라는 저도 모르게 맞장구치듯 고개를 끄덕였다. 그러거나 말거나 또 티르는 제멋대로 주위를 돌아보더니 어깨를 한번 으쓱해 보이고는 말했다.

─너무 건조하잖아? 물기가 몽땅 말라 버렸어.

"이봐, 꼬맹아. 지금 물기가 중요한 게 아니지. 늙은이가 죽었다고 하잖아?"

보다 못한 슈라가 차마 믿어지지 않는다는 듯 버럭 소리쳤다. 그러자 티르는 또 고개를 갸웃거리더니 말했다.

─그럴 리가. 바라는 살아 있어.

"뭐? 어떻게 알아?"

─느껴지니까. 살아 있어서 다행이야. 정말로 죽은 거라면

슬펐을 텐데 말이지.

"뭣? 그, 그게 다냐? 고작 슬프고 말 거라고?"

―그럼 따라 죽을까?

―쿡.

태연한 대꾸에 슈라가 놀라 입을 쩍 벌리는데 루칸이 이번엔 소리까지 내서 웃는다. 그 모습을 하라가 놀란 얼굴로 바라보고 있었다. 이제껏 그가 그런 식으로 웃는 모습은 처음 본 것이다.

그런 그를 힐끗 바라본 티르가 길게 기지개를 켜면서 덧붙였다.

―후샹이 저렇게 된 게 슬프지 않아?

"예? 아니 별로……. 어차피 자초한 일이니까요."

―하지만 인간들이라면 슬퍼할 거야. 복수를 결심할 거고 그를 위해 무언가를 하려고 안간힘을 쓰겠지.

"그야 인간이니까요."

―그래, 인간이니까.

그 부분에서 하라는 자신이 놓칠 뻔한 사실을 깨달았다. 완전한 각성을 마친 티르메네스는 이미 선을 넘어선 것이다. 인간으로 자란 기억이야 없어지지 않겠지만 단지 그뿐이다. 더 높은 곳으로 올라선 그의 눈에는 이제 다른 것이 보일 거였다.

과거든 미래든 혹은 보이지 않는 운명의 사슬이든 간에 인간이 보지 못하는 것들을 보고 듣고 느낄 것이다. 그러니 인간의 삶이 다했다고 해서 슬퍼할 까닭이 없었다. 하지만 이해가 가지 않는 부분도 있었다.

"그분을 잃어도 괜찮으신 겁니까?"

하라는 그답지 않게 집요한 물음을 던졌다. 저 미천한 인간에게 집착을 해 온 것이 아니었냐고 물었다. 그러자 티르는 또 희미하게 웃더니 대답 대신 그냥 고개를 저었다. 아니라는 뜻일까? 그때였다. 남몰래 쿡쿡 웃던 루칸이 문득 푸르게 반짝이는 하늘 한쪽으로 시선을 던진다 싶더니 곧 티르를 돌아보았다.

―들었느냐?

―으응.

―그가 부르고 있다.

―가야겠지.

―걱정마라. 결판은 내가 짓는다. 나는 왕이 될 것이다.

그 말을 듣고서야 하라는 마침내 안도했다. 티르메네스가 신족으로 각성을 한 이상 그는 후계자에서 제외된다. 즉, 도전자의 밤을 치를 수가 없게 되는 것이다. 그는 더 이상 마족이 아니니까 말이다.

이젠 어떤 마족도 그를 노리지 않을 것이고, 마계에 발을 들여놓기도 힘들게 되었다. 당연히 왕께 도전을 할 수도 없고, 그 힘을 물려받을 수도 없게 되었다. 모든 것이 루칸이 바라던 대로 이루어진 것이다. 형제끼리 싸우지 않아도 되니 이제는 왕에게 도전하는 일만 남은 셈이다.

―나만 가면 된다.

루칸이 단호하게 말했다.

―나는 왕께 도전할 것이다. 그리고 승리할 테다.

―그는 나도 부르고 있어. 게다가 난 돌려줄 것도 있지.

자신의 쌍둥이가 마침내 모두 각성을 끝냈다는 사실을 느낀 것일까? 가슴이 찌르르 울리도록 그가 부르고 있었다. 티르는 어느 때보다 맑은 정신으로 팔뚝을 내려다보았다. 강한 신성력이 휘몰아치는 각성의 순간에도 샤나메와 카룬의 창은 꿈쩍도 않고 그의 팔뚝을 지키고 있었다.

마계의 물건이면서도 신성력까지 거부 없이 받아들이는 것을 그는 생생하게 느꼈었다. 오랫동안 여신의 심장에 박혀 있었던 탓인지, 아니면 원래부터 그렇게 만들어진 것인지에 대해서는 알 수 없지만 적어도 한가지만은 확실했다.

―이 녀석은 끔찍하게도 강해.

블랙드래곤이 두려워할 만큼, 모든 마족이 탐을 낼만큼 그리고 자하크가 무기로 쓸 만큼 강한 놈이었다. 그런 놈이 왜 마족도 아닌 자신을 선택한 것일까? 티르는 그 점이 아직도 궁금하기만 했다.

―그를 만나야 해.

티르가 단호하게 중얼거리자 루칸은 당장 반대를 하고 나섰다.
―안 된다. 넌 잠시 이곳에 머무는 것이 좋아.
―어째서?
―도전자의 밤이 시작될 테니까.
―난 자격이 없을 텐데?
―넌 없지만 왕과 나에겐 있지. 왕은 너를 해칠지도 모른다.

왕은 루칸의 약점을 너무 잘 알고 있었다. 그가 만일 티르를 해친다면 루칸은 이성을 잃고 미쳐 버릴 게 틀림없었다. 그리고 피를 쫓는 본능에 기대 소멸되는 순간까지 닥치는 대로 싸울 것이다.

―그가 바라는 대로 움직일 순 없어.

루칸은 단호하게 말을 이었다.

―왕은 우리 둘을 소멸시키고 싶은 거다.
―그럴까?
―아마도. 여신이 소멸된 이상 우리의 존재 또한 용납할 수 없는 거야.
―하지만 죽어 가는 여신에게서 우리를 만든 이유는?
―글쎄, 그건 나도 모르겠다. 여신의 빈자리를 채우려는 것이었는지 아니면 달리 필요한 곳이 있었던 것인지……. 그가 입을 열 때까지는 어떤 것도 확신할 수 없겠지.
―결국 그를 만나야 한다는 뜻이군.

―안 돼! 너는…….
―난 나의 쓸모가 궁금해.

티르는 푸르게 반짝이는 하늘을 올려다보며 마치 고해성사를 하듯 침착하게 말했다.

―난 바라에게 집착한 게 아니야.
―……?
―오래전, 우리가 버려질 때 누군가가 말했었지. '이런, 이 아이는 쓸모가 없군요'. 나는 그에게 내가 필요했다는 사실을 확인해야 해. 바라에게 내가 필요했듯이 그에게도…….

스스로의 약점을 통째로 들어내며 티르는 웃었다. 이제는 정말로 자하크를 만나야 한다. 더 이상은 피할 수도, 외면할 수도 없다. 바라와 함께 인간으로 머물 수 없는 이상, 그는 이제 자하크에게 자신의 쓸모를 확인해야 한다. 그는 이미 누군가에게 '필요하다는 사실을 증명 받는 것'에 집착하고 있었다.

―엘룬으로 가자. 그가 있는 곳으로.

티르는 루칸에게 손을 내밀었다. 루칸이 있다면 최악의 상황만은 피할 수 있을지도 모른다. 적어도 그는 거짓 없는 마음으로 순수하게 티르를 필요로 하고 있었으니까.

―함께 있다면 우리 둘 중 누구도 폭주하는 일은 없을 거야.

사방이 푸르스름한 밤이었다.

"서, 서둘러라."

나리만은 잔뜩 숨죽인 목소리로 노예들을 닦달하고 있었다.

간신히 아덴부르크를 빠져나오는데 성공했지만 아직은 안전하다고 할 수가 없었다. 상황이 상황이다 보니 카도니아 군에서 마중을 나올 때까지는 안심을 할 수가 없는 것이다.

"여, 여기가 맞나?"

관문에서 꽤 떨어진 언덕의 아래쪽, 커다란 나무 밑에 도착하자마자 그는 황급히 주위를 두리번거렸다. 마중을 나올 사람과 만나기로 한 곳이 바로 이곳이었다. 눈앞에 보이는 언덕만 넘으면 카도니아 군이 진을 치고 있는 곳이었기 때문에 그들과 쉽게 합류할 수 있었다.

"아직 안 온 건가? 젠장, 진지가 바로 코앞인데 뭐가 이리 오래 걸려?"

불안한 마음에 입에선 저절로 불만이 터져 나왔다. 하지만 이 이상 떠들어서는 안 된다. 혹시라도 저들이 듣게 된다면 불리해질지도 모르니까 말이다. 긴 한숨을 내쉬며 나리만은 푸른 어둠 속에 잠겨 있는 아덴부르크 쪽을 돌아보았다.

"후, 결국 제국은 멸망하고 말겠지?"

어찌어찌 버티고 있지만 이제는 그도 다 되었지 싶다.

얼마 전, 소랍과 반역자들을 체포하기 위해 황제가 보낸 군사가 한꺼번에 몰살을 당하는 일이 벌어졌다. 어찌된 영문인지 카비아니 가 소유의 저택이 통째로 날아가고 이상한 빛이 쏟아졌었다.

누군가는 마족을 보았다는 둥, 신께서 카비아니 가를 지키기 위해 강림하셨다는 둥 말도 안 되는 이야기를 하고 있었지만 그건 말 그대로 어림없는 이야기에 불과했다. 어쩌다 운이 좋아 이긴 것이겠지.

"흥, 바라 늙은이는 제법 영리한 자였으니까 어디에서 술사들이라도 데려온 거겠지."

그가 술사의 짓이라고 여기는 이유는 간단했다.

그 일이 터진 직후, 아덴부르크에는 때 아닌 비가 쏟아졌다. 하루 종일 천둥과 번개가 치고, 바람이 불고, 장대비가 쏟아지더니 이튿날 아침 말끔하게 개었다. 아직 푸른 밤이 이어지고 있음에도 불구하고 하늘 한쪽엔 무지개까지 떴다.

"술사들의 짓이 틀림없어. 고약한 영감탱이, 결국은 그렇게 빠져나가는군."

그날의 패배로 황제는 급격하게 힘을 잃고 말았다.

가뜩이나 얼마 되지도 않는 군사를 괜히 보냈다가 한꺼번에 잃고 말았으니 여기서 관문이라도 열린다면 꼼짝없이 항복을 해야 할 처지다.

그나마 아직은 소랍 장군이 경계와 훈련을 해 주고 있었지만 그 또한 황제에게 대단히 실망한 듯 어떤 명령을 전해도 콧등으로도 듣지 않고 있었다. 그런 사실들까지 확인하고 나자 제국의 패배는 그야말로 불을 보듯 뻔한 일처럼 여겨지기 시작했다.

그리하여 나리만은 부랴부랴 전재산을 처분해서 카도니아로의 투항을 감행한 것이다. 상황을 좀 더 지켜보겠다는 생각으로 버티고 있어 봤자 어차피 더는 얻을 것도 없었다.

"앗, 저기 옵니다요!"

언덕 근처까지 달려가 주위를 살피던 나무리가 숨죽인 목소리로 외치며 크게 팔을 휘두르고 있었다. 나리만은 재빨리 노예들을 거느리고 그쪽으로 달려갔다. 아닌 게 아니라 누군가가 병사들을 거느리고 이쪽으로 다가오고 있었다.

"여, 여기요!"

왈칵 반가운 마음이 샘솟아 나리만은 황급히 손짓까지 해 가며 그들을 불렀다. 훤칠하게 키가 큰 사내가 그를 알아보고 성큼 다가오고 있었다.

"여, 여기요. 휴우, 내가 나리만이요. 그간 여러모로 협조해 온 그 나리만이요. 자자, 어서 갑시다."

제법 지위가 있는 자인 듯 투구를 쓰고 망토를 두른 사내를 향해 나리만은 반갑게 고개를 끄덕여 보였다. 그리곤 몇 번인가 손을 맞잡고 흔들기도 했다.

"어디로 가면 되는 거요. 아, 황태자전하를 금방 뵐 수 있는 거겠지요? 하긴, 그간 들인 돈이 얼마인데……. 그나저나 카도니아에서는 관직을 하려면 돈이 얼마나 들려나."

이제 살았다는 안도감과 또 다른 욕심이 앞서기도 해 생각 없이 주절주절 떠들자 사내는 쿡 하고 웃었다. 그러더니 천천히 투구를 벗으며 말했다.

"글쎄, 내 생각엔 전 재산을 가져다 바쳐도 조금 모자라지 않을까 싶소만."

"뭐, 뭐요? 아니, 뭐가 그리 비…… 허억! 너, 너는!"

투구를 완전히 벗은 사내를 보자마자 나리만은 당장 숨이 넘어갈 만큼 놀라고 말았다. 아덴부르크에 있어야 할 막시무스가 하얀 이를 반짝이며 웃고 있었다.

"어, 어떻게?"

"이 날이 오기를 기다리고 있었다, 나리만. 감히 카비아니가와 티르메네스를 건드리고도 무사할 줄 알았던가?"

"그, 그게 아니라……."

"바라던 대로 네놈에게 새로운 인생을 선물해 주마. 오늘부터 너는 내 노예로 살아가야 할 것이다!"

"아, 안 돼에!"

절망에 빠진 고함 소리가 언덕 너머까지 오래도록 울려 퍼지고 있었다.

히이이잉!

네 마리 말이 끄는 전차가 공간을 가르며 달리고 있었다. 마계의 하늘도 아니고, 인간들의 하늘도 아닌 신들이 다니는 또 다른 하늘을 박차고 빛처럼 빠른 속도로 구름을 밟는다.

말의 이름은 바람이고, 구름이고, 비이며, 진눈깨비였다. 티르는 어쩐지 즐거운 기분으로 채찍을 휘두르며 그 자유의 공간을 똑바로 가로질렀다. 인간들의 길을 이용하면 수일이 걸리고도 남는 길을 그들은 단 하룻밤 만에 통과해 마침내 엘룬에 이르렀다.

"아아, 허무해라."

모처럼 돌아온 엘룬을 보며 화룬이 탄식했다.

"정말로 끝내 주는 모험을 하게 될 줄 알았는데 벌써 돌아오다니……. 이래 가지고서는 애써 가출을 한 보람도 없잖아?"

―훗! 날짜가 무슨 상관이지. 짧은 시간 동안, 남들은 평생 겪지 못할 일을 한꺼번에 겪었으면 된 거지.

"어어, 그래도 내 로망은 그런 게 아니었다고. 일반 백성들처럼 소박하게 이런 일 저런 일 겪으며 고생스럽게 돌아다니다 몇 년이 지나 고향을 떠올리고 돌아오는 거였거든."

―맙소사. 몇 년씩이나?

순간순간 찾아오는 갈증에 시달려야 하는 주제에 꿈도 참 아무지다. 만약에 티르가 각성을 안했으면 어쩔 거였단 말인가. 일반 백성들처럼 이런저런 고생을 하기도 전에 길바닥에서 그냥 말라죽었을 텐데 그래도 몇 년이라는 소리가 나오나?

―그냥 버려두고 올 걸 그랬나?

티르는 진심으로 후회하고 있다는 듯 중얼거렸다. 그러자 화룬이 머쓱한 웃음을 흘리더니 주섬주섬 전차에서 내려서며 말했다.

"아아, 이번 일만 끝나면 정말로 여행을 갈 거라니까. 아마 그때는 나를 비웃지 못할걸?"

―어련하시겠어. 자자, 그만 가 봐. 괜히 삐뚤어진 척 하지 말고 모처럼 후계자 노릇을 좀 하란 말이지.

"으응. 근데 티르메네스, 아니 물의 신이시여. ······괜찮으시겠지요?"

갑작스러운 화룬의 말에 티르는 씁쓸한 웃음과 함께 고개를 끄덕였다. 그가 무슨 걱정을 하고 있는지 티르는 잘 알고 있었다. 그와 이 아름다운 엘룬과 술사들의 미래가 염려스러운 것이다.

―흥! 미천한 인간 놈 주제에 별 걱정을 다하는군.

그와 소곤거리는 게 마음에 들지 않은 듯 루칸이 투덜거렸다. 그러거나 말거나 티르는 화룬의 등을 가볍게 떠밀어 주며 나직하게 속삭였다.

―괜찮을 거다. 나는, 우리는 괜찮을 거야.

"여신의 은총이 함께 하기를."

진심 어린 기원을 들으며 티르는 성큼성큼 앞서 가는 루칸을 황급히 따라나섰다. 하라가 지하의 성지로 이어지는 길을 찾고 있었다. 허겁지겁 탈출할 때 거의 대부분이 무너져 내려 입구를 찾는 일이 어려울 줄 알았는데 생각보다 성지로 가는 길은 멀쩡했다.

그저 무너진 바윗덩이 몇 개를 치우고 나니 예정의 통로가 원상태 그대로 모습을 드러낸 것이다. 그 길을 뚜벅뚜벅 지나 그들은 성지로 접근했다.

단지 약간의 시간이 지났을 뿐인데 성지의 모습은 많이 변해 있었다. 앞 다투어 피어 있던 천년화가 시들어 사라지고 무릎까지 차 있던 물도 거의 말라붙었다. 그리고 하늘로 솟구치던 푸른 물줄기도 사라졌고 머리 위의 거대한 수정 구슬도 그들이 깨부순 덕분에 없어진 지 오래였다.

황금빛으로 넘치던 공간은 이제 까만 암흑으로 뒤덮여 있었다. 머리 위에서 간간이 새어 들어오는 푸른빛이 그나마 얼굴 정도는 알아볼 수 있게 만들어 주고 있을 뿐이다. 티르는 새삼스러운 얼굴로 공간을 둘러보다 천천히 성지의 한복판을 향해 걸어갔다.

"크아아악!"

철없는 마족 하나가 갑자기 튀어나와 덤벼들고 있었다. 도전자의 밤이랍시고 이곳까지 어중이떠중이들이 숨어들어 있을 줄이야. 여신의 힘이 사라진 지 오래라 이젠 마족들조차 무시로 드나들게 되었나 보다.

덤벼드는 시커먼 녀석을 하라가 잡아채 한 손으로 찢어발기자 금방 또 다른 놈들이 무리를 지어 덤벼들었다. 숨어든 게 한두 놈은 아닌 듯한데 자하크는 무슨 생각으로 이들을 용납해 준 것일까? 결국 하라는 도전자들을 이끌고 성지 밖으로 사라졌다.

—장난은 그만 하시죠.

마족들이 덤벼들던 말든 아예 신경 쓰지 않고 무심히 걷기만 하던 루칸이 뿌옇게 빛나는 성지 한복판을 향해 소리쳤다.

—이런 시험은 귀찮을 뿐입니다.

—……각성을 완전히 마쳤느냐?

—기억은 완전히 되찾으셨습니까?

대답 없는 질문을 주고받은 후 그들은 똑같이 미소를 머금었다. 티르는 천천히 걸음을 옮겨 마치 석상처럼 앉아 있는 자하크를 바라보았다. 여전히 검은 천으로 전신을 꽁꽁 싸매고 있는 그는 깊디깊은 황금색 눈동자를 빛내며 다가서는 티르의 모습을 느릿하게 훑어 내리고 있었다.

여신은 아직 그런 그의 품에 안겨 있었다. 사라져도 벌써 사라졌어야 할 그녀가 모습이나마 아직 유지하고 있는 것은 순전히 자하크의 힘 때문이다. 그가 강제로 그녀의 시신을 이 세상에 붙잡아 두고 있는 것이다.

—그만 놓아주지 그래?

길게 늘어진 여신의 은발 머리를 내려다보며 티르는 물었다.

—여신은 우리를 원했을까?

—…….

—당신은 왜 우리를 원했지? 이유는 기억해 냈어? 우리가

필요했던 이유 말이야.

티르는 집요하게 물었다. 검은 천 밖으로 드러난 예의 황금빛 눈동자를 똑바로 마주한 채 고개를 돌리지 않았다.

―신족이 되었구나.

문득 그가 입을 열었다. 그리곤 다시 여신에게 시선을 고정시킨 채 말했다.

―신족이라…… 나쁘지 않군.

―뭐가? 어떤 점이 나쁘지 않다는 거지?

자하크는 대답하지 않았다. 그저 이미 죽은 여신의 얼굴을 새기듯 뚫어지게 바라보며 흐릿하게 고개를 끄덕였을 뿐이다. 그리고 다시 한참 만에야 고개를 들고 뻥 뚫려 있는 하늘을 바라보았다.

우연인지 수정구슬이 사라진 자리에 두 개의 달이 동시에 들어와 있었다. 그것을 신기하게 여기며 티르는 루칸과 시선을 교환했다. 그러자 그 또한 고개를 들어 하늘을 보더니 말없이 고개를 끄덕였다.

―18년 전 오늘이었지, 너희들을 만든 것은.

두 개의 달 아래 선 그들을 바라보며 자하크는 말했다.

―창조는 마족에게 허락되지 않은 힘. 어쩌면 그래서 마왕들은 대대로 창조에 집착을 해 온 것인지도 모른다. 하지만 역시…… 쉬운 일은 아니더구나.

―그 쉽지 않은 일을 하면서까지 우리를 만든 이유는 무엇

입니까?

―왜 우리가 필요했어?

자하크는 또 대답하지 않았다. 무언가를 기다리고 있는 듯 간혹 여신의 얼굴과 하늘을 번갈아 바라볼 뿐이었다. 그리고 다시 한참이 지나서야 조심스럽게 여신을 내려놓고 자리에서 일어섰다.

―시작해 볼까?

세상이 무너진다고 해도 그 자리에 앉아 꼼짝하지 않을 것처럼 보이던 그가 갑자기 움직이자 그 존재감이 새삼스럽게 크게 다가오기 시작했다. 눈앞에서 난데없이 커다란 산이 솟아오르고 있는 듯한 느낌이었다. 천천히, 그러나 착실하게 큰 몸을 반듯하게 일으킨 그는 곧 '우두둑' 소리를 내며 길게 기지개를 켰다.

특별히 크다고 생각한 적이 없었던 그가 갑자기 어마어마한 크기로 와 닿는 순간이었다. 여전히 검은 천으로 꽁꽁 감싸인 몸이었지만 그의 전신에서는 막강한 기운이 철철 흘러넘치고 있었다. 그것은 어둠이었고 공포였으며 또한 파괴의 그림자였다.

―도전자의 의식을 시작하라!

영혼에 대고 직접 외치는 듯한 마왕의 명령이 포효하는 짐승의 울부짖음처럼 멀리까지 퍼져 나가고 있었다. 거의 동시에 그가 힘을 풀어놓기 시작했다. 두두두두. 땅과 하늘을 울리는 격렬한 진동이 이어졌다.

본체를 회복하고 있는 것이 아닌, 그저 눌러두었던 힘을 풀어놓는 것뿐인데도 모든 생명들이 공포로 숨을 죽이고 있었다. 쿵! 다시 땅이 울리자 이번엔 루칸이 전신의 힘을 방출하며 그와 마주 섰다. 하늘이 우르릉거리며 울고 하얀 번개가 공간을 수놓았다.

―네 힘이란 것이 고작 그것이냐?

자하크가 비웃 듯이 말했다.

―아직 어리구나. 네겐 단 한 번의 기회만이 있을 뿐이다. 그 한 번에 최선을 다해야 할 것이다. 그러지 않는다면……너는 소멸될 것이다.

―흥!

자하크의 말에 루칸은 두려울 것 없다는 듯 하늘에서 수직으로 강림하는 번개를 잘라 들었다. 새파란 빛을 뿌리며 꿈틀대는 번개의 창이 그의 손에서 점점 더 힘을 키워 가고 있었다. 그것을 본 자하크는 곧 공간을 열어 도인지 창인지 구분이 가지 않는 자신의 기형도를 꺼내 들었다.

긴 자루 끝에 달린 크고 넓은 도가 희미하게 울음을 토하고 있었다. 당장 그것만 휘둘러도 이 엘루지아는 얼마 못 가 제 형태를 잃게 될 것이 틀림없었다. 아니, 궁성이 문제가 아니었다. 두 마족의 싸움은 곧 엘룬을 초토화시킬 것이 분명하다.

그들 사이에 선 티르는 금방 그 사실을 깨닫고는 조금 난감

해 했다. 그러다 결국은 엘룬이 사라지게 둘 수 없다는 결론을 내렸다. 다른 무엇보다 이곳이 여신에게 바쳐진 대지라는 이유가 컸다. 그것은 즉 그가 이어받을 땅이라는 뜻이었으니까.

―꼭 이 장소여야만 하는 건가?

벌써부터 벽에 금이 가기 시작하는 것을 가리키며 물었지만 자하크는 이번에도 대답을 해 주지 않았다. 단지 짧은 경고만을 남겼을 뿐이다.

―너는 신족으로 이 도전자의 의식에 참여할 수 없다. 이것은 마족의 일이다. 물러서라.

―물러서라, 티르메네스. 도전은 나의 몫이다.

―하지만 이 땅은 나의 것이지. 여신께 바쳐진 땅은 이제 나와 운명을 함께한다.

사실이었다. 엘룬의 모든 것은 이제 티르메네스의 것이다. 땅의 흙 한 줌, 하늘의 구름, 그 사이의 모든 것이 그에게 바쳐진 것이나 다름없다. 그가 원하지 않는다면 어느 신, 혹은 마족이라도 엘룬을 파괴할 권리가 없는 것이다.

―이 땅을 파괴하는 자는 모든 물의 증오를 받게 될 것이다!

티르는 선언했다. 땅 위의 모든 것들을 보호하기 위해서는 어쩔 수 없었다. 그런 그를 향해 자하크가 말했다.

―보호의 의무는 네 몫이지, 우리의 것이 아니다. 막을 수 있다면 막아 보아라.

기어이 이곳에서 결판을 내겠다는 말에 티르는 다른 선택의 여지가 없음을 깨달았다. 그는 재빨리 물을 불러 사방으로 결계를 만들었다. 겹겹이 물을 두르자 천년화의 넝쿨이 물을 타고 올라 단단히 자리를 잡는다. 충격을 얼마나 막아 줄 수 있을지는 모르겠지만 적어도 엘룬이 사라지는 것만은 막을 수 있기를 바랐다.

자하크가 도를 들었다.

긴 도를 가볍게 휘두르자 둔한 충격이 성지 전체를 뒤흔들고도 남아 지진처럼 멀리까지 퍼져 나갔다. 그에 루칸이 발을 굴러 중간에 진동을 끊어 놓았다. '제법'이라고 말하듯 자하크가 루칸을 돌아보았다.

―나를 꺾는 자가 왕이 될 것이다. 오너라.

광폭한 힘의 폭풍이 발밑에서부터 부글부글 끓어오르고 있었다. 루칸 또한 사방에서 힘을 끌어 모아 손안에서 더 강하고 단단하게 집중시켰다. 그리고 다음 순간이었다. 쿠콰콰콰광! 어마어마한 폭발이 있었다.

막강한 두 개의 힘이 스치자 당장 사방의 벽이 터져 나가고 조그맣게 나 있던 천장의 구멍이 확 넓어졌다. 그나마 티르가 쳐 둔 물의 결계 덕분에 공간 전체가 터져 나가지는 않았지만 역시 생각보다 타격이 컸다.

다급한 마음에 티르는 다시 물의 결계를 더 강하게 둘러쳤다. 강한 위기감이 뼛속까지 긴장하게 만들고 있었다. 루칸을 잃을지도 모른다는 생각은 그에게 거의 공포를 느끼게 했고 자하크에게서 '이유'를 듣지 못할 거라는 생각은 분노를 불러왔다.

―당신은 아직 내게 대답을 해 주지 않았어. 왜 우리가 필요했던 거지?!

티르는 소리쳤다. 그 와중에도 자하크는 황금빛 눈동자를 빛내며 빠르게 파괴의 힘을 불러 모으고 있었다.

―곧 알게 될 것이다.

그 대답을 끝으로 자하크는 예의 무기를 크게 휘둘렀다. 쾅! 굉음과 함께 힘이 폭발하듯 루칸을 향해 쏟아져 나갔다. 그 힘을 정면에서 받아 낸 루칸이 번개의 창을 휘두르자 견디지 못한 물의 결계에 금이 가면서 다시 천장이 터져 버렸다.

이제 성지는 푸른 하늘 아래 온전히 드러나 있었다. 지하가 아닌 거대한 분지처럼 보일 정도였다. 하늘 위, 두 개의 달이 어느새 겹쳐 보일 만큼 가까이 붙어 있었다. 그것을 힐끔 바라보다 티르는 다시 물의 결계를 둘렀다.

결계마저 없다면 궁성이 사라지는 것은 일도 아니었다. 안 그래도 두 마족이 충돌할 때마다 순식간에 물이 타 사라지고 있었다. 그 공간에 다시 물을 불러들이며 티르는 자하크의 말을 곱씹었다. 곧 알게 될 거라니. 알 것 같으면서도 모를 듯한 말이었다.

―크아아아!

―안 돼!

루칸이 거칠게 몸을 떨며 본체로 돌아가려 하고 있었다. 그것을 본 티르는 결국 성화까지 불러내 결계를 더 단단히 굳혀야 했다. 자하크가 다시 무기를 휘두르고 있었다. 그는 아직 선 자리에서 단 한 발자국도 움직인 적이 없었다.

그만큼 여유가 있다는 뜻이다. 그에 반해 루칸은 위기감을 느꼈는지 점점 더 분노를 키워 가고 있었다. 본체를 회복하고서도 자하크의 힘을 감당하지 못한다면 완전히 이성을 잃고 최후를 향해 내달리게 되리라.

자하크는 검은 머리칼을 휘날리며 다시 번개의 창을 휘두르는 루칸을 침착하게 바라보고 있었다. 아직은 어린 녀석이다. 성년을 맞이하고 마지막 각성을 거쳤다지만 그의 상대는 아니었다. 한참은 못 미치는 수준이다.

그럴 수밖에 없었다. 당연한 일이었다. 그의 힘은 이미 오래전에 경계를 뛰어넘어 버렸으니까. 마신의 단계에 도달한 스스로의 힘 때문에 원하는 것을 이루지 못하고 결국은 여기까지 오지 않았던가. 자하크는 쓸쓸하게 웃었다.

―겨우 그 정도라면 차라리 스스로 죽어라.

냉정한 말에 루칸이 더 맹렬하게 분노를 불태우기 시작했다. 그러나 자하크의 시선은 여전히 티르메네스에게 박혀 있었다. 말은 루칸에게 하고 있었지만 지금 그가 움직이길 바라고 있는 것은 오히려 티르메네스 쪽이었다.

'루칸이 미쳐 날뛰기 전에 움직여라, 티르메네스. 어서 깨어나 네게 허락한 운명의 문을 열어라.'

기억은 진즉에 돌아와 있었다. 그러나 쌍둥이 중 누구였는지를 그는 끝까지 기억하지 못했었다. 맨 처음, 이 날을 기약하며 여신의 눈물을 심어 놓은 아이가 누구였는지 그는 알지 못했다.

여신은, 아나히타는 그를 사랑하지 않았다. 그런 그녀를 마계로 납치한 것은 바로 자하크 자신이었다. 푸른 달 아나히타가 마계에 머물기 시작한 것도 그때 즈음이다. 달도 그녀도 곁에 있었지만 아무 소용이 없었다.

아무리 맴돌아도 그녀는 항상 돌아가기를 원했고 그는 그것을 견디지 못했다. 그리고 결국은 이곳까지 오게 된 것이다. 이 엘룬 땅에서 그녀를 죽였다. 그러고도 놓지 못하는 자신을 죽였다.

―울고 있었지.

그의 손에 죽어가면서도 그녀는 희미하게 웃고 있었다. 운 건 자하크 자신이었다. 그녀는 자애롭기 그지없는 얼굴로 손을 들어 울고 있는 그의 얼굴을 쓰다듬었다. 그리고 마지막 입맞춤을 남기고 영원히 눈을 감았다. 왜 그랬을까? 늘 돌아가지 못해 슬퍼했으면서.

그녀의 마지막 눈물을 받아 쌍둥이 중 한 아이에게 심어 놓은 것은 오늘을 위해서였다. 그리고 이제 막 자하크는 그 아이가 바로 티르메네스였음을 확인하고 있었다. 서로 다른 눈동자가 그 증거였다.

―깨어나라.

자하크는 명령했다. 샤나메가 요요하게 반짝이고 있었다.

―깨어나라!

―무슨 짓을 꾸미고 있는 거지?

이상함을 느낀 루칸이 재빨리 티르메네스 앞을 막아서며 소리쳤다. 그는 이미 본체를 회복한 채 사정없이 번개의 창을 휘두르고 있었다. 티르메네스가 위험하다는 생각을 하자 위기감이 몰려오면서 이성이 점점 멀어지고 격한 분노가 치솟았다.

―이대로 그가 폭주하게 내버려 둘 것이냐? 깨어나라!

쩌엉!

자하크가 무기를 휘둘러 결계를 후려쳤다. 충격이 고스란히 티르를 덮치고 있었다. 위기감을 느끼며 한참이나 뒤로 물러섰지만 그런다고 해서 피할 수 있는 것이 아니었다.

티르는 조금 이상했다. 자하크가 '깨어나라'고 외칠 때마다 심장이 들썩거리고 있었다. 쿵쿵거리며 뛰다가 잠시 움직임을 멈추듯 들썩일 때마다 고통이 몰려왔다. 그때마다 팔뚝을 휘감고 있는 카룬의 창도 같이 움찔거렸다.

―그렇다면 그의 죽음을 보아라. 그래도 깨어나지 않을지 두고 보겠다!

분노인지 애원인지 모를 말과 함께 자하크가 마침내 도를 높이 치켜들었다. 황금빛이 강한 검은 힘이 후욱 퍼져나가면서 티르메네스가 쳐 놓은 결계를 부수고 있었다.

―크윽!

루칸이 고통스러운 얼굴로 뒷걸음질 쳤다.

―크아아악!

―루칸!

고통을 이기지 못하겠는지 두 손으로 머리를 움켜쥐고 비명을 내지르고 있었다. 그의 본체가 격렬하게 떨리면서 점점 한곳으로 집중되던 힘이 사방으로 튕겨져 나가기 시작했다. 그것을 본 티르는 드디어 한계가 오고 있음을 깨달았다.

그대로 두어서는 안 된다는 것을 본능적으로 알아채고 말았다. 그 순간, 다시 한 번 심장이 쿵 울렸다. 그의 시간이 멈추었다. 눈동자의 떨림이 사라지고 숨이 멎었다.

드드드드드.

발밑에서부터 진동이 시작되고 있었다. 동시에 팔뚝을 휘감고 있던 카룬의 창이 서서히 깨어나기 시작했다. 티르의 팔뚝에서 풀려나 점점 더 크기를 키우더니 금방 본래의 모습으로 돌아갔다. 칠색으로 빛나는 샤나메의 빛이 푸르게 물든 공간과 하늘을 현란하게 물들이고 있었다.

사방으로 빛을 뿌리며 창은 공중에 뜬 채 맹렬하게 회전했다. 티르가 손을 내밀자 그것은 아주 자연스럽게 그 손안으로 안기듯 스며들었다. 티르는 이상했다. 정말로 이상했다. 창을 손에 쥐고 있었지만 아무것도 느낄 수가 없었다.

눈꺼풀이 닫히지 않는다. 몸이 명령을 듣지 않고 있다. 마치 누군가에게 조종을 당하고 있는 것처럼 그의 몸은 제 마음대로 움직이고 있었다. 그는 창을 높이 들어 올렸다. 자하크가 무기를 휘두르며 달려들고 있었다.

콰앙!

폭풍 같은 힘을 동반한 채 무섭게 덤벼드는 그를 향해 창을 휘둘렀다. 최초의 충돌은 그에게 아무런 충격도 가져다주지 못했다. 그는 다시 창을 높이 들어 올렸다. 다시 충돌이 있기도 전에 공간이 터져 나가고 거세게 불어 닥치는 힘의 폭풍에 휘말린 루칸이 밀려나고 있었다.

그것을 보면서도 멈출 수가 없었다.

마음대로 움직이기 시작한 몸은 그의 명령을 거부하고 다시 자하크를 향해 창을 휘두르고 있었다. 그때마다 샤나메가 요란하게 빛을 뿌리고 창이 울었다. 물과 바람과 구름과 진눈깨비의 힘이 창끝에서 소용돌이쳤다.

—마지막이다!

황금빛 기운을 뿌리며 자하크가 날아올랐다. 몸을 빈틈없이 감싸고 있는 검은 천이 순간 황금빛으로 물들었다. 거대한 도가 머리 위에서 떨어지고 있었다. 쿵쿵쿵. 땅이 울리고 하늘이 울리고 그의 심장도 울린다. 티르는 창을 흔들었다.

—쿠아아아!

블랙드래곤이 날아올랐다. 샤나메가 춤을 추고 창은 손안에서 회전하고 있다. 그 어지러운 잔영 속에서 티르는 표정을 잃어버린 자신의 얼굴을 보았다. 퍽이나 낯선 얼굴이었다. 마치 죽은 것처럼 느껴져 무서울 정도였다.

포효하는 블랙드래곤이 그 거대한 꼬리로 자하크를 후려치고 있었다. 뒤를 이어 티르는 창을 높이 들어 올린 다음 팔을 크게 휘둘러 그것을 강하게 던졌다. 손을 떠난 창이 공간을 똑바로 가르고 자하크에게로 날아갔다.

그때였다. 블랙드래곤과 싸우던 자하크가 놈을 한손으로 후려쳐 떨쳐 내더니 갑자기 모든 움직임을 멈추었다. 움직임을 멈추고 무기를 내리고 눈을 감았다. 그런 그를 향해 창은 똑바로 날아가고 있었다.

―안 돼!

창을 던지고 난 뒤에야 티르는 '왁' 하고 깨어났다. 막 손을 떠난 창의 느낌이 아직도 생생하게 남아 있었다. 그리고 다음 순간, 티르는 저도 모르게 몸을 날렸다.

―안 돼에!

이해할 수 없는 힘이 그를 움직이게 했다. 몸을 날린 티르는 어느새 두 팔을 활짝 벌리고 자하크의 앞을 막아서고 있었다. 그의 목소리를 듣고 눈을 뜬 자하크가 놀라 휘둥그레진 눈으로 그를 바라보았다. 창이 바로 코앞으로 날아오고 있다.

―티르메네스!

루칸이 달려오고 있었다. 소용돌이치는 힘의 폭풍을 뚫고 팔을 뻗었다. 그것을 보면서도 티르는 움직일 수 없었다. 여기서 비켜서면 안 된다. 온 힘을 다해 자하크를 지켜 내야 했다. 티르는 팔을 활짝 벌리고 자하크의 앞을 막아선 채 질끈 눈을 감았다. 마지막이라고 생각했다. 그러나 다음 순간, 등 뒤에 선 자하크가 그를 홱 밀쳐 내고 있었다.

콰작!

똑바로 날아온 창이 자하크의 심장을 꿰뚫었다.

일말의 망설임이나 어긋남도 없이 그것은 정확하게 그의 심장을 꿰뚫고 날아가 벽에 박혀 버렸다. 여신을 꿰뚫었던 것처럼 그렇게 자하크의 심장도 깨 버린 것이다.

―크아아악!

자하크가 울부짖었다. 두 개의 달이 막 하나로 겹쳐지고 루칸이 자빠지는 티르메네스를 받아 안는 순간이었다.

쿠구구구구!

땅이 움직이고 있었다. 벽이 무너지고 뻥 뚫린 천장에서 엉성하게 붙어 있던 돌덩이들이 뚝뚝 떨어지면서 함몰되고 있다.

―자하크?

티르는 루칸을 뿌리치고 자하크에게로 달려갔다. 그는 언제부터인가 울고 있었다. 눈물이 뚝뚝 떨어져 얇은 옷깃을 적셨다. 그제야 티르는 깨닫고 있었다. 그가 그들을 필요로 했던 이유를. 너무 강해져 스스로는 절대로 죽을 수 없었던 마왕의 선택이었다는 사실을 너무 늦게 깨닫고 말았다.

―왜, 왜에!

창에 매달린 채 죽어 가는 자하크를 향해 티르는 소리쳤다.

―이런 게 무슨 의미가 있다는 거야? 이런 멍청한 짓이 무슨 의미가 있어!

―……울지 ……마라.

―자하크!

―왜…… 왜…… 막았지? 그대는…… 나를…… 증오하는…… 것이…… 아니었나? 아나히타…… 대답을…….

황금빛 눈동자에서 서서히 빛이 꺼져 가고 있었다. 동시에 그의 몸을 감싸고 있던 검은 천이 하나 둘 떨어지면서 그토록 궁금해 했던 그의 모습이 서서히 드러나기 시작했다.

―왜…… 왜에…….

그 와중에도 자하크는 대답을 요구하고 있었다. 하지만 티르는 아무 말도 해 줄 수가 없었다. 무언가를 느꼈는지 루칸이 여신의 시신을 안아다 그의 품에 기대어 주었다. 그녀를 힘겹게 끌어안으며 자하크는 물었다.

―아나히타…… 그대는…… 왜…….

―당신을 싫어했던 게 아니야!

확인을 요구하는 그에게 티르는 소리쳤다.

―단지 인간들을 걱정했을 뿐이야. 그녀는 당신을 싫어하지 않았어.

―그랬……던가. 그랬……었나.

만족할 만한 대답이었는지 그가 희미하게 웃고 있었다. 그때였다. 얼굴을 가리고 있던 검은 천이 떨어져 나가면서 마침내 자하크의 얼굴이 환하게 드러났다.

―헉!

순간, 티르는 눈을 부릅뜨고 숨을 들이켰다.

드러난 얼굴은 굉장히 낯이 익었다. 갸름한 얼굴선과 황금빛으로 반짝이는 눈동자. 미간에 박혀 있는 마계의 불꽃이 세 개. 흰 얼굴과 붉은 입술 그리고 단단한 턱까지. 어느 것 하나 익숙하지 않은 것이 없었다.

―티르메네스?

루칸이 충격 어린 얼굴로 그와 자하크의 얼굴을 번갈아 바라보고 있었다. 드러난 자하크의 얼굴은 티르의 것과 거의 똑같았던 것이다. 티르는 결국 참지 못하고 울음을 터뜨리고 말았다. 그리고 왈칵 달려가 그를 끌어안았다.

환한 웃음을 머금은 자하크가 여신과 함께 서서히 사라지고 있었다. 그들의 모습이 점점 더 옅어질수록 루칸은 갑자기 온몸을 채우기 시작한 거대한 힘을 느끼며 포효를 시작했다. 새로운 마왕이 탄생하는 순간이었다.

잠시 겹쳐 보이던 두 개의 달이 다시 둘로 나뉘어 뿌옇게 사라져 간다. 그리고 마침내 완전히 모습을 감추자 멀리서 붉은 태양이 떠오르기 시작했다. 태양이 완전히 모습을 갖추었을 땐 이미 모든 것이 끝나 있었다.

자하크와 여신은 사라지고 루칸은 자하크의 힘을 모두 흡수해 새로운 마왕으로 등극했다. 성지가 완전히 무너져 내리고 있었다. 티르는 천천히 걸어 그곳을 벗어났다. 루칸이 그런 그를 보호하며 곁에서 걷고 있었다.

한참을 걷던 티르메네스가 문득 뒤를 돌아보았다. 성지는 흔적조차 남기지 않고 완전히 무너져 있었다. 쓸쓸한 시선으로 그곳을 바라보다 티르는 그 자리에 멈추어 섰다.

고요한 엘룬의 아침이었다. 간밤의 미친 듯한 폭풍우가 그친 엘룬은 평화롭고 아름다웠다. 아무 일도 없었다는 듯 인간들은 여전히 바쁘게 움직였다. 그 모습을 물끄러미 바라보다 티르는 완전히 흔적을 감춘 성지를 돌아보았다.

옛날 옛날에 서로를 무척 사랑했던 여신과 마왕이 살고 있었다. 그리고 그들은 오래오래 행복했다. 그러니까 이젠 안녕.

에필로그

"그, 그걸 내가 왜 해야 하는데?"

나칼이 소리쳤다. 그러자 다니무스가 도끼눈을 홱 뜨고는 그를 노려보며 빠드득 이를 갈았다. 요즘 그는 간이 붓다 못해 점점 더 비만해지고 있었다. 쾅 책상을 내려치며 소리쳤다.

"불만 있으면 때려 치란 말이에요!"

"누, 누가 불만이래? 나는 그냥 요즘 일이 너무 많은 것 같아서……."

"시끄러워욧! 감히 어디서 불만이에요? 누군 놉니까? 네에? 그거 다 할 때까지 방에서 나오면 당장 어르신을 부를 테니 그리 알라고요!"

찔끔 놀라 어깨를 움츠리는 그에게 경고까지 해 주고 다니무스는 씩씩대며 집무실을 나왔다. 아무리 세상이 험악해졌다 지만 말이다, 그래도 할 일은 해야 하는 것 아닌가.

"아, 시장 주제에 더럽게도 일을 안 한다니까."

"하하, 또 나칼을 괴롭히고 나오는 길이냐, 다니무스?"

"어? 막시무스!"

훈련을 마치고 돌아오던 막시무스가 그를 발견하고 손을 흔들고 있었다. 다니무스는 그런 그에게 냉큼 달려가서는 언제 씩씩거렸나 싶은 얼굴로 히죽 웃었다.

"일찍 돌아오셨네요?"

"아아, 많이 안정되어서 이젠 딱히 소란거리도 없다. 그나저나 아덴부르크의 시장보다 그 서기관이 더 힘이 세다더니 역시 그게 사실이었구나?"

"어허, 무슨 말씀을. 저는 그저 시장님이 해이해지는 것을 막고 싶은 것뿐이에요. 순간의 방심이 적자를 부르는 것 아니겠어요?"

다니무스는 뻔뻔하게 고개를 끄덕였다. 그러더니 또 막시무스의 뒤를 향해 소리쳤다.

"나리만! 당장 가서 주인님의 목욕물을 준비하지 않고 뭘하는 거냐?"

"예? 예, 옙. 나리, 지금 갑니다요."

살이 쏙 빠진 나리만이 비굴하게 굽실거리더니 개처럼 꼬리를 말고 후다닥 사라지고 있었다. 그러자 막시무스가 '하하' 웃으며 그의 머리를 몇 번인가 쓰다듬어 주고 사라졌다. 그들의 모습을 잠시 바라보다 다니무스는 쨍하니 맑은 하늘로 시선을 던졌다.

"잘 지내고 있냐?"

제국 전쟁은 결국 카도니아의 승리로 끝이 났다. 지루하게 끌던 것과 달리 결말은 너무 쉽게 이루어졌다. 굳게 닫힌 채 열리지 않던 아덴부르크의 관문이 어느 날 활짝 열린 덕분이다. 만사브들이 황제를 잡아 넘기고 항복을 해 버린 것이다.

그 일로 소랍 장군은 극도의 허탈함에 빠져 스스로 모든 군사들을 해산시켜 버렸다. 그리고 바라 어르신과 함께 세월아, 네월아 하며 놀고 있다.

바라는 바라대로 나칼을 무섭게 단련시키고 있었다. 티르메네스와의 약속대로 카도니아의 황태자가 아덴부르크를 그에게 주었지만 자신은 늙었고 나칼은 다스릴 만한 능력이 없다며 사양했다. 그래서 황태자는 아덴부르크를 자유상업지구로 정하고 그 시장 자리에 나칼을 임명해 주었다.

덕분에 언젠가 티르메네스의 서기관쯤이 되고 싶었던 다니무스는 뜻하지 않게 나칼의 서기관 노릇을 하고 있는 중이다. 여러모로 마음에 들지 않는 나칼이었지만 그래도 요즘은 많이 발전했지 싶다. 일을 조금만 더 열심히 해 준다면 좋겠는데……

제국을 정복하는데 성공한 황태자는 또다시 정복 전쟁을

계획하고 있다는 소문이 있다. 그의 꿈이 대륙 통일이라나?

"너도 알고 있었냐, 티르메네스?"

그 양반의 야무진 꿈에 대해 다니무스는 어지간히 기가 질려 있는 상태였다. 하려면 혼자나 할 일이지 막시무스까지 총사령관이다 뭐다 해서 끌고 다니는 바람에 더 그랬다.

더구나 최근 이라즈님의 결혼이 발표되자 그의 심술은 거의 하늘을 찌르고 있다는 소문이었다. 13살짜리 신부를 고이고이 키워 마침내 결혼에 골인한다는데 그걸 방해 못해 안달이란다.

그래서 황제께서 친히 황태자에게 결혼을 명령했다는 소문이다. 과연 어떤 여자가 간택될지는 모르겠지만 다니무스는 벌써부터 그녀가 불쌍했다. 쯧쯧, 도망가지는 말아야 할 텐데.

"곧 휴가인데 엘룬이나 가 볼까?"

불어오는 바람을 맞으며 다니무스는 엘룬을 생각했다.

한바탕 큰 지진이 난 후 엘룬은 다시 평화를 되찾았다. 엘루지아가 무너져 한때 큰 소란이 일었었는데 그걸 다시 짓지 않고 그 자리에 작은 신전을 짓는 것으로 모든 것이 안정을 찾은 것이다.

커다란 호수 한복판에 세워진 신전엔 다리도 없어서 술사들은 물론이고 사람들도 함부로 찾아갈 수 없었다. 그래서 그곳에 무엇이 있는지 아는 사람도 없다. 그저 무성한 소문과 전설 같은 이야기만 맴돌고 있었는데 이야기 중에는 이런 것도 있었다.

"옛날 옛날에, 여신을 사랑하는 마왕이 살았습니다. 여신을 너무 사랑한 마왕은 어느 날 그녀를 마계로 데려갔지요. 하지만 인간들을 사랑한 여신은……."

그 이야기를 지어낸 사람이 누구인지는 모르지만 엘룬인들은 그 이야기를 거의 사실처럼 여기고 있단다. 그래서 두 개의 달이 함께 뜨는 밤이면 그들을 위한 축제를 연다. 위대한 물의 신이 지켜보는 그들의 아름다운 대지 안에서. 다정한 바람이 머리 위를 스치고 있었다.

"어우야아, 나도 같이 가자니까."
―안 돼.
"치사하게 그러는 거 아니야. 그래도 모처럼 만의 축제라는데. 그러지 말고 나도 데려가라. 응?"

칭얼거리면서 매달리는 다키라를 발로 밀쳐내며 티르는 길게 기지개를 켰다. 곧 시작될 축제 때문에 온 도시가 떠들썩해서 잠자기는 다 틀렸다.

하필이면 축제를 해도 꼭 이 맘때 할 건 뭐란 말인가.

자하크와 여신이 소멸된 날이자 쌍둥이들의 생일날이니 이래저래 싱숭생숭한 나날들이었다. 이런 때엔 조용히 보내고 싶은데 무슨 심보인지 축제일로 삼는 바람에 쉬는 것도 글러 버렸다.

―그런데…….

티르의 시선이 문 쪽으로 돌아갔다.

―넌 또 왜 왔어?

하얀 머리칼을 산발한 스카가 문 앞에 주저앉아 있었다.

"아니이, 그러니께 한 번 주군은 영원한 주군이 아니냔 말여."

―신족이 마족을 종으로 거느리는 거 봤냐?

"아, 싫으면 싸워 보잔께. 죽이든 살리든 맘대로 하란 말여."

―귀찮으니까 그냥 가라고 하잖아? 가서 루칸한테나 싸우자고 하란 말이야.

마족이면 마족답게 놀 것이지 어디 신전엘 와서 종살이를 하겠다는 건가. 티르는 끝끝내 버티고 앉아 있는 스카에게 갖은 구박을 퍼부었다. 그러나 오늘도 놈은 꿈쩍 않고 버터 내더니 아예 한쪽 구석에 자리를 잡고 대자로 드러누워 버렸다.

―내 팔자야, 또 거머리 하나가 늘었네.

"어우야, 난 거머리 아니잖아."

―넌 그만 레어로 가 버려. 아니면 창으로 들어가던지.

"내가 왜? 여기가 더 놀기 좋은데. 먹을 것도 많고. 우헤헤헤."

축제라고 갖은 공물이 잔뜩 바쳐지고 있었기 때문에 신전 앞은 갖은 음식들이 담긴 작은 꽃배 천지였다. 멀리 떨어진 호숫가에서 종이나 나뭇잎으로 배를 만들어 그 안에 공물과 소원을 적어 띄우고 있는 탓이다. 덕분에 다키라만 신났다.

―종살이가 아니라 신선놀음을 하고 있었던 건가?

문득 머리 위에서 낯익은 목소리가 들린다 싶더니 곧 눈앞에 루칸이 나타났다. 그가 나타나자 떡 벌여 놓고 먹던 다키라가 냉큼 창으로 도망을 쳐 버렸다. 간이 작은 놈이라 루칸을 어지간히도 무서워한다.

―넌 또 왜 왔어?

덤덤한 얼굴로 맞은편에 앉는 그를 바라보며 티르는 또 퉁명스럽게 말했다.

―내가 자주 오지 말랬지?

―사흘만이다.

―흥! 한 달에 한 번만 오라고 했어, 안 했어?

―그래도 오늘은 특별한 날이니까.

―하여튼 핑계도 많아.

무슨 놈의 마왕이 그리도 한가한 건지, 거의 사흘이 멀다 하고 드나드는 루칸을 구박하다 티르는 다시 벌러덩 드러누웠다. 그리곤 한쪽 벽에 걸어 놓은 카룬의 창을 바라보았다.

오늘 밤엔 두 개의 달이 동시에 뜰 것이다. 인간들은 흥겨운 축제를 벌일 것이고, 그러면 그들은 나란히 앉아 또 창을 바라보며 오래 전의 어느 날을 이야기 할 거다. 조금은 행복하게.

# 작가 후기

시작할 땐 즐겁고 쓰는 동안은 고통스럽더니 끝을 낼 때는 아쉬워서 당최 손을 떼기가 힘드네요. 시원섭섭한 것도 아니고 그냥 이렇게 많이 아쉽기만 한 건 역시나 '좀 더 잘 쓸 수 있었는데' 하는 마음 때문이 아닐까 싶어요.

처음이 어렵지 두 번째부터는 쉽다는 말도 있다지만 이놈의 글쟁이 노릇은 어째 해를 거듭할수록 어렵기만 해요. 다음엔 더 잘 써야지, 더 재미나게 써야지, 더 좋은 걸 써야지. 언제나 그렇듯 이번에도 참 고민은 많았어요.

고민은 많았는데 그 고민의 절반도 해결하지 못한 것 같아서 아쉬움이 많아요. 게다가 나름 충격적인 엔딩이라 더 눈에 밟히고요. 하하. 더 부지런히 쓰지 못한 것도 죄스럽네요.

'내가 언제 다시 판타지 소설을 쓸 수 있을까' 하는 생각이

들어서 조금은 두렵기도 하지만 누구에게나 터닝 포인트는 있는 거니까……

여기까지 함께 와 주신 여러분께 감사드립니다.

이타라의 상자부터 카룬의 창까지 잊지 않고 기억해 주셔서 감사하고 여기저기 온라인 마을을 헤매고 다니는 저를 용케도 찾아내 주신 모든 분들께도 감사드려요. 덕분에 무사히 완결을 지을 수 있어서 행복합니다.

언제, 어디에서, 어떤 글을 쓰더라도 여러분들을 잊지 않을게요. 언젠가 다시 제가 만들어 낸 환상 속으로 여러분들을 초대할 수 있는 날을 기원하며…… 빨강마녀는 이만 물러갑니다. 안녕히.

송창순 배상